rororo

Hans Rath, geboren 1965, studierte Philosophie, Germanistik und Psychologie in Bonn. Er lebt mit seiner Familie in Berlin, wo er unter anderem als Drehbuchautor tätig ist. Zwei Bände seiner Romantrilogie um den Mittvierziger Paul Schubert wurden fürs Kino adaptiert. Seine Bücher aus der Reihe «Und Gott sprach» sind ebenfalls Bestseller.

Hans Rath

HALB SO WILD

Roman

Rowohlt Taschenbuch Verlag

Veröffentlicht im Rowohlt Taschenbuch Verlag,
Hamburg bei Reinbek, April 2019
«Saufen nur in Zimmerlautstärke»

Umschlaggestaltung Hafen Werbeagentur, Hamburg
Umschlagillustration Peter Bartels
Satz aus der Swift bei Pinkuin Satz und Datentechnik, Berlin
Druck und Bindung CPI books GmbH, Leck, Germany
ISBN 978 3 499 29096 1

Danke für diese Reise

1

Am Ende sind alle Märchen wahr.

Warum mir ausgerechnet dieser Gedanke durch den Kopf schießt, als ich mit stechenden Brustschmerzen und heftiger Atemnot in die Rabatten des Stadtparks stolpere, ist mir völlig schleierhaft.

Gleichermaßen erschüttert wie verwundert versinke ich in einem Meer aus blauen Hortensien. Der Aufprall fühlt sich an wie ein heftiger Rempler. Ich rieche die trockene Erde und schmecke den aufwirbelnden Staub.

Dann denke ich: Aha, das war es jetzt also. Schluss, aus und vorbei. Ich bin erledigt. Mein Leben endet in einem Hortensienbeet. Was wohl meine Familie sagen wird, wenn sie hört, dass ich so plötzlich den Löffel abgegeben habe?

Sterben ist ein seltsames Gefühl. Außerdem ärgert es mich, dass das wirklich schon alles gewesen sein soll. Ich hatte doch noch so viel vor. Zwar irgendwie nichts Konkretes, aber insgesamt gesehen wollte ich schon noch eine ganze Menge erleben.

Alle, die schon immer gewusst haben, dass man Dinge nicht auf die lange Bank schieben darf, haben also recht behalten. Kunststück, in der Theorie wusste ich das auch. Aber in der Praxis ist es dann doch nicht so einfach, wie es sich anhört. Wer jeden Tag so lebt, als wäre es sein letzter, der ist schneller arbeitslos und pleite, als er Carpe Diem sagen kann. Aber jetzt gerade denke ich, dass ich das vielleicht hätte riskieren sollen.

«Hilfe! Hier braucht jemand Hilfe!», höre ich eine aufgeregte Stimme rufen. Sie scheint aus weiter Ferne zu kommen. Vermutlich gehört sie der ebenso jungen wie drahtigen Eisverkäuferin, an deren Stand ich vor einer Minute vorbeispaziert bin. Sie hat meinen Zusammenbruch bestimmt mitbekommen.

Ich habe leider eine Menge guter Gründe für einen Herzinfarkt. Mein Job ist anstrengend, meine Ehe noch sehr viel anstrengender. Ich rauche, und ich trinke regelmäßig Alkohol, treibe aber selten Sport. Und ich werde in wenigen Monaten fünfzig – zumindest war das bis eben noch so geplant.

«Hallo? Können Sie mich hören?» Diesmal fragt eine junge Männerstimme. Es ist wahrscheinlich der Fahrradkurier, den ich eben habe heranpreschen sehen, ein gertenschlanker Kerl mit Ganzkörperneoprenanzug und Hipsterbart.

Ich merke, dass ich auf den Rücken gedreht werde, und versuche, die Augen zu öffnen, aber es geht nicht. Meine Lider sind schwer wie Blei. Der süßliche Duft der Hortensien steigt mir in die Nase, und ich spüre die Sonne im Gesicht.

«Hören Sie mich? Hallo?» Wieder die Männerstimme, diesmal drängender.

Ich will etwas sagen, doch meine Stimmbänder regen sich ebenso wenig wie meine Augenlider.

In der Ferne ist eine Sirene zu hören. Die Kavallerie ist unterwegs. Hoffentlich ist sie auch meinetwegen ausgerückt. In Berlin hört man ja ständig irgendwo das Jaulen von Sirenen. Könnte auch sein, dass da ein Diplomat eiligst zu einem wichtigen Termin chauffiert wird, während ich hier noch eine Weile auf meine Mitfahrgelegenheit warten muss.

Ist überhaupt schon jemand auf die Idee gekommen, mir einen Krankenwagen zu rufen?

«Er reagiert nicht», höre ich die Männerstimme sagen.

«Ist er etwa tot?», fragt die Frauenstimme besorgt.

«Ich glaube nicht», antwortet die Männerstimme. «Aber wetten würde ich nicht darauf.»

«Vielleicht sollten wir ihm mal den Puls fühlen», sagt die Frauenstimme.

«Gute Idee», erwidert die Männerstimme. «Ich habe nur keine Ahnung, wie man so was macht. Du vielleicht?»

«Echt nicht? Ich hätte jetzt geschworen, du kannst das.»

Hört sich an, als würde sie mit ihm flirten.

«Sehe ich etwa aus wie 'n Arzt?» Er flirtet ebenfalls. «Ist ja cool.»

«Eher wie 'n Medizinstudent. Ich hätte auf drittes Semester getippt.» Sie bemüht sich, kokett zu klingen.

«Ganz falsch. Ich mache Medieninformatik. Viertes Semester.»

«Echt jetzt?» Sie klingt ehrlich erstaunt. «Ich hab gerade mit Webdesign angefangen.»

«Cool. Was für ein Zufall. Und wo?»

«An der Design Akademie. Und wo bist du?»

«An der TU.»

«Auch sehr cool.»

«Ja. Macht auch großen Spaß.»

Den beiden ist während ihrer Plauderei offenbar entfallen, dass ich immer noch reglos in den Hortensien liege und ein bisschen medizinische Hilfe gebrauchen könnte. Um auf mich aufmerksam zu machen, würde ich gern genervt seufzen, aber auch das ist mir momentan leider nicht möglich.

Vermutlich verbringen in diesem Park auch ein paar gestandene Humanmediziner ihre Mittagspause. Dummerweise war im entscheidenden Moment keiner davon in meiner Nähe. Stattdessen bin ich an zwei Studenten geraten, die zwar das Internet der Zukunft gestalten werden, aber nicht wissen, wo der menschliche Puls sitzt. Tja. Pech gehabt. Immerhin sind die beiden noch nicht auf die Idee gekommen, mich mit ihren Handys zu filmen. Ich möchte auf keinen Fall als «regloser Mann im Hortensienbeet» heute Abend auf Facebook geliked werden.

«Ich funke mal die Zentrale an», entscheidet der Kurier. «Die sollen einen Krankenwagen schicken.» Man hört das Knacken des Funkgerätes.

Irgendwo habe ich mal gelesen, dass der Zeitfaktor bei einem Herzinfarkt eine ganz entscheidende Rolle spielt. Je schneller jemand Hilfe bekommt, desto größer ist seine Chance, keine bleibenden Schäden davonzutragen. Ich befürchte, diese Information ist leider noch nicht zu meinen Rettern durchgedrungen. Trotz Internet.

«Freddy, bitte kommen. Bist du da?»

«Was geht?», fragt eine Stimme, begleitet von lautem Rauschen.

«Kannst du mal einen Krankenwagen rufen? Ich bin hier im Tiergarten in der Nähe vom Goethedenkmal. Hier ist ein alter Mann umgefallen.»

Ich überhöre die Beleidigung und frage mich, warum mein Retter nicht einfach sein Handy aus der Tasche zieht und direkt einen Krankenwagen ruft. Als angehender Medieninformatiker hat er bestimmt ein schickes Smartphone dabei. Aber ich will mich nicht beklagen. CB-Funk geht natürlich auch. Ich habe schließlich alle Zeit der Welt. Und die leichte Verzögerung bei meiner Rettung wird mich bestimmt nicht viel mehr als sechs bis acht zusätzliche Wochen in der Reha kosten. Also Schwamm drüber.

«Scheiße, Tom! Wieso hängst du noch im Tiergarten

rum?», will Freddy wissen. «Du müsstest längst am Potsdamer Platz sein.»

«Mach halblang, Freddy! Ich hänge hier nicht rum. Ich habe doch gesagt, hier ist jemand umgefallen. Da kann ich ja nicht einfach abhauen, oder?»

Freddy überlegt in aller Ruhe, was er mit seinem verspäteten Kurier machen soll. Dann sagt er leicht genervt: «Okay. Rufe ich eben einen Krankenwagen. Aber sobald der da ist, haust du ab. Die haben gesagt, sie brauchen die Lieferung subito. Also hau rein. Over and out.»

Danke, Freddy. Wenn dich eines Tages mal der Sensenmann am Arsch hat, dann wünsche ich dir, dass du auf Menschen triffst, die dir ebenso gern und unkompliziert helfen wie du mir gerade.

«Alles klar. Krankenwagen kommt gleich», höre ich Tom sagen.

Dann ist eine Weile nur das Zwitschern der Vögel zu hören.

Ich stelle mir vor, wie der Kurier und die Eisverkäuferin etwas unschlüssig voreinander stehen. Wenn er sie zu einem Rendezvous einladen will, dann sollte er das meiner Ansicht nach genau jetzt tun. Sobald der Krankenwagen hier ist, wird es hektisch, und dann ist die Gunst der Stunde vorbei.

Tom scheint nicht recht zu wissen, wie er es anstellen soll, denn weiterhin ist nur Vogelgezwitscher zu hören.

«Was ist? Willst du ein Eis?», fragt sie in die Stille. «Ich spendiere uns eins.»

«Coole Idee. Darfst du das denn einfach so?»

«Eigentlich nicht, aber das hier ist ja eine Ausnahme. Und ich finde, wir haben uns ein Eis verdient. Auf den Schreck.»

Ich habe mich zwar auch ein bisschen erschrocken, aber ich gönne den beiden Turteltäubchen natürlich ihr Eis.

Außerdem erlange ich wundersamerweise urplötzlich die Kontrolle über meinen Körper zurück.

Ich öffne die Augen, rolle mich vorsichtig auf die Seite, stütze mich auf den Unterarm und horche in mich hinein. Kein Schwindel, kein Schmerz. Ich fühle mich gut. Wunderbar, denke ich und rappele mich hoch.

Meine Retter schlendern angeregt plaudernd zum Eiswagen.

Ich beuge mich vor, um mir den Staub aus dem Anzug zu klopfen, und stelle dabei mit Unbehagen fest, dass ich gut einen Meter über dem Boden schwebe und langsam, aber konstant an Höhe gewinne. Und als wäre das nicht beunruhigend genug, sehe ich dann noch, dass unter mir mein lebloser Körper in den Hortensien liegt. Ganz offensichtlich bin ich mausetot.

Ob ich schon seit meinem Sturz nicht mehr unter den Lebenden weile oder gerade erst gestorben bin, weiß ich nicht. Jetzt schwebe ich jedenfalls über dem Tierpark und danach vermutlich ins Jenseits. Wenn es stimmt, was man so hört, dann werde ich gleich ein gleißendes Licht sehen, und wenig später wird mein Leben an mir vorüberziehen. Oder umgekehrt.

Wäre ich nicht auf dem Weg ins Jenseits, dann würde ich mich sogar darüber freuen, noch einmal bei Lenas Geburt dabei sein zu dürfen. Dreiundzwanzig Jahre ist das her, und ich glaube, es ist der schönste Moment meines Lebens gewesen. Erstaunlich, dass mich vom glücklichsten Tag meines Erdendaseins fast ein Vierteljahrhundert trennt. Ich werde meine Tochter schmerzlich vermissen und sie mich bestimmt auch. Selbstverständlich wird auch Conny mein plötzliches Ableben treffen, allerdings befürchte ich, dass ihre Wut darüber, dass ich aus dem Leben geschieden bin, ohne das vorher mit ihr abzusprechen, zumindest anfänglich größer ausfallen könnte als die Trauer über den Tod ihres Mannes. Meine Frau hat nicht nur allgemein große Verlustängste, sondern auch sehr spezielle im Bezug auf mich. Kann ich aber verstehen. Eigentlich bin ich sogar schuld daran.

Ich spüre, dass die Geschwindigkeit, mit der ich an Höhe gewinne, langsam zunimmt. Wie bei einem Zug, der erst in Fahrt kommen muss.

Die gute Nachricht lautet, dass man von hier oben einen sehr schönen Blick hat. Die Kehrseite der Medaille ist, dass dies wohl mein letzter Blick auf Berlin sein wird.

Ich kann den Krankenwagen sehen. Wie üblich kriegen es die Berliner Autofahrer nicht hin, eine Gasse zu bilden. Deswegen kommt das Gefährt nur langsam voran. Aber das spielt ohnehin keine Rolle mehr. Hätten meine Retter etwas weniger getrödelt, dann wäre ich zwar noch am Leben, würde aber vielleicht den Rest meiner Tage vor mich hin vegetieren. Insofern muss ich Tom und der Eisverkäuferin fast dankbar sein, dass sie mir die Zeit gegeben haben, mich vom Acker zu machen.

Der Krankenwagen hat sein Ziel erreicht. Ich kann die herumwuselnden Rettungskräfte sehen, darunter eine Ärztin, die mein Hemd aufreißt und mir dann die Elektroden des Defibrillators auf die Brust drücken will. Sie zögert nur kurz, um meinen Puls zu prüfen.

In genau diesem Augenblick endet meine Himmelfahrt. Fühlt sich an, als würde mich ein starker Sog nach unten ziehen. Verglichen mit dem sanften Schweben von vorhin ist das ein nicht ganz so angenehmes Gefühl. Außerdem lässt mich die Geschwindigkeit, mit der ich zu Boden sinke, einen heftigen Aufprall befürchten. Instinktiv schließe ich die Augen.

Als ich sie wieder öffne, blicke ich in das müde Gesicht der Ärztin, die ich gerade noch von oben gesehen habe. Sie hat harte Züge und schmale Lippen, aber ihre Augen strahlen Herzenswärme aus.

«Können Sie mich hören?», fragt sie.

Ich nicke.

«Wissen Sie, wie Sie heißen?»

Mein Gaumen ist trocken, und ich habe den Geschmack von Blumenerde im Mund. Ich muss schlucken, bevor ich antworten kann. «Adam Schmitt.»

«Wissen Sie, wo Sie sind und was Sie hier vorhatten?»

«Im Tiergarten. Ich wollte was essen und mir die Beine vertreten. Aber dann hatte ich plötzlich Herzschmerzen und bin im Blumenbeet gelandet.»

«Und wie fühlen Sie sich jetzt?»

«Geht so. Ehrlich gesagt ging es mir schon besser.»

«Hatten Sie früher schon mal Probleme mit dem Herzen?»

«Nicht dass ich wüsste.»

Sie legt die Elektroden beiseite und winkt die Sanitäter heran. «Okay. Wir nehmen Sie zur Untersuchung mit ins Krankenhaus. Eine Synkope, also eine plötzliche Ohnmacht, wie sie Ihnen gerade passiert ist, kann alle möglichen Ursachen haben. Das geht von leichtem Kammerflimmern bis hin zum schweren Herzinfarkt. Aber wie dem auch sei, in jedem Fall haben Sie heute das große Los gezogen. Ein überlebter plötzlicher Herztod ist extrem selten.»

«Überlebter plötzlicher Herztod», wiederhole ich ratlos.

«Ja. So nennen wir das, wenn jemand quasi von den Toten zurückkommt», sagt sie bestätigend.

«Ich muss zugeben, ich war ziemlich sicher, dass es mit mir vorbei ist», sage ich. «Wirklich nett von Ihnen, dass Sie mich zurückgeholt haben. Vielen Dank dafür.»

«Oh, das ist nicht mein Verdienst», antwortet sie. «Sie sind ganz allein zurückgekommen. Und das ist äußerst bemerkenswert. Ich kenne solche Fälle aus der Literatur, aber mir selbst ist noch niemand begegnet, der ohne mein Zutun auf halbem Weg ins Jenseits kehrtgemacht hat.»

«Sie glauben aber jetzt nicht, dass das irgendwas zu bedeuten hat, oder?»

Sie muss lachen. «Für solche Fragen bin ich nicht zuständig.»

Während die Sanitäter mich auf eine Krankenliege heben, steckt sich die Ärztin eine Zigarette an. Ich muss mir verkneifen, sie zu fragen, ob sie auch eine für mich hat.

Im Krankenhaus lerne ich Dr. Han-Kim Zhang kennen, einen schmalen Chinesen mit breitem Lächeln und einem angenehmen Naturell. Er stellt sich mir als der leitende Kardiologe vor, und ich bin erfreut, dass er sich die Zeit nimmt, mit mir zu plaudern.

«Ich möchte Ihnen einige Fragen stellen, wenn Sie erlauben.»

«Gern», antworte ich. Vermutlich interessiere ich ihn als medizinisches Phänomen. «Ihre Kollegin hat mir schon gesagt, dass der überlebte plötzliche Herztod extrem selten vorkommt.»

Er nickt. «Rauchen Sie?»

«Manchmal ein paar Zigaretten, manchmal eine ganze Packung, dann wieder tagelang überhaupt nicht.»

«Sind Sie verheiratet?»

«Seit dreiundzwanzig Jahren. Wir haben eine Tochter.»

«Trinken Sie regelmäßig Alkohol, und nehmen Sie Drogen oder Medikamente?»

«Keine Drogen, keine Medikamente», antworte ich. «Aber ich trinke einigermaßen regelmäßig Wein oder auch Bier. Selten harte Sachen.»

«Lieben Sie Ihren Job?»

Gute Frage, denke ich, und antworte: «Mal ja, mal nein. Es kommt darauf an, wen ich gerade in welcher Sache vertrete. Ich bin Anwalt, und manchmal ist der Job eine Gratwanderung.»

«Heißt das, Sie haben beruflich bedingten Stress?»

Ich zucke mit den Schultern. «Nicht mehr als andere Leute auch, würde ich sagen.» Ich frage mich, ob er sich für alle Patienten dermaßen viel Zeit nimmt. Ich habe immer gedacht, Ärzte wären grundsätzlich in Eile.

«Treiben Sie regelmäßig Sport?»

Ich schüttele den Kopf. «Hin und wieder gehe ich spazieren, aber als Sport würde ich das nicht bezeichnen.»

«Lieben Sie Ihre Frau?»

«Was hat denn das mit meinem Herzen zu tun?», frage ich verblüfft.

Dr. Zhang stutzt, dann lacht er laut. «Ist das ein Nein?»

Erst jetzt begreife ich, dass es kein gutes Zeichen für eine Ehe ist, wenn ein Mann die Liebe zu seiner Frau und den Zustand seines Herzens assoziativ nicht unter einen Hut bekommt.

«Wir durchleben gerade eine etwas schwierige Phase», erkläre ich. «Man könnte sagen, wir versuchen unsere Liebe neu zu entdecken.»

«Aha.» Dr. Zhang überlegt. «Aber ist das jetzt ein Ja oder ein Nein?»

«Ich würde sagen, eher ein Ja», erwidere ich. «Sonst würden wir es wahrscheinlich nicht noch einmal miteinander versuchen, oder?»

Dr. Zhang wiegt den Kopf hin und her. Er will etwas erwidern, beschließt dann aber, meine Antwort nicht zu kommentieren.

«Wann haben Sie sich zuletzt eine Auszeit genommen?», fragt er stattdessen. «Ich meine keinen Familienurlaub, sondern ein paar Tage ganz allein ohne Ihren Job und Ihre Liebsten.»

Ich schaue ihn verständnislos an. «Ich glaube, noch nie. Oder zählen auch Spaziergänge?»

Er schüttelt den Kopf. «Eher nicht. Sie sollten überlegen, ob Ihnen so etwas guttun könnte.»

«Okay», sage ich. «Sonst noch was?»

«Haben Sie einen Hund?», fragt er.

«Nein. Wie kommen Sie darauf?»

«Nur so. Es wäre gut, wenn Sie einen Hund hätten», antwortet Dr. Zhang. «Hunde sind gut. Sie könnten Ihren Hund streicheln. Das beruhigt. Hunde gehen auch gern spazieren. Sie könnten mit dem Rauchen aufhören und sich von dem ersparten Geld einen Hund kaufen. Das wäre gut.»

So langsam frage ich mich, wohin dieses Interview führen soll. «Wann wollen Sie mich eigentlich untersuchen?»

Dr. Zhang hebt beschwichtigend die Hand. Seine Geste sagt: Immer mit der Ruhe. Wir sind hier noch lange nicht fertig.

Es ist später Nachmittag, als ich wieder ins Büro komme. Dr. Zhang hat mich nach unserem Gespräch noch ausgiebig untersucht, um schließlich zu der Erkenntnis zu gelangen, dass meine plötzliche Ohnmacht als idiopathisch bezeichnet werden muss. Übersetzt heißt das, er hat nicht die leiseste Ahnung, warum ich im Park umgefallen bin. Nach Ansicht des freundlichen Chinesen ist mein Herz jedenfalls kerngesund. Einerseits ist das eine beruhigende Nachricht. Andererseits bleibt da trotzdem mein rätselhafter, plötzlicher Herztod. Es wäre einleuchtender gewesen, wenn ich zuerst die Diagnose und dann den Anfall bekommen hätte. Passiert ja häufiger, dass Leute, die mittags noch kerngesund sind, am Nachmittag plötzlich den Löffel abgeben. Aber mittags herztot zu sein und nachmittags kerngesund, finde ich dann doch etwas seltsam.

Dr. Zhang hatte zwar noch ein paar weitere Untersuchungen anzubieten, aber da ich mit einem wichtigen Mandanten verabredet bin, habe ich das Krankenhaus auf eigenes Risiko verlassen.

«Was war denn los? Wo bist du gewesen?» Rainer wirkt genervt.

«Ich hatte einen plötzlichen Herztod», antworte ich. «Hat mir die Mittagspause verhagelt.»

Er ignoriert meine Antwort, wahrscheinlich hält er sie für einen schlechten Scherz. «Göttler wartet schon seit zehn Minuten auf dich.»

Ich bin es gewohnt, von Rainer Ernst ignoriert zu werden. Er ist nicht nur der Sonnenkönig in dieser Kanzlei, sondern auch mein Schwiegervater und ein Patriarch, wie er im Buche steht. Seit Jahren lässt er mich spüren, dass ich seinen hohen Erwartungen weder als Anwalt noch als Schwiegersohn gerecht werde. Das schmerzt an manchen Tagen mehr, an anderen weniger. Heute ist es mir völlig gleichgültig. Wenn man in der Mittagspause kurzzeitig tot war, dann sieht man die Dinge am Nachmittag sehr viel entspannter.

Ich nicke Rainer also freundlich zu und steuere den Konferenzraum an.

Marco Göttler ist sichtlich verärgert darüber, dass ich ihn habe warten lassen. Vermutlich ist er der Meinung, dass ein Mann seines Formats so etwas nicht nötig hat.

«Freut mich sehr, Sie zu sehen», lüge ich und reiche ihm die Hand.

«Wissen Sie eigentlich, warum ich so erfolgreich bin, Dr. Schmitt?» Göttler hat sein Sakko ausgezogen und es über die Lehne des Nachbarstuhls gehängt, damit sein lachsfarbenes Maßhemd besser zur Geltung kommt. «Ich bin vor allem deshalb erfolgreich, weil man sich hundertprozentig auf mich verlassen kann.» Er redet laut und lässt beim Gestikulieren seine goldenen Manschettenknöpfe über die Tischplatte klackern.

«Hat man Ihnen schon Kaffee angeboten?», frage ich.

Er winkt unwirsch ab. Ich gieße mir ein Glas Wasser ein, während er mit seinem Vortrag fortfährt.

«Was sind die drei Säulen des Erfolgs?», fragt er und reckt den Kopf vor wie ein Jagdhund, der Witterung aufgenommen hat.

Ich spare mir eine Antwort, weil ich weiß, dass Göttler sie postwendend selbst geben wird. Er ist ein Verkaufsprofi, und gewisse rhetorische Mittel sind ihm in Fleisch und Blut übergegangen. Dazu gehört auch, dass er ständig Fragen stellt, die er gleich darauf selbst beantwortet.

«Verlässlichkeit, Beständigkeit und Pünktlichkeit. Das sind die Säulen des Erfolgs», verkündet Göttler. «Und jetzt kommen Sie, Dr. Schmitt.»

«Sie wollen über Pünktlichkeit reden?», frage ich.

Er macht eine einladende Geste, lehnt sich zufrieden zurück und scheint gespannt darauf zu sein, wie ich meine zehnminütige Verspätung entschuldigen oder zumindest erklären will.

Fragt sich, ob Göttler mich aus pädagogischen Gründen tadelt oder ob es eine psychologische Erklärung dafür gibt. Vielleicht hat man ihn in der Grundschule zu wenig beachtet, wer weiß.

Die Kanzlei *Dr. Rainer Ernst & Kollegen* stellt Göttler für jede Stunde Beratung 300 Euro in Rechnung. Meine Anwesenheit kostet also fünf Euro pro Minute. Göttlers Firma, ein Finanzvertrieb für Lebensversicherungen, ist angeblich 50 Millionen Euro wert. Er beschwert sich also nicht des Geldes wegen, sondern aus Prinzip. Nicht wenige reiche Menschen sind der festen Meinung, dass man sie immer und überall übervorteilen will. Die einzige Möglichkeit, sie vom Gegenteil zu überzeugen ist es, Ihnen großzügige Geschenke zu machen. Leute, die schon alles haben, finden es nämlich sehr beruhigend, wenn sie immer noch mehr bekommen.

«Ich werde unsere Buchhaltung anweisen, Ihnen den heutigen Termin nicht in Rechnung zu stellen», sage ich. «Ich bin leider eben noch aufgehalten worden, aber Sie sollen wissen, dass es nicht der Stil dieses Hauses ist, unsere wichtigsten Mandanten warten zu lassen.»

Ein Strahlen geht über sein Gesicht. Er hat gerade exakt das gehört, was er hören wollte. Dass er nichts zahlen muss. Dass er einer unserer wichtigsten Mandanten ist. Und dass man Männer wie ihn nicht warten lassen darf.

«Schwamm drüber», sagt er gnädig, und sein sowieso schon leicht gerötetes Gesicht scheint vor Freude noch ein wenig mehr zu leuchten.

Marco Göttler ist also zufrieden. Und ich bin es auch, denn nebenbei wird mein Schwiegervater sich darüber ärgern, dass ich einen kompletten Beratungstermin verschenke, weil ich lächerliche zehn Minuten zu spät gekommen bin. So haben wir alle was davon.

«Was kann ich denn heute für Sie tun, Herr Göttler?», frage ich und lege mir den Schreibblock zurecht.

«Es geht um die von Ihnen entwickelte Lösung meines klitzekleinen Problems», sagt Göttler und wirkt nun nicht mehr ganz so selbstsicher.

«Ja. Was ist damit?», frage ich. «Wir hatten doch alles geklärt, oder?»

«Ich fürchte, so wie wir uns das vorstellen, wird es nicht funktionieren.»

«Weil?», hake ich nach.

«Weil ich Mist gebaut habe», sagt Göttler zerknirscht.

2

Was Marco Göttler mit seinem klitzekleinen Problem meint, ist die Tatsache, dass er eine Reihe von Steuerstraftaten begangen hat, die ihn in den Knast bringen könnten.

Anfangs schien der Fall noch harmlos. Göttler kam zu uns, weil er sich Sorgen um ein Konto in Luxemburg machte, wo er für schlechte Zeiten eine Million Euro Schwarzgeld gebunkert hatte. Strafrechtlich gesehen ist das keine große Sache. Man erstattet eine Selbstanzeige, versteuert den Betrag und zahlt eine Geldbuße. Fall erledigt.

Aber dann räumte Göttler ein, dass er noch eine weitere Million versteckt habe, in der Schweiz. Zwei Millionen Euro Schwarzgeld sind zwar kein Pappenstiel, aber immer noch kein Beinbruch. Eine Kanzlei wie die unsere, die darauf spezialisiert ist, Leute vor dem Knast zu bewahren, die eigentlich dringend eingesperrt gehören, kann solche Unannehmlichkeiten ohne größeres Aufsehen aus der Welt schaffen.

Ich erklärte Göttler also, dass er seine schmucke Neubauvilla in Köpenick nicht gegen eine Zelle in Plötzensee eintauschen müsse. Allerdings könne ich ihm das nur garantieren, wenn er reinen Tisch mache. Eine Selbstanzeige hat nämlich nur dann strafbefreiende Wirkung, wenn ausnahmslos alle vorhandenen Schwarzgeldkonten angegeben werden. Wenn man den Finanzbehörden auch nur ein einziges Konto verheimlicht, dann macht das sofort den kompletten Deal zunichte.

Die Warnung zeigte Wirkung. Zwei Tage später gestand Göttler, weitere drei Millionen in Andorra, Singapur und auf den Cayman Islands geparkt zu haben.

Insgesamt waren es also fünf Millionen, und das hieß: So langsam hätten Göttlers Versteckspiele dann doch für eine Haftstrafe reichen können. Ich bläute ihm noch einmal ein, dass er nur mit heiler Haut aus der Sache rauskommen könnte, wenn er wirklich alle Fakten auf den Tisch legen und sich zudem auf einen finanziellen Aderlass einstellen würde. Je konsequenter er sich um Schadensbehebung bemühe und je bereitwilliger er kooperiere, desto milder könne man die Behörden stimmen.

Er schwor mir hoch und heilig, vollumfänglich mitzuarbeiten und rein gar nichts zu verschweigen, wenn ich ihm nur den Knast ersparen würde.

Eine Woche später gestand er mir, dass er noch eine Kleinigkeit vergessen habe: eine Million in Liechtenstein. Außerdem eine weitere Million auf den Bahamas. Und noch eine Million, verstreut in der Karibik.

«Haben Sie eigentlich überhaupt schon mal Steuern gezahlt?», fragte ich.

Erbost blies Göttler die Backen auf. «Warum geht es eigentlich immer nur darum, was ich alles nicht gemacht habe? Keiner spricht davon, dass ich mich jeden Tag für diese Gesellschaft krummlege. Ich gebe mehr als fünfhundert Menschen Arbeit und sorge dafür, dass sie dem Staat nicht auf der Tasche liegen. Dass sie sich und ihre Familien ernähren können. Dass sie ihre Kinder zur Schule schicken können. Und wissen Sie auch, womit diese fünfhundert Menschen ihre Zeit verbringen? Sie verkaufen Lebensversicherungen und helfen damit anderen Menschen, sich finanziell abzusichern. Ich sorge also mit meiner Firma nicht nur für fünfhundert Menschen nebst Familien, ich sorge auch noch dafür, dass Hunderttausende nicht in die Altersarmut abrutschen. Dass sie ihren Kindern und Kindeskindern nicht auf der Tasche liegen. Dass sie ihren Lebensabend genießen können. Wenn ich es mir recht überlege, dann sollten mir nicht nur sämtliche Steuern für alle Zeiten erlassen werden, ich müsste obendrein noch das Bundesverdienstkreuz verliehen bekommen.»

Heute sitzt der angehende Bundesverdienstkreuzträger von letzter Woche also vor mir und gesteht, dass er Mist gebaut hat. Wieder mal.

«Es gibt weitere Schwarzgeldkonten», rate ich und stelle mich schon einmal darauf ein, seine Selbstanzeige zum vierten Mal zu korrigieren.

Göttler schüttelt energisch den Kopf. «Nein. Ich hab Ihnen wirklich alle Konten genannt. Mehr gibt es definitiv nicht.»

«Na, das ist ja schon mal eine gute Nachricht», sage ich.

«Ja, aber leider gehören mir die acht Millionen nicht», fügt Göttler hinzu und lässt diese Nachricht kurz wirken, bevor er fortfährt: «Es handelt sich um Vorschüsse von Versicherungskonzernen für künftige Verträge. Sobald rauskommt, dass wir nicht annähernd so viele Verträge liefern können, wie wir versprochen haben, werden diese Konzerne ihr Geld zurückfordern.»

«Das heißt, Ihrer Firma drohen dann Liquiditätsprobleme», kombiniere ich.

«Eigentlich droht ihr die Pleite», erwidert Göttler. «Aber die droht auch ohne die Rückforderungen. Vielleicht haben wir ein bisschen über unsere Verhältnisse gelebt.»

«Sie haben die besagten Vorschüsse also widerrechtlich auf ihre Privatkonten transferiert.»

Er nickt. «Von irgendwas muss ich ja leben, wenn der Laden zusammengebrochen ist.»

«Sie haben doch ein paar Jahre sehr gut verdient», wende ich ein. «Ist davon denn gar nichts übrig geblieben?»

«Nichts», bestätigt Göttler. «Alles weg. Ich muss eine Ehefrau, zwei Exfrauen und vier Kinder unterhalten. Und alle wollen nur das Beste vom Besten. Wissen Sie, was eine gute Privatschule kostet? Oder ein Wochenende in New York?»

«Was ist mit Immobilien?», will ich wissen.

«Ich hab nur meine Villa. Die Autos sind geleast. Die Yacht ist gechartert. Es gibt ein paar Bilder, die was wert sind, und ein bisschen Schmuck. Aber das war es dann auch schon.»

Wird schwer werden, ihm den Knast zu ersparen, denke ich.

Er errät meinen Gedanken. «Sieht nicht gut für mich aus, oder?»

«Muss ich drüber nachdenken», sage ich und schiebe meinen unbeschriebenen Block zur Seite.

«Tun Sie das, Dr. Schmitt», sagt er und nickt mir kumpelhaft zu. «Ich setze auf Sie.»

«Erwarten Sie lieber nicht zu viel», erwidere ich.

«Keine Sorge. Das tue ich nicht. Wenn es Ihnen gelingt, auch nur die Hälfte meines Geldes aus dem Feuer zu holen, dann bin ich vollauf zufrieden.»

So sind sie, die Reichen, denke ich. Gerade noch hat er mir gesagt, dass er das Geld geklaut hat. Ein paar Wimpernschläge später gehört es ihm bereits.

Ich erwische Dr. Zhang beim Abendessen in seinem Büro.

«Entschuldigung», sage ich und will im Gang warten, um ihn nicht zu stören, aber er erkennt mich wieder und winkt mich zu sich herein.

«Nein! Kommen Sie!», ruft er. «Leisten Sie mir Gesellschaft.»

Er hat einen grünen Tee vor sich stehen, außerdem eine Glasschale mit Reis und Gemüse.

«Guten Appetit. Das sieht alles sehr lecker aus», lüge ich.

«Frische Zutaten, nur kurz gedünstet und ohne Salz zubereitet», verkündet er. «Wenn Sie sich so ernähren, dann werden Sie hundert Jahre alt.»

«Warum will man hundert Jahre alt werden, wenn man nur Reis und Gemüse essen darf?», frage ich.

«Weil es schön macht», sagt er. «Schauen Sie beispielsweise mich an. Wie alt schätzen Sie mich?»

Ich vermute, Dr. Zhang ist etwa in meinem Alter.

«Zweiundachtzig», antworte ich. «Aber ich gebe zu, das sieht man Ihnen überhaupt nicht an.»

Er muss grinsen. «Was führt Sie zu mir?»

«Könnten Sie mich bitte krankschreiben?», frage ich. «Nur für ein paar Tage. Ich habe tatsächlich das Gefühl, ich muss mal raus, um einen klaren Kopf zu kriegen. Aber ich arbeite in der Kanzlei meines Schwiegervaters. Und wenn ich ihm keinen triftigen Grund dafür liefere, warum ich ein paar Tage fehle, dann lässt er mich erst gar nicht weg.»

«Sie brauchen also keine Krankschreibung, sondern ein Alibi», konstatiert Dr. Zhang.

«So könnte man es auch sagen.»

Er überlegt.

«Wo soll es denn überhaupt hingehen?», will er wissen.

Ich zucke mit den Schultern. «Keine Ahnung. Darüber habe ich mir noch keine Gedanken gemacht. Ich will einfach nur weg. Egal wohin.»

Dr. Zhang öffnet eine Schreibtischschublade, zieht einen

Dartpfeil hervor und wirft ihn an meinem Kopf vorbei in Richtung Tür.

Ich zucke erschrocken zusammen, drehe mich um und sehe, dass dort eine Weltkarte hängt. Dr. Zhangs Dartpfeil ist in die nördliche Hemisphäre geflogen.

«Schauen Sie doch mal, wo der Pfeil gelandet ist.»

Bei näherem Hinsehen erkenne ich eine Menge kleiner Löcher in der Weltkarte. Er muss dieses Spiel häufiger spielen.

«Herzpatienten sind oft Workaholics», erklärt er. «Wenn man denen sagt, dass sie eine Weile verreisen sollen, um sich auszuruhen, dann wissen die meisten nicht, wohin. Also lasse ich den Zufall oder wahlweise das Schicksal entscheiden. Ruhige Orte gibt es ja schließlich überall auf der Welt.»

Er sieht, dass ich ungläubig auf die Karte starre.

«Was ist? Wohin hat es Sie verschlagen?», will er wissen.

«Der Pfeil steckt im Nordatlantik», antworte ich. «Mein ruhiges Plätzchen liegt auf dem Meeresboden, irgendwo zwischen Island und Grönland.»

«Oh. Dann dürfen Sie wählen», sagt Dr. Zhang. «Wollen Sie lieber nach Island oder lieber nach Grönland?»

«Geht auch Ibiza?», frage ich.

Er überhört die Bitte, weil er mit seinem Computer beschäftigt ist.

«Mallorca würde ich auch nehmen», füge ich hinzu. «Oder können wir uns nicht wenigstens auf Rügen einigen?»

Dr. Zhang blickt vom Bildschirm hoch. «Nicht nötig. Ich hab schon was gefunden. Wir machen es folgendermaßen: Sie fliegen morgen für ein paar Tage nach Island. Offiziell habe ich Ihnen ärztlich angeraten, meinen Freund Dr. Einar Gunnarsson aufzusuchen, er ist einer der weltweit angesehensten Spezialisten auf seinem Fachgebiet.»

Dr. Zhang drückt eine Taste, und ein Drucker nimmt geräuschvoll seine Arbeit auf.

«Und was ist das Fachgebiet von Dr. Gunnarsson?», will ich wissen.

«Keine Ahnung», erwidert Dr. Zhang. «Ich habe ihn gerade erst erfunden. Aber ich bin sicher, wenn es ihn gäbe, dann würde er mir schreiben, dass er mindestens eine Woche braucht, um Sie mal gründlich durchzuchecken.»

Er zieht ein Blatt aus dem Drucker und reicht es mir. «Ihre Überweisung. Viel Spaß in Island. Schicken Sie mir eine Postkarte.»

«Danke. Das werde ich tun», sage ich.

«Gern geschehen.» Er wendet sich wieder seinem Essen zu, bemerkt dann aber, dass ich etwas unschlüssig im Raum stehe. «Ist noch was?»

«Ich überlege gerade, was man tatsächlich in Island machen kann. Haben Sie zufällig eine Ahnung?»

Dr. Zhang zeigt mir sein breites Lächeln. «Am besten tun Sie nichts.»

«Nichts?»

«Genau. Tun Sie einfach mal eine Woche lang gar nichts. So was kann wahre Wunder wirken.»

«Okay», sage ich und will mich nun endgültig abwenden. Eine letzte Frage habe ich noch. «Wie alt sind Sie eigentlich wirklich?»

«Zweiundfünfzig», antwortet er.

«Dann sind wir etwa gleich alt», erwidere ich erstaunt.

«Ja. Und?»

«Sie sehen nicht wesentlich jünger aus als Anfang fünfzig. Ihre spezielle Kost wirkt also offenbar keine Wunder.»

Dr. Zhang zuckt mit den Schultern. «Das ist noch nicht raus, würde ich sagen. Ich mache diese Diät nämlich erst seit einer Woche. Schauen Sie doch in dreißig Jahren noch mal vorbei. Dann sehen wir, ob es was gebracht hat.

«Du kommst spät», sagt Conny, als ich das Schlafzimmer betrete, um mich rasch für unsere abendliche Verabredung umzuziehen.

Ich hauche ihr einen Kuss auf die Wange. «Ja. Ich beeile mich.»

Ihr Parfum hängt in der Luft, ein leichter, frischer Duft, der gut zu einem lauen Sommerabend passt.

«Paps hat mir erzählt, dass du heute stundenlang Mittagspause gemacht hast. Was war denn los?» Sie sitzt an ihrem Schminktisch und sucht nach einem Lippenstift, der zu ihrem pastellfarbenen Sommerkleid passt. Ich bemerke, dass sie mich unauffällig belauert.

«Lass uns später darüber reden», sage ich.

Ich überlege, was ich anziehen soll. Wir sind zwar nur zu einem zwanglosen Grillabend bei Connys Eltern eingeladen, aber ihre Familie legt Wert auf Äußerlichkeiten. Conny selbst geht grundsätzlich nur geschminkt und in gepflegter Garderobe aus dem Haus. Völlig undenkbar, dass sie in Jogginghose Brötchen holen würde. Das Formelle hat sie von ihrem Vater, der am liebsten im schwarzen Anzug herumläuft, selbstverständlich mit blütenweißem Hemd und immer korrekt sitzender Krawatte. Wenn es nicht seltsam aussähe, würde er in diesem Aufzug sogar am Grill stehen.

Conny beobachtet mich im Schminkspiegel, während ich meinen Anzug in den Schrank hänge und in eine Jeans schlüpfe. Womöglich ist ihr dieser Aufzug zu leger.

«Wir sind doch heute mit deinen Eltern allein, oder?», frage ich sicherheitshalber.

Sie hat den passenden Lippenstift gefunden und beginnt, ihn aufzutragen.

«Mmmm», summt sie.

«War das ein Ja?», frage ich. «Und heißt das, die Jeans ist okay, oder was?»

«Mmmm», wiederholt sie.

«Dann ist ja gut», sage ich und schließe die Schranktür.

«Wir wollen doch heute über Lenas Hochzeit sprechen. Schon vergessen?»

«Wie könnte ich die Hochzeit meiner Tochter vergessen?», antworte ich diplomatisch.

«Wenn ich mich recht entsinne, dann hast du vor nicht allzu langer Zeit sogar vergessen, dass du selbst verheiratet bist.» Gemächlich stellt sie den Lippenstift auf den Schminktisch zurück und wirft mir im Spiegel einen forschenden Blick zu: «Du triffst dich doch nicht wieder heimlich mit ihr, oder?»

Die Frau, deren Namen Conny nicht aussprechen will, heißt Astrid Bollinger. Wir hatten eine Affäre, aber das ist vorbei. Ich wollte meine Ehe retten, habe deshalb reinen Tisch gemacht und Conny versprochen, dass ich sie nicht noch einmal enttäuschen werde. Seitdem gehe ich regelmäßig mit meiner Frau zur Paartherapie und halte mein Versprechen. Aber es wäre sowieso unmöglich, die Affäre mit Astrid wieder aufleben zu lassen. Conny passt auf mich auf wie ein Schießhund.

«Nein», antworte ich wahrheitsgemäß.

«Nein?» Conny klingt ungemütlich. «Du bist mehrere Stunden verschollen, und das ist alles, was du dazu zu sagen hast? Nur ein … Nein?»

«Wie gesagt, ich würde mich gern später in Ruhe mit dir unterhalten», erkläre ich in ruhigem Tonfall.

Sie dreht sich auf ihrem Hocker zu mir um. «Ich möchte aber gern jetzt mit dir reden. Und nicht erst später. Also. Was ist heute passiert?»

«Deine Eltern warten auf uns», gebe ich zu bedenken. «Und Rainer kann es nicht ausstehen, wenn man zu spät kommt.»

«Lass Paps nur meine Sorge sein», erwidert sie und verschränkt demonstrativ die Arme vor der Brust. «Wo bist du heute gewesen, Adam?»

Ich mag es zwar überhaupt nicht, wenn meine Frau mich wie einen Fünftklässler behandelt, der verbotenerweise den Pausenhof verlassen hat. Aber es ist normal, dass sie mir misstraut. Unsere Paartherapeutin hat das prophezeit. Ein Seitensprung sorgt dafür, dass die Grundfesten einer Beziehung erschüttert werden. Eine dieser Grundfesten ist gegenseitiges Vertrauen. Und es kann sehr lange dauern, das wieder aufzubauen.

«Also gut», sage ich und setze mich auf die Bettkante. «Ich wollte die Mittagspause im Park verbringen. Und da war ich auch, als ich plötzlich einen kleinen Schwächeanfall hatte.»

Sie zieht erstaunt eine Augenbraue hoch. Zugleich wirkt sie besorgt.

Beruhigend lege ich meine Hand auf ihren Arm. «Keine Sorge, jemand hat den Notarzt gerufen, und dann haben die mich ins Krankenhaus gebracht und von oben bis unten durchgecheckt. Deshalb war ich erst Stunden später wieder im Büro.»

«Warum hast du mich nicht angerufen?», fragt sie. Da ist immer noch diese Mischung aus Sorge und Erstaunen in ihrem Gesicht zu sehen.

«Ich wollte dich nicht beunruhigen. Außerdem wusste

ich nicht, dass die Untersuchung so lange dauern würde.»

Sie nickt skeptisch. «Aha. Und was hat die Untersuchung ergeben?»

«Der Kardiologe meint, es besteht vermutlich kein Grund zur Sorge. Aber sicherheitshalber soll ich zu einem Spezialisten fliegen. Nach Reykjavik.»

In Connys Gesicht überwiegt nun das Erstaunen. «Nach ... Reykjavik?»

«Ja. In Island», ergänze ich.

«Ich weiß, wo Reykjavik liegt», sagt sie. Es klingt leicht patzig.

«Der Arzt meint, ich soll es nicht auf die lange Bank schieben. Deshalb würde ich schon morgen hinfliegen», füge ich hinzu. «Aber es ist auch nur für ein paar Tage. Maximal bin ich vielleicht eine Woche weg.»

Das Erstaunen in ihrem Gesicht weicht nun einem leisen Misstrauen.

«Und du willst da ganz allein hin?», fragt sie.

«Ja. Hab ich mir zumindest so gedacht», antworte ich.

«Du sprichst nicht ein Wort Isländisch.»

«Na und? Fast alle Isländer sprechen Englisch. Manche sogar Deutsch.»

«Ach ja?» Es ist keine Nachfrage, eher eine Stichelei.

«Ja. Ich hab mal kurz gegoogelt, wo dieser Arzt mich hinschickt. Einige Isländer haben sogar deutsche Wurzeln. Wusstest du das?»

«Und du kommst nicht auf die Idee, mich zu fragen, ob ich dich vielleicht begleiten möchte?»

«Ich dachte, das wäre dir höchstens lästig. Möchtest du denn?»

«Na ja. Ich meine, du brauchst doch sicher seelischen

und moralischen Beistand, oder?» Sie kann nicht besonders gut verhehlen, dass sie mir die Geschichte nicht so ganz abnimmt.

Vielleicht ist es ihr ständiges Misstrauen, das mich daran hindert, ihr einfach die Wahrheit zu sagen. Seit meiner Affäre kann ich nichts tun, ohne Conny darüber Rechenschaft ablegen zu müssen. Würde ich ihr gestehen, dass ich nur ein paar Tage meine Ruhe haben möchte, dann wäre sie bestimmt überzeugt davon, dass ich heimlich meine Geliebte treffen will.

«Du kannst gern mitkommen und dir Island ansehen», schlage ich vor. «Ich werde dich nur leider nicht begleiten können, weil ich in der Klinik bleiben muss, damit sie diese Tests mit mir machen können.»

Ihr Misstrauen weicht, eine leise Skepsis bleibt dennoch. Aber für völlig abwegig hält sie meine Geschichte dann wohl doch nicht.

Ich stehe auf, öffne den Schrank und ziehe Dr. Zhangs Überweisung aus meinem Sakko.

«Der Arzt in Reykjavik ist zufällig ein Freund des Kardiologen, der mich heute untersucht hat», sage ich und gebe Conny die Überweisung. «Das ist auch der Grund dafür, warum ich so schnell einen Termin bekommen habe. Eigentlich dauert das Wochen.»

Sie schaut sich das Papier genau an. Dr. Zhangs improvisierte Überweisung scheint ihre Zweifel zu zerstreuen. Sie steht auf und nimmt mich in die Arme. «Muss ich mir Sorgen um dich machen, Adam?»

«Nein. Alles bestens», sage ich und halte ihrem Röntgenblick stand.

3

Als Conny ihren Eltern von meinem Schwächeanfall erzählt, scheinen auch Rainer und Ruth froh darüber zu sein, dass meine längere Abwesenheit in der Mittagspause nur gesundheitliche und nicht etwa amouröse Gründe hatte. Man gönnt mir lebensbedrohliches Kammerflimmern also eher als sexuelle Eskapaden. Ganz nebenbei scheint jeder hier mich völlig selbstverständlich für einen notorischen Fremdgeher zu halten.

Damals, nachdem ich ihr die Affäre mit Astrid gestanden hatte, vertraute Conny sich nicht nur ihren Eltern an, sie zog auch eine Weile zu ihnen. In dieser Zeit litt sie unter Heulkrämpfen, unkontrollierten Fressattacken und einer daraus resultierenden merklichen Gewichtszunahme.

Ruth und Rainer reagierten entsetzt und fassungslos.

«Warum hast du ihr denn überhaupt was gesagt?», blaffte Rainer mich eines Morgens in der Kanzlei an. «Ich denke, die Affäre ist passé.»

«Ist sie ja auch, aber ich wollte trotzdem nicht, dass diese Sache zwischen Conny und mir steht», antwortete ich.

«Na, das ist dir ja super gelungen!», rief er genervt. «Sie heult sich die Augen aus dem Kopf, frisst wie ein Sumo-Ringer und ist überzeugt davon, dass sie nie wieder glücklich sein wird. Glaubst du im Ernst, dass sie da jemals drüber hinwegkommt?»

«Ja, das glaube ich tatsächlich», antwortete ich zuversichtlich.

«Vergiss es», erwiderte Rainer im Brustton der Überzeugung. «Ich schwöre dir, Adam, du wirst bis an dein Lebensende Vorwürfe zu hören bekommen. Mit der Zeit verwandeln sie sich vielleicht in Sticheleien, aber die werden nie aufhören. Da kannst du hundert Jahre alt werden. Und am Ende wirst du die Geschichte mit in dein dunkles Grab nehmen.»

«Hätte ich stattdessen eine Lüge mit ins Grab nehmen sollen?», fragte ich.

«Aber klar! Wenn es für alle Beteiligten besser ist, dann muss man auch den Mumm haben, mit einer Lüge zu leben. Oder sogar mit mehreren.»

«Das klingt, als würdest du dich damit auskennen», erwiderte ich.

Er atmete tief durch, legte mir eine Hand auf die Schulter und sah mir in die Augen. «Adam, ich bin seit siebenundvierzig Jahren verheiratet. Ich werde so viele Lügen mit ins Grab nehmen, dass ich nicht mal sicher bin, ob sie zusätzlich noch den Sarg reinkriegen.»

Ruth gestand mir damals unter Tränen, dass sie mir nie im Leben verzeihen könnte, was ich ihrem kleinen Baby angetan hätte. «So am Boden zerstört war Conny zuletzt bei ihrem Abschlussball. Damals hat Benni Steiner sie versetzt, weil er sich im letzten Moment dazu entschlossen hatte, mit ihrer bis dato besten Freundin hinzugehen.»

«Moment mal. Das ist doch aber jetzt fast dreißig Jahre her, oder?», wendete ich vorsichtig ein.

«Da siehst du mal, wie langsam solche Wunden verheilen», erwiderte Ruth, schluchzte auf und goss sich großzügig Weißwein nach.

Ob sie mir wirklich nie verzeihen wird, ist schwer zu sagen, weil Ruth schon ein wenig angetrunken war, als wir das Gespräch führten. Normalerweise öffnet sie am späteren Nachmittag die erste Flasche Weißwein. Irgendwann im Laufe der zweiten Flasche wird sie melancholisch und gleich danach gefühlsduselig. Man weiß dann nicht so genau, ob ihr Blick noch verklärt oder schon vernebelt ist.

Mein Ansehen bei Rainer und Ruth hat jedenfalls schwer gelitten.

Umso mehr freut es mich, dass jetzt beide wohlwollend reagieren, als ich von meinem kurzfristigen Trip nach Island erzähle.

«Mit Ohnmachtsanfällen ist nicht zu spaßen», sagt Ruth, während sie sich Wein nachgießt und eine Zigarette aus der Großpackung nestelt. «Die Gesundheit geht immer vor.»

Rainer bietet generös an, sich persönlich um meine kleineren Mandate zu kümmern, während ich nicht da bin.

«Versprich mir nur, dass du Göttler bei Laune hältst», bittet er und legt dunkelrote Filetsteaks auf den Grill. «Der Fall ist wichtig für die Kanzlei.»

Das Fleisch zischt und raucht. Gleich danach zieht ein angenehmer Bratenduft über die Terrasse und erinnert mich daran, dass mein Mittagessen heute ausgefallen ist.

Wenn Rainer sagt, dass der Fall wichtig ist, dann meint er eigentlich, dass Göttler ein lukrativer Mandant zu werden verspricht. Für Leute, die mit einem Bein im Knast stehen, spielt Geld erfahrungsgemäß keine große Rolle – vorausgesetzt natürlich, sie haben überhaupt welches.

«Ich rufe ihn von Reykjavik aus an», sage ich. «Wir brauchen jetzt ohnehin erst mal eine zündende Idee, wie wir weiter vorgehen.»

«Vielleicht fällt dir ja auf Island was ein», erwidert Rainer und nippt an seinem Eistee. «Du hast da ja viel Zeit zum Nachdenken, oder?»

Ich will etwas erwidern, aber der infernalisch laute Klingelton von Connys Handy kommt mir dazwischen.

«Ah, das ist Lena», verkündet sie. «Ich wundere mich schon, wo sie bleibt.»

«Vielleicht hatte der Flieger Verspätung», vermutet Ruth.

Conny geht ran. «Hallo Schatz. Wo steckst du? Alle warten auf dich.»

Sie hört zu, dann verdüstert sich schlagartig ihr Gesichtsausdruck.

«Sekunde», sagt sie. «Ich schalte mal auf laut, damit dein Vater das mithören kann.»

Conny tippt auf das Display ihres Handys und streckt es von sich, als hätte es die Grippe. Ich höre das entfernte Schluchzen meiner Tochter.

«Hi, Lena. Was ist denn passiert?», frage ich entgeistert.

Wieder Schluchzen. «Die Hochzeit ist abgesagt», bringt sie mühsam hervor und schnäuzt sich.

Conny sieht mich an, als hätte ich was damit zu tun.

«Und wer genau hat die Hochzeit abgesagt?», will ich wissen.

«Urs. Ich glaube, sein Vater war von Anfang an gegen mich. Und jetzt hat er Urs davon überzeugt, dass ich nicht gut genug für ihn bin.»

«Was soll das heißen? Nicht gut genug?», frage ich konsterniert.

«Titus hat gesagt, dass sein Sohn standesgemäß heiraten soll. Und nicht auf irgendeinem alten Bauernhof in Brandenburg.» Man hört, dass Lena es bedauert, ihrem Exverlobten finanziell nicht das Wasser reichen zu können.

«Aber das haben wir doch noch gar nicht beschlossen», mischt Conny sich ein. «Wir wollten doch heute erst über alles reden. Und wenn Urs' Vater andere Vorstellungen hat, dann wird die Hochzeit daran sicher nicht scheitern.» Sie bedeutet mir mit einem heftigen Kopfnicken, dass ich mich gefälligst daran beteiligen soll, unsere Tochter aufzumuntern.

«Wobei dieser Gutshof wirklich nett ist», versuche ich zu intervenieren und denke daran, dass wir bereits für diese nicht gerade spektakuläre Kulisse einen ordentlichen Batzen Geld hinblättern müssten. Bestimmt sprengen die Vorstellungen von Titus Steiner ruck, zuck den finanziellen Rahmen.

«Jetzt hör doch mal mit diesem blöden Gutshof auf», bellt Conny. «Ich fand diese Idee noch nie besonders gut.»

«Was stellt Urs' Vater sich denn vor?», frage ich in Richtung Handy.

«Keine Ahnung. Ich vermute, wenn es nach ihm ginge, dann würden wir einfach ein großes Luxushotel am Genfer See mieten. In Lausanne. Oder in Montreux. Die Familie kommt ja von überall her. Ich schätze, das sind allein zweihundertfünfzig Leute.»

Ich will gerade erwidern, dass ich es für hundertprozentig ausgeschlossen halte, meiner Tochter ein komplettes Luxushotel am Genfer See zu mieten, da ruft Conny dazwischen: «Aber dann machen wir das doch einfach so!»

Ruth rutscht auf ihrer Hollywoodschaukel interessiert nach vorn und prostet uns zu. «Gute Idee. Darauf trinke ich.»

In Gedanken sehe ich das pompöse Hochzeitsfest schon vor mir. Während die Gäste aus aller Welt auf der Terrasse bei Champagner und Kaviarhäppchen ein opulentes Feuerwerk genießen, werde ich in der Tiefgarage von Mafialeuten gefoltert, weil ich das geliehene Geld für die Hochzeit nicht zurückzahlen kann.

«Conny hat völlig recht. Außerdem ist Lena eure einzige

Tochter. Da würde ich bei ihrer Hochzeit auch nicht aufs Geld schauen», gießt Rainer Öl ins Feuer. «Und man heiratet ja schließlich nur einmal im Leben.»

«Hallo Großvater!», schnieft Lena.

«Hallo mein Goldstück», erwidert Rainer im Vorbeigehen und stellt einen Teller mit Steaks auf den Tisch.

«Darf ich das so verstehen, dass du mir im Fall der Fälle was pumpen würdest?», frage ich meinen Schwiegervater.

Rainer schüttelt energisch den Kopf. «Nein. Auf keinen Fall. Das ist ganz allein Sache des Brautvaters. Da bin ich äußerst konservativ eingestellt.»

Das war er noch nicht, als ich seine einzige Tochter geheiratet habe. Damals kürzte er mir ein Jahr lang das Gehalt, um mich an den Kosten für Connys Traumhochzeit zu beteiligen. Angeblich wollte er mir dadurch das gute Gefühl geben, nicht in seiner Schuld zu stehen.

«Manchmal glaube ich, Titus denkt, dass ich Urs nur des Geldes wegen heiraten will», sagt Lena mit leiser Verzweiflung.

Logisch, denke ich. Was soll Titus Steiner auch sonst glauben? Lena ist vor nicht mal sieben Monaten als Au Pair für Urs' kleine Schwester in die Schweiz gegangen. Und sie hat sofort was mit dem einzigen Sohn des millionenschweren Kunsthändlers angefangen. Manche nennen so was Liebe auf den ersten Blick, andere sehen darin jedoch eiskalte Berechnung.

«Dabei weiß ich ganz genau, dass er die Liebe meines Lebens ist», fügt Lena hinzu. «Und ich bin sicher, dass er auch so für mich empfindet.»

«Vielleicht denkt Titus aber auch nur, dass sein Sohn noch zu jung ist, um sich jetzt schon dauerhaft zu binden», wende ich ein.

«Wieso denn zu jung? Er ist fünfundzwanzig», erwidert Lena. «Zwei Jahre älter als ich.»

«Genau das meine ich. Vielleicht solltest du dir mit dem Heiraten ja auch noch ein bisschen Zeit lassen. Mit dreiundzwanzig weiß man noch nicht sehr viel über das Leben. Vielleicht glaubst du nur, dass er deine große Liebe ist, aber in Wahrheit würdest du den größten Fehler deines Lebens machen, wenn du ihn heiratest.»

«Einen Moment mal. Ich war auch dreiundzwanzig, als wir geheiratet haben», wirft Conny ein.

«Ach ja?», versuche ich Zeit zu gewinnen.

Conny wirft mir einen vernichtenden Blick zu, während Ruth mit glasigen Augen verkündet: «Ich war auch dreiundzwanzig, als ich Rainer das Jawort gegeben habe. Und wir haben es beide nicht einen einzigen Tag bereut. Nicht wahr, Schatz?»

Rainer nickt. «Ganz genau. Nicht einen einzigen Tag», wiederholt er mit fester Stimme und sieht mich an, als wollte er sagen: Siehst du, so einfach kann man seine Frau glücklich machen, wenn man nicht an der Wahrheit klebt wie ein kleiner Beamter an seinen lausigen Vorschriften.

Selig lächelnd greift Ruth nach ihrem Weinglas und prostet der Liebe ihres Lebens zu. Rainer erhebt kurz seinen Eistee, nippt daran und widmet sich dann wieder seinem Job als Grillmeister.

«Ist ja schön und gut, dass alle Frauen in dieser Familie mit dreiundzwanzig unter der Haube sein wollen», fasse ich zusammen, «aber das hilft uns jetzt nicht weiter. Wenn Urs nicht heiraten will, dann kann man ihn nicht dazu zwingen. Und sollte er seine Meinung ändern, dann wird er sich ganz bestimmt bei dir melden.»

«Und was mache ich jetzt?», fragt Lena kleinlaut.

«Am besten, du kommst nach Berlin und ruhst dich ein paar Tage bei uns aus», schlage ich vor. «Geh bummeln oder ins Museum, um auf andere Gedanken zu kommen. Dann sehen wir weiter.»

Schweigen in der Leitung. Lena überlegt.

Diesmal stimmt Conny mir zu. «Dein Vater hat recht. Morgen früh setzt du dich in den ersten Flieger und kommst zu uns nach Hause. Alles andere wird sich schon finden.»

«Nein. Ich kann nicht bis morgen warten», erwidert Lena kategorisch. «Ich muss sofort hier weg. Ich habe das Gefühl, dass ich nicht frei atmen kann.»

«Geht denn jetzt noch ein Flug?», fragt Conny.

«Nein. Ich würde den Nachtzug nehmen.»

«Okay. Dann nimm eben den Nachtzug», sage ich leichthin

«Spendierst du mir einen Liegewagenplatz?», fragt sie prompt.

Connys Blick sagt: Schlag ihr das jetzt bloß nicht ab.

«Ich weiß, dass der Flug, den ich heute Abend habe verfallen lassen, auch nicht ganz billig war», fügt Lena hinzu. «Aber trotzdem. Es ist ja schließlich eine Ausnahmesituation. Bitte, Dad.»

Meine Frau kneift die Augen zusammen wie ein Revolverheld, der kurz davor ist, seine Waffe zu ziehen.

«Weißt du was, Schatz?», erwidere ich in Richtung Lena. «Kauf dir ein Ticket für die erste Klasse und nimm dir einen Schlafwagenplatz. Und wenn du Hunger hast, dann gönn dir obendrein ein gutes Abendessen. Geht alles auf mich.»

«Wow. Danke, Dad. Das ist wirklich nett von dir.»

«Gern geschehen», erwidere ich. «Gute Fahrt und bis morgen.»

«Ja, bis morgen», sagt sie und legt auf.

Conny wirft mir einen anerkennenden Blick zu. Ich antworte mit einem Lächeln und freue mich darüber, dass ich mir kein Geld von der Mafia leihen muss. Zumindest vorerst nicht.

Angela und Yvonne, zwei junge Damen mit langen Beinen und fast genauso langen Fingernägeln, kümmern sich in unserer Kanzlei um den Empfang der Mandanten und die interne Organisation. Ich habe Yvonne gebeten, mir einen Flug am Nachmittag zu buchen, damit ich noch Zeit für ein Mittagessen mit meiner Tochter habe, bevor ich nach Reykjavik aufbreche.

Lena stellt die gleiche Frage, die Conny mir bereits gestellt hat: «Muss ich mir Sorgen um dich machen?»

Ich verspreche ihr hoch und heilig, dass ich erst dann den Löffel abgebe, wenn sie den Mann fürs Leben gefunden und geheiratet hat und obendrein alle vier gemeinsamen Kinder aus dem Gröbsten raus sind.

Lena findet das überhaupt nicht witzig. Ich soll Herzschmerzen nicht auf die leichte Schulter nehmen. Und ich soll endlich mit dem Rauchen aufhören und mehr Sport machen.

Ich nicke nachdrücklich und sage: «Versprochen. Hoch und heilig.»

In Wahrheit frage ich mich, warum die Menschen sich mit wechselseitigen Schwüren das Leben schwermachen. Ich verlange von Lena ja auch nicht, dass sie sich ab sofort nicht mehr in den Falschen verliebt.

Der für mich gebuchte Flug startet zwar wunschgemäß am späten Nachmittag, aber der Preis dafür ist hoch. Ich habe Zwischenlandungen in München und Amsterdam, bin insgesamt mehr als sieben Stunden unterwegs und treffe erst gegen Mitternacht in Reykjavik ein.

Durch die riesigen Fenster des Flughafengebäudes sieht man eine bergige Mondlandschaft. Island schimmert im blassen Dämmerlicht der Mitternachtssonne. Über dem Platz vor dem Gebäude wölbt sich ein imposanter Himmel, der in seinem fahlen Weiß an ein vom Wind aufgeblähtes Segeltuch erinnert. Als hätte es ein nordischer Gott über das Land geworfen. Die Luft riecht nach Regen. Und da ist außerdem ein zarter Duft von feuchtem Moos. Der Wind zupft an meiner Regenjacke, als würde er ungeduldig auf sich aufmerksam machen wollen. Ich bin beeindruckt von der Weite des Landes, spüre sogar so etwas wie Ehrfurcht.

Der junge Typ in der Autovermietung trägt einen knapp sitzenden Anzug und einen großzügig bemessenen Vollbart. Er rät mir, den für mich gebuchten Kleinwagen gegen ein Geländefahrzeug einzutauschen, und vermietet mir einen Range Rover, in dem ich zur Not auch übernachten kann. Wer weiß, wozu es gut ist, denke ich und mache mich auf den Weg in die Stadt.

Yvonne hat mir ein Zimmer im Hilton gebucht. Vermutlich wollte sie mir die erste Nacht auf Island so angenehm wie möglich gestalten, schließlich gehe ich offiziell morgen für den Rest der Woche in die Klinik, um mich von Dr. Gunnarsson durchchecken zu lassen.

Als ich mit der Chipkarte die Zimmertür entriegele, freue ich mich aufs Bett. Die Tür schwingt nach innen, und ich erkenne ein geräumiges Zimmer mit Holzfußboden und einer üppigen Fensterfront. Über die im Dämmerlicht träumende Stadt hat man einen weiten Blick bis zum Meer. Der Raum ist geschmackvoll in Erdtönen eingerichtet.

Was mich allerdings enorm irritiert, ist die Tatsache,

dass jemand auf meinem Doppelbett zu liegen scheint. Ich glaube, die Konturen einer Person erkennen zu können.

Ich vergleiche zur Sicherheit die Nummer an der Zimmertür mit der Nummer auf dem Umschlag, den mir der Portier gegeben hat. Sie stimmen überein. Offenbar bin ich aus unerfindlichen Gründen trotzdem versehentlich in ein falsches Zimmer geraten.

Gerade will ich den Lichtschalter betätigen, da höre ich die Person auf meinem Bett sagen: «Nicht nötig, Sweetheart. Für das, was ich mit dir vorhabe, reicht dieses Dämmerlicht hier völlig aus.»

Es ist nicht meine Frau, die da auf dem Bett liegt. Aber ein energisches Summen und ihr im Handydisplay aufleuchtender Name sagen mir, dass Conny just in diesem Augenblick meine Nummer gewählt hat.

In Berlin ist es gegen elf Uhr. Sie will sicher nur wissen, ob ich gut angekommen bin. Aber ganz nebenbei wird sie vermutlich auch herauszufinden versuchen, ob ich ihr irgendetwas verschweige.

4

«Ist gerade schlecht. Da liegt eine andere Frau in meinem Hotelbett», sage ich ohne einen Funken Ironie. Es ist der ebenso verwegene wie verzweifelte Versuch, die Wahrheit zu verschleiern, indem ich sie Conny als Scherz verkaufe. Was Besseres fällt mir gerade nicht ein. Sicher ist, dass meine Frau mich ruck, zuck am Haken hätte, wenn ich jetzt versuchen würde, sie auf konventionelle Weise zu belügen.

«Zuzutrauen wäre es dir», sagt sie. «Bist du gut angekommen?»

«Ja. Ich hätte dich jetzt auch angerufen. Hab gerade im Hotel eingecheckt.»

Ich drehe mich zum Hotelflur, als würde ich befürchten, Conny könnte das in meinem Zimmer schwebende Parfum der anderen Frau wittern.

«Wie war dein Flug?»

«Lang und abwechslungsreich. Und jetzt bin ich hundemüde.»

«Verstehe», sagt sie. «Dann ruh dich aus. Wir können ja morgen früh telefonieren.»

«Ja. So machen wir es. Schlaf du auch gut.»

Sie zögert einen Moment und räuspert sich. Ich denke: Kein gutes Zeichen. Gar kein gutes Zeichen.

«Okay, also dann», versuche ich sie behutsam abzuschütteln.

Immer noch zögert sie, was mich nun etwas nervös werden lässt.

«Du würdest mir das nicht noch einmal antun, oder?» Sie fragt es leise, fast flüsternd. «Diese Sache war wirklich sehr hart für mich, Adam, und ich glaube nicht, dass ich das ein zweites Mal durchstehen könnte.»

Ich sehe, dass die Frau auf meinem Hotelbett sich lasziv räkelt. Wenn ich es im Dämmerlicht richtig erkenne, dann ist sie splitternackt.

«Nein. Ganz bestimmt nicht», sage ich mit fester Stimme und denke an all die Versprechen, die gerade rund um den Erdball gegeben werden. Hoffen wir mal, dass meines zu den besseren gehört.

«Gute Nacht, Adam», sagt sie nach einer kurzen Pause.

«Gute Nacht, Conny», erwidere ich und beende das Gespräch.

Ich drücke die bislang nur angelehnte Zimmertür ins Schloss, stelle den Koffer im Flur ab und lasse mich kurz danach in einen der beiden Sessel fallen, die vor den bodentiefen Fenstern dazu einladen, den Blick über die Dächer der Stadt schweifen zu lassen.

«Was machst du hier?», frage ich. Ich kann ihr Gesicht erkennen. Sie wirft mir ein verheißungsvolles Lächeln zu.

«Ich habe gehört, dass du in der Stadt bist», antwortet sie und stützt sich lässig auf ihren Ellenbogen. «Und da habe ich mir gedacht, ich schaue einfach mal vorbei und erkundige mich, wie es dir geht.»

«Es geht mir gut», antworte ich. «Danke. Aber dafür hättest du nicht den weiten Weg auf dich nehmen müssen.»

«Freut mich, dass es dir gutgeht», heuchelt sie. «Und wie geht es deiner Frau? Ist sie inzwischen über unsere kleine Affäre hinweg?»

«Ja», antworte ich. «Zumindest so gut wie.»

Astrid rollt sich auf den Bauch und verschränkt die Arme

unter dem Kinn. Das fahle Licht der Mitternachtssonne fließt über ihren nackten Körper und dann die Beine hinab zu ihren Füßen, von wo es ins Dunkel tropft.

«Und du? Bist du ebenfalls über unsere kleine Affäre hinweg, Adam?»

Ich zögere einen Moment, bevor ich erwidere: «Auch so gut wie.»

Ein kurzes, helles Auflachen. «Nimm es mir nicht übel. Aber das klingt, als hätte eure Ehe deinen Seitsprung kaum besser verkraftet als Deutschland die Wiedervereinigung.»

«Ich glaube, du solltest jetzt besser gehen, Astrid.»

«Entweder das, oder du kommst zu mir ins Bett und wir machen genau da weiter, wo wir vor vier Monaten aufgehört haben.»

Ich schüttele den Kopf. «Nein. Es war die richtige Entscheidung, dass wir einen Schlussstrich gezogen haben.»

Sie schnalzt verächtlich mit der Zunge. «Du allein hast diesen Schlussstrich gezogen, Adam. Und für dich mag das auch richtig gewesen sein. Leider hat niemand gefragt, wie es mir dabei geht. Nicht einmal jetzt fragst du mich das.»

Ich überlege, ob ein wesentlicher Teil meiner Faszination für Astrid auf ihrer messerscharfen Rhetorik beruhte. Aber sofort fallen mir eine Menge anderer Dinge ein, die mich nicht minder angezogen haben.

«Also gut. Wie geht es dir, Astrid?»

«Es könnte mir bessergehen, wenn du endlich auch ins Bett kommen würdest», sagt sie.

Sie gibt gern die Verführerin. Als Mata Hari der Pharmabranche würde sie es ganz bestimmt weit bringen. Man sieht es an mir. Ich durchschaue ihr Spiel zwar, bin dagegen aber dennoch nicht völlig immun.

«Bist du wirklich nur deshalb hier?», frage ich und tue so,

als würde mich ihre Vorstellung einigermaßen kaltlassen. «Wegen ein bisschen Sex?»

«Es war ja nicht nur ein bisschen Sex», erwidert sie. «Es war toller Sex.»

Sie lässt den Satz eine Weile im Raum stehen, als müsste ich ihn in Ruhe von allen Seiten betrachten und auf mich wirken lassen. «Und ich bin hier, weil ein Vögelchen in eurer Kanzlei mir gezwitschert hat, dass du in Reykjavik bist. Ich muss sowieso zu einem Kongress nach Boston. Also habe ich einen Zwischenstopp eingelegt.»

«Hat Angela gezwitschert oder Yvonne?», will ich wissen.

Statt zu antworten, fragt sie: «Hast du mich eigentlich vermisst?»

Das habe ich in der Tat, werde das aber ganz bestimmt niemandem auf die Nase binden, besonders nicht ihr. «Du hast mir mal gesagt, dass du dir als Pharmareferentin keine Sentimentalitäten leisten kannst, richtig?»

«Stimmt. Und?»

«Damals meintest du, deswegen würdest du dich auch ganz sicher nicht in mich verlieben.»

Sie lacht. «Warum erstaunt es mich nicht, dass du dir ausgerechnet diesen Satz von mir gemerkt hast?»

«War das ernst gemeint oder nicht?», will ich wissen.

Sie zuckt mit den Schultern. «Wieso interessiert dich das? Du hast dich gegen uns entschieden und für deine Ehe. Das ist alles, was jetzt für dich zählt.»

Ich stutze. «Genau. Und warum glaubst du dann trotzdem, dass wir einfach so da weitermachen können, wo wir aufgehört haben?»

Sie überlegt einen Moment. Dann rollt sie sich auf die Seite, setzt sich auf die Bettkante, fischt einen Bademantel aus dem Dunkel und wirft ihn sich um die Schultern. «Ich weiß, dass du hier bist, um dich untersuchen zu lassen. Und ich vermute, dass du nicht dreitausend Flugkilometer investiert hast, weil dein Blutdruck ein bisschen zu hoch ist. Also sag mir, Adam: Hat es dich schlimm erwischt?»

«Nein, nein. Ich hab nur ein bisschen Herzklabaster», wiegele ich ab.

Sie nickt bedächtig. «Ich kenne viele Männer in deinem Alter, die ein Rendezvous mit dem Tod hatten. Ein Burnout, eine gefährliche Operation oder eine angeschlagene Prostata geben euch urplötzlich eine Ahnung davon, was es heißt, verwundbar zu sein.»

«Das klingt, als hättest du gehofft, mich nur deshalb leicht ins Bett zu kriegen, weil ich alt, krank und gebrechlich bin.»

Sie lächelt. «Ich habe gedacht, du gehörst vielleicht zu den Männern, die ein neues Leben beginnen, wenn sie begreifen, dass ihre Zeit auf diesem Planeten begrenzt ist.»

Sie steht auf, bindet ihren Bademantel zu und geht ums Bett herum. «Und ich hatte gehofft, ich hätte ein kleiner Teil dieses neuen Lebens werden können. Hat nicht geklappt, aber einen Versuch war es wert.»

Sie angelt mit den Füßen nach ihren Hotelpantoffeln, die unter einem Hocker liegen, und fügt hinzu: «Die Rolle als deine Geliebte hätte mir übrigens gereicht.» Mit einem Grinsen ergänzt sie: «Fürs Erste, versteht sich.»

Ich sitze da und denke: Rainer hat nicht ganz unrecht. Wenn man mit einer Lüge leben kann, dann ist es sehr viel unkomplizierter, eine heimliche Affäre zu pflegen, als eine Ehe über die Runden zu bringen, die schon einmal am Boden lag. Vielleicht ist diese Unkompliziertheit das Verlockendste an einer Affäre, und es geht den meisten Männern erst in zweiter Linie um den Sex und den Nervenkitzel.

Ich bin zwar überzeugt davon, dass der kompliziertere Weg für mich der bessere ist. Trotzdem beschleicht mich gerade die Angst, dass ich nicht ganz so charakterfest und willensstark sein könnte, wie ich mir vorgenommen habe. Es wäre verlockend einfach, Astrid zum Bleiben zu bewegen. Ein einziges Wort könnte genügen.

Zum Glück lässt sie von mir ab, bevor ich noch mehr ins Straucheln gerate.

«Mach's gut, Adam», sagt sie. «Ich hoffe, du kriegst diese andere Sache mit deinem Herzen auch noch in Ordnung.»

Bevor sie die Tür ins Schloss zieht, fügt sie hinzu: «Falls du es dir anders überlegen solltest, ich wohne auf der zweiten Etage. Zimmer 217. Du hättest einen nicht ganz so schönen Blick auf die Stadt, dafür aber eine atemberaubende Aussicht auf mich.»

«Gute Nacht, Astrid», sage ich und bemühe mich höflich, aber abgeklärt zu klingen. In Wahrheit denke ich: Oh. Das war gerade verdammt knapp.

Ich erwache mit dem seltsamen Gefühl, dass es die nächtliche Begegnung mit Astrid überhaupt nicht gegeben hat. War es ein Traum? Oder ein Spuk? Hat mir der isländische Nebel einen Streich gespielt?

Ich öffne die Vorhänge in Erwartung eines sonnigen Morgens, bin beim Anblick des Himmels aber nicht einmal sicher, ob der Tag überhaupt schon angefangen hat. Reykjavik liegt immer noch im Dämmerlicht. Es scheint, als hätte jemand die Zeit angehalten und die Stadt in einen Trancezustand zwischen Träumen und Wachen versetzt.

Ich lasse mich aufs Bett fallen. Vielleicht sollte auch ich in Trance verfallen. Die Dinge geschehen lassen, statt sie zu planen und zu lenken. Ich habe ja ohnehin nichts Besonderes vor. Außerdem hat mein Kardiologe mir geraten, ein paar Tage lang genau das zu tun: nichts.

Auf meinem Nachttisch liegen mehrere leere Schnapsfläschchen aus der Minibar. Sie erinnern mich daran, dass ich mir nach der Begegnung mit Astrid zwei große Gin Tonic gegönnt habe, um zügig ins Reich der Träume hinüberzugleiten.

Ich frage mich, ob sie bereits auf dem Weg nach Boston ist, als es klopft.

«Roomservice», höre ich eine junge, männliche Stimme sagen.

Wenig später steht ein Tisch mit einem exquisiten Frühstück in meinem Zimmer. Astrid hat es bestellt und mir auf einem silbernen Tablett eine Nachricht hinterlassen: Hätte wirklich sehr gern mit dir im Bett gefrühstückt, musste aber leider los. Kuss, A.

Mein Handy summt. Conny. Sie hat ein wirklich gutes Gespür für Timing.

«Guten Morgen», sage ich.

«Wünsche ich dir auch. Was machst du gerade?»

«Ich frühstücke.»

«Hoffentlich cholesterinfrei», erwidert sie prompt.

Ich finde, nachdem ich letzte Nacht Astrid widerstanden habe, darf ich jetzt wenigstens beim Frühstücksei zugreifen. «Wieso sollte ich auf Cholesterin verzichten?»

«Weil du es am Herzen hast. Und weil Cholesterin sowieso schädlich ist.»

«Meines Wissens ist das beides noch nicht raus.»

«Na und? Was spricht denn dagegen, dass du einfach vorsichtig bist?»

«Du willst aber jetzt nicht den Rest unserer Ehe damit verbringen, mich zu bemuttern, oder?»

«Den Rest unserer Ehe?», wiederholt sie entrüstet. «Das klingt ja, als hättest du bereits mit unserem gemeinsamen Leben abgeschlossen.»

Ich habe keine Lust, mich zu streiten, also frage ich: «Wie geht es Lena?»

«Keine Ahnung. Sie schläft noch. Wann fährst du in die Klinik?»

«Sobald ich meine Eier mit Speck gegessen habe», antworte ich.

Ich höre Conny genervt durch die Nase atmen. «Ich wollte dir eigentlich nur alles Gute für die Untersuchungen wünschen.»

«Danke. Das ist nett von dir. Ich melde mich, sobald ich was weiß, okay?»

«Hast du eine Nummer, wo ich dich erreichen kann?», fragt sie.

«Du kannst mich doch auf dem Handy anrufen», antworte ich leichthin.

«Ich denke, du bist im Krankenhaus», erwidert sie argwöhnisch. «Meines Wissens sind Handys da verboten.»

Guter Einwand, denke ich und improvisiere: «Du, das ist ja kein normales Krankenhaus, sondern eine Privatklinik. Ich bin sicher, die Leute, die da absteigen, können nicht einfach so auf ihr Handy verzichten. Aber ich sage dir Bescheid, falls ich wider Erwarten doch einen Festnetzanschluss bekommen sollte, okay?»

«Gut», erwidert sie. «Dann lass dir jetzt mal dein Frühstück schmecken. Ab heute kriegst du vielleicht nur noch Obst und Hüttenkäse.»

«Dann ist das hier also meine Henkersmahlzeit?»

«Na, so schlimm ist es ja nun auch wieder nicht», erwidert sie mitleidslos.

«Noch ist es nicht schlimm», korrigiere ich. «Aber Hüttenkäse wäre ja auch nur der Anfang. Als Nächstes würde ich zu hören bekommen, dass ich auf Salz und Zucker verzichten sollte. Dann wären plötzlich sämtliche Fette gestrichen, und am Schluss müsste ich bestimmt auch noch mit dem Saufen und dem Rauchen aufhören.»

«Tja, so ist das Leben», erwidert Conny. «Am Ende kriegen sie dich klein.»

«Danke, es ist wirklich toll, wie du mir Mut machst.»

«Gern geschehen», erwidert sie ungerührt.

Gegen Mittag schauen ein paar Sonnenstrahlen auf Island vorbei, und die Temperatur klettert auf 18 Grad. Ich sitze in meinem Geländewagen und rolle gemächlich Richtung Norden. Die menschenleere Straße führt durch ein mit grünem Moos bewachsenes Lavafeld.

Ich habe mich am Vormittag in Reykjavik mit Lebensmitteln versorgt, um ein paar Tage autark zu sein. Kurz juckte es mich in den Fingern, obendrein ein Zelt zu kaufen und meinen Kurzurlaub gänzlich in freier Natur zu verbringen, aber die Verkäuferin riet mir ab.

«Wenn Sie nur ein paar Tage auf Island sind, dann ist es bequemer, sich abends eine Herberge zu suchen», sagte sie und schob mir einen mehrsprachigen Hotelführer über den Tresen. «Außerdem sollte man sich ein bisschen mit unserem Land auskennen, wenn man draußen übernachten will. Es kommt oft vor, dass leichtsinnige Touristen in Gefahr geraten.»

«Was lauern hier denn im Sommer für Gefahren?», fragte ich erstaunt. «So gefährlich kommt Island mir gar nicht vor.»

«Genau das ist ja das Tückische», entgegnete sie. «Das

Land wirkt friedlich, aber das täuscht. Es gibt reißende Flüsse, tiefe Schluchten und gefährliche Klippen. Außerdem sind wir von einer rauen See umgeben, und das Wetter ist völlig unberechenbar.» Lächelnd fügte sie hinzu: «Wobei es heute in der Tat ganz gut aussieht. Es soll nämlich der heißeste Tag des Jahres werden.»

Es klang, als würden die Menschen in Reykjavik heute nackt vor ihren Kühlschränken liegen, um der sengenden Hitze zu entgehen. Tatsächlich meinen Isländer Temperaturen um die 20 Grad, wenn sie vom heißesten Tag des Jahres reden. Heute sollen es mit etwas Glück und Odins Hilfe 22 Grad werden, was bedeutet, dass man leichtbekleidet in der Sonne stehen kann, ohne zu frösteln – vorausgesetzt, es regnet gerade nicht.

Es ist also ein zwar nicht glühend heißer, aber immerhin angenehm warmer Tag auf Island. Das Navi zeigt an, dass ich in nordöstlicher Richtung unterwegs bin, etwa parallel zur Küstenlinie. Ich nutze die nächstbeste Gelegenheit, um nach Norden abzubiegen. Es ist eine Schotterpiste mit tiefen Schlaglöchern, aber wenn ich Glück habe, dann wird sie mich zum Meer führen.

Der Kleinwagen, den ich ursprünglich mieten wollte, hätte sich hier vermutlich alle Knochen gebrochen. Ich bin froh, dass der junge Mann von der Autovermietung mich für einen Geländewagen erwärmen konnte.

Nachdem ich mich von den Schlaglöchern zehn Minuten habe durchschütteln lassen, stehe ich mutterseelenallein auf einer grün bewachsenen Klippe oberhalb einer malerischen kleinen Bucht und schaue auf die gemächlich dahinrollenden Wellen des Nordatlantiks. Die Luft ist kühl und klar, ich spüre die wärmende Sonne auf der Haut und fühle mich leicht und beschwingt. Ich wünschte, ich könnte mit den Möwen ein paar Runden übers Meer drehen und mir den Wind da oben um die Nase wehen lassen.

Kurzerhand ziehe ich meine Regenjacke aus, lege sie auf den Boden und setze mich. Das Moos ist warm von der Sonne und lädt dazu ein, sich lang hinzustrecken. Ich lege mich also auf den Rücken, schaue in den blauen Himmel und lasse mich von den Wellen sanft in einen tiefen Schlaf singen.

Als ich erwache, habe ich den heißesten Tag des Jahres verschlafen. Es herrscht trübes Dämmerlicht, und hellgraue Wolken, die es eilig zu haben scheinen, hasten über den Himmel. Es ist frisch geworden, weshalb ich mich beeile, meine Jacke wieder anzuziehen. Dabei fällt mein Blick in die kleine Bucht zu meinen Füßen, und mit Erschrecken stelle ich fest, dass sich ein Mensch im Wasser befindet. Ich glaube, eine blonde Frau erkennen zu können. Von meinem Standpunkt aus ist das schwer zu sagen, denn die vorbeiziehenden Wolken ändern die Lichtverhältnisse im Sekundentakt.

Ich erinnere mich an die Warnung der Verkäuferin. Vielleicht ist das da unten im Wasser eine leichtsinnige Touristin, die nur ein kurzes Bad nehmen wollte und jetzt in der aufgewühlten See verzweifelt um ihr Leben kämpft.

Ich habe den Gedanken kaum zu Ende gedacht, da hebt die Frau beide Arme über den Kopf und winkt mir zu. Ich muss befürchten, dass sie in Panik ist und darauf hofft, dass ich ihr helfen kann. Dabei bin ich gerade selbst im Begriff, in Panik zu geraten. Die Klippe, auf der ich stehe, befindet sich acht bis zehn Meter über dem Strand. Sie ist Teil einer Steilküste, die sich kilometerweit in beide Richtungen erstreckt. Ich habe deshalb keine Ahnung, wie ich der Ertrinkenden helfen könnte. Mal ganz abgesehen davon, dass ich das auch nicht wüsste, wenn ich es irgendwie in die Bucht schaffen würde. Ich war mal ein ganz passabler Schwimmer, aber meine Fitness hat arg gelitten. Und die Wellen rollen nicht mehr so gemächlich dahin wie vor meinem Nickerchen. Der Nordatlantik sieht vielmehr so aus, als würde er kurzen Prozess mit mir machen. Die wahrscheinlichste Variante wäre wohl, dass wir beide ertrinken würden.

Plötzlich fällt mir siedend heiß ein, was zu tun ist: Hilfe holen. Logisch. Vorgestern noch habe ich mich über trödelnde Retter aufgeregt, heute stehe ich selbst auf dem Schlauch, als es darum geht, schnell das Richtige zu tun.

Ich fingere hektisch nach meinem Handy, stelle fest, dass es im Wagen liegt, laufe hin, hole es und beeile mich, wieder zur Küste zu kommen, während ich mich frage, wie wohl die Rufnummer der isländischen Seenotrettung lautet. Gerade will ich auf gut Glück die 112 wählen, da sehe ich zu meinem großen Erstaunen, dass die Frau das Wasser verlassen hat. Sie greift nach einem zwischen den Felsen liegenden Handtuch und fuchtelt erneut mit den Armen. Diesmal verstehe ich, was sie meint: Ich soll mich gefälligst umdrehen, damit sie sich in Ruhe abtrocknen kann, weil sie nämlich nackt ist. Ich wirbele herum und denke: So schnell kann es gehen. Eben noch war ich fast ein Held, jetzt bin ich fast ein Spanner.

Als ich nach zwei, drei Minuten einen Blick riskiere, ist die Schwimmerin verschwunden. Ich will mich umdrehen und zum Wagen zurückgehen, da erwischt mich eine heftige Windböe. Ich glaube mich zu erinnern, dass die Gefahr von plötzlichen Windböen an Klippen ebenfalls von der Verkäuferin erwähnt worden ist. Mir passiert nun, wovor sie gewarnt hat: Der unberechenbare isländische Wind zieht mir einfach die Beine weg.

Ich stürze über die Klippe, schaffe es aber, geistesgegenwärtig nach einem Felsvorsprung zu greifen. Ich spüre einen stechenden Schmerz in den Fingern, als sie den kalten, spitzen Stein umklammern. Meine Füße suchen Halt, finden aber keinen. Hilflos baumele ich über dem Abgrund. Ich habe eben gesehen, dass unter mir große, grobe Felsen liegen. Mit denen werde ich Bekanntschaft machen, sobald ich mich nicht mehr halten kann. Meiner körperlichen Fitness nach zu urteilen, wird das schon sehr bald der Fall sein.

«Hilfe!», bringe ich mühsam hervor, rechne aber nicht damit, dass mich jemand hört, zumal es mir nicht annähernd gelingt, das laute Tosen des Atlantiks zu übertönen.

5

Ich versuche, mich mit aller Kraft hochzuziehen, scheitere aber kläglich. Das liegt daran, dass ich zum einen etwas übergewichtig und zum anderen etwas unsportlich bin. Meine miserabel trainierten Oberarmmuskeln haben also keine Chance gegen meinen Bauchansatz. Außerdem habe ich mir noch nie was aus Klettersport gemacht. Aber wer rechnet auch schon damit, dass er eines Tages an einer isländischen Klippe hängen wird?

Ich frage mich, ob es mir gelingen könnte, mich für ein paar Sekunden mit nur einer Hand festzuhalten, um mit der anderen nach meinem Handy zu greifen. Vielleicht kann ich Hilfe rufen. Gut, vielleicht rutsche ich auch einfach ab und breche mir das Genick. Allzu viel Zeit, das Für und Wider zu erwägen, habe ich nicht, weil meine Kräfte rapide nachlassen. Ich verwerfe den Handyplan. Vielleicht fällt mir ja doch noch was Besseres ein.

Während ich meine lausigen Optionen durchgehe und mich nach einer Flasche Rotwein und einem guten Essen in einer heimeligen isländischen Herberge sehne, werde ich plötzlich hart an den Handgelenken gepackt und kraftvoll nach oben gezogen. Ich lande unsanft auf den Knien und falle nach vorn ins feuchte Moos.

Weil ich zittere, schaffe ich es nicht sofort, mich hochzurappeln. Ich hebe den Kopf und spucke ein paar Grashalme aus. Dann stütze ich mich auf die Ellenbogen und sehe mich um. Wer, zur Hölle, hat mir da gerade geholfen?

Am Steilhang erkenne ich eine riesenhafte Gestalt, deren Umrisse sich gegen den schwarzgrauen Himmel abheben. Ein Mann, vermutlich über zwei Meter groß. Kein Wunder, dass er mich mühelos über die Klippe gehoben hat.

Er scheint gerade gehen zu wollen.

«Laufen Sie nicht weg!», rufe ich. «Bitte. Warten Sie einen Moment.»

Er dreht sich zu mir um, und jetzt erkenne ich zu meinem großen Erstaunen, dass es sich nicht um einen Hünen handelt, sondern im Gegenteil um einen sehr kleinen Mann. Er steht auf einem Felsen, um die Bucht besser überblicken zu können. Deshalb kam er mir auf den ersten Blick so riesig vor.

Immer noch auf den Knien, schaffe ich es immerhin, meinen Oberkörper aufzurichten. Meine Schultern schmerzen, ebenso die Arme. Im Grunde tut mir jeder Knochen weh.

Er klettert vom Felsen und kommt leicht humpelnd auf mich zu. «Sag mal, hast du Katla gesehen?»

«Haben Sie mich da gerade die Klippe hochgezogen?», frage ich. Einerseits bin ich bass erstaunt, dass der kleine Mann mich quasi im Vorbeigehen gerettet haben soll. Andererseits sehe ich niemanden, der es sonst getan haben könnte.

Kniend bin ich mit ihm ungefähr auf Augenhöhe. Er ist stämmig und muskulös, aber nicht größer als einen Meter vierzig. Kaum zu glauben, dass er meine gut neunzig Kilo mühelos gehoben haben soll.

Seine blauen Augen mustern mich. Er hat halblanges, zerzaustes Haar und einen kurzgeschorenen Bart. Ich tippe ihn auf Mitte zwanzig.

«In Island duzt man sich», sagt er. «Selbst Priester, Präsidenten und Lebensretter muss man hier nicht siezen.»

«Das warst wirklich du?», frage ich noch einmal. Mühsam setze ich einen Fuß vor, um mich aufzurichten. Ich verharre jedoch in dieser Haltung, weil meine Beine immer noch zittern.

«Klar war ich das», sagt er. «Wer sonst? Hier ist niemand außer uns beiden. Katla scheint ja schon weg zu sein. Hast du sie nun gesehen oder nicht?»

Ich schaue ihn verständnislos an.

«Groß, blond und hübsch. Geht abends gern hier schwimmen.»

«Ach die.» Ich nicke. «Ja. Die hab ich gesehen.»

«Schade, dann habe ich sie verpasst.» Er dreht sich auf dem Absatz um und marschiert los. «Keine Zeit, ich muss weiter. Merk du dir, dass man immer eine Armlänge Abstand zum Klippenrand hält. Und wenn der Wind launisch ist, dann besser gleich zwei Armlängen.»

Bevor ich etwas erwidern kann, ist er nur noch ein Schatten, der zwischen den Felsen umherzuschweben scheint.

Man sagt den Isländern nach, dass sie hilfsbereit und gastfreundlich sind. Ich muss noch viel von ihnen lernen, denn ich habe meinem Lebensretter weder eine Mitfahrgelegenheit angeboten noch eine kleine Stärkung. Nicht einmal gebührend bei ihm bedankt habe ich mich, was nun wirklich das Mindeste gewesen wäre.

Ich beeile mich, auf die Beine zu kommen, forme die Hände zu einem Trichter und rufe: «Danke für deine Hilfe!»

«Keine Ursache!», höre ich ihn antworten, während er sich langsam entfernt.

«Ich hab übrigens ein Auto dabei!», rufe ich. «Wenn du willst, dann kann ich dich gern mitnehmen.»

Ich sehe, dass der Schatten urplötzlich verharrt.

Mein Retter macht kehrt, um wenig später hinter einem Felsen aufzutauchen. «Was hast du da gerade gesagt?»

«Wenn du willst, dann kann ich dich mitnehmen», wiederhole ich mein Angebot. «Ich hab auch was zu essen und zu trinken im Auto. Würde mich freuen, wenn ich mich ein wenig dafür erkenntlich zeigen könnte, dass du mir gerade das Leben gerettet hast.»

Er wirft mir einen skeptischen Blick zu. «Wirklich? Du würdest mich tatsächlich mitnehmen? Das würdest du tun?»

«Aber klar», sage ich und lasse die Türschlösser des Range Rover aufschnappen. «Bitte. Steig ein.»

Wenig später ruckeln wir im Halbdunkel zurück über die Schlaglochpiste in Richtung Hauptstraße.

Mein Beifahrer riecht nach feuchter Schafswolle, was nicht verwunderlich ist, weil praktisch seine komplette Bekleidung daraus besteht. Sogar die Felle an seinen Füßen sind mit Wollstoffresten festgebunden. Entweder mein Lebensretter ist ein Aussteiger, oder ich habe es mit einem isländischen Eremiten zu tun – was wohl irgendwie aufs Gleiche hinausläuft.

«Ich heiße übrigens Adam.»

«Wie der Kerl, den Gott aus dem Paradies geworfen hat?», feixt er.

«Genau wie der», antworte ich amüsiert. «Und wie heißt du?»

«Magnus», erwidert mein Lebensretter.

«Wow. Das ist ja mal ein großer Name», stelle ich fest. «Beeindruckend.»

«Was war das?», fragt Magnus lauernd. «Etwa eine Anspielung auf meine Körpergröße?»

«Aber nein. Es liegt mir fern, dir auf die Füße zu treten»,

sage ich. «Du hast mir immerhin gerade das Leben gerettet.»

«Wenn du einen Witz auf meine Kosten machen willst, dann nur zu. Aber es muss einer sein, den ich noch nicht kenne», sagt Magnus. «Damit ich auch was davon habe. Ist aber nicht ganz einfach. Ich behaupte mal, in Sachen Zwergenwitze kann mir keiner was vormachen.»

Ich muss grinsen. Wir erreichen die Hauptstraße.

«Links oder rechts?», will ich wissen.

«Sag du. Nach Osten, oder?», antwortet Magnus.

Ich lenke den Wagen ostwärts und bin leicht irritiert. Warum weiß er nicht, wohin er will? «Wohnst du nicht hier in der Nähe?»

«Die meisten Isländer wohnen in der Nähe. Das Land ist zwar riesig, aber irgendwie stapeln sich dann doch alle in und um Reykjavik.»

«Und wo soll ich dich absetzen?», frage ich. «Reykjavik wäre jetzt nämlich genau in die andere Richtung.»

«Aber ich dachte, du nimmst mich mit.» Magnus klingt einerseits beunruhigt, andererseits ein wenig empört.

«Tue ich ja auch gerade», sage ich. «Die Frage ist, wohin ich dich mitnehmen soll.»

«Aber das liegt doch an dir», erwidert er verunsichert. «Müssen wir nicht erst einmal zur Fähre?»

«Zur Fähre?», wiederhole ich verwirrt. «Wieso denn zur Fähre?»

«Na, ich dachte, du bist über Seydisfjördur gekommen.»

«Nein. Ich komme aus Reykjavik.»

«Wohnst du da etwa auch?», fragt er erstaunt.

«Nein. Ich wohne in Berlin», antworte ich.

«Aber das ist doch gut», sagt er zufrieden. «Berlin wird mir bestimmt gefallen. Dann müssen wir also doch zur Fähre.»

Mir schwant plötzlich, dass der Kerl mein Angebot, ihn mitzunehmen, offenbar völlig falsch verstanden hat.

«Ich dachte eigentlich eher daran, dich hier irgendwo in der Nähe abzusetzen», erwidere ich diplomatisch. «Vielleicht bei dir zu Hause?»

Er schüttelt energisch den Kopf. «Nein. Lieber nicht. Ist gerade schlecht.»

«Das tut mir leid», sage ich. «Aber die Sache ist die: Ich habe nicht vor, heute nach Berlin zu fahren. Eigentlich werde ich überhaupt nicht hinfahren, sondern fliegen, und das auch erst in ein paar Tagen. Falls du also eine Mitfahrgelegenheit nach Berlin suchst, dann kann ich dir damit leider nicht dienen.»

«Oh», sagt er und scheint nun spontan zu begreifen, worin unser Missverständnis besteht. Enttäuscht fügt er hinzu: «Wie schade.»

Ich lenke den Wagen an den Straßenrand.

«Kopf hoch. Momentan kommen jeden Tag Tausende Urlauber nach Island. Da ist bestimmt jemand dabei, der dich mitnehmen kann», sage ich und beginne, das Navi nach Hotels zu durchsuchen. «Was hältst du davon, wenn du dir heute auch ein Hotelzimmer nimmst? Morgen früh sieht die Welt schon wieder anders aus, und wer weiß, vielleicht haben sich dann auch bei dir zu Hause die Wogen geglättet.»

Magnus überlegt.

«Wenn das finanziell ein Problem ist, dann lade ich dich gern ein», füge ich hinzu. «Immerhin das kann ich für dich tun.»

Er überlegt immer noch, dann schüttelt er den Kopf. «Danke für dein Angebot. Aber ich glaube, ich schlafe lieber draußen.»

«Was soll das heißen?», frage ich. «Willst du dich auf das nächstbeste Lavafeld legen, oder was?»

«Ja. Oder auch unter den nächstbesten Wasserfall», antwortet er und öffnet die Wagentür. «Mach es gut, Adam. Ich wünsche dir eine glückliche Reise. Mögen die Götter dich vor Ungeheuern und rothaarigen Frauen bewahren.»

«Was hast du gegen rothaarige Frauen?», frage ich.

«Ist eine lange Geschichte», antwortet er und wirft die Tür ins Schloss.

Sekunden später hat die Dunkelheit ihn verschluckt.

Das nächstgelegene Hotel ist keine fünf Autominuten entfernt. Es handelt sich um einen einsam gelegenen Zweckbau, der an ein Krankenhaus erinnert. Die Einrichtung ist ganz in Grau gehalten. Alles wirkt ungemein praktisch, sehr preisbewusst und vor allem äußerst pflegeleicht. Trotzdem werden für die Jugendherbergszimmer Grandhotelpreise verlangt – vor allem, wenn man ein eigenes Bad haben möchte.

Die ebenso junge wie resolute Frau am Empfang stellt klar, dass es bereits deutlich nach 21 Uhr ist, weshalb das Restaurant und die Bar längst geschlossen sind. Es gibt ein paar Automaten, an denen ich mir Schokoriegel, Getränke und Knabbereien ziehen kann. Außerdem stehen im Garten rund um die Uhr mehrere Hot Tubs zur Verfügung.

Ich muss also leider auf ein gutes Abendessen mit einer schönen Flasche Rotwein verzichten, könnte aber stattdessen die ganze Nacht in einem Badezuber sitzen und Schokolade und Chips in mich hineinstopfen.

Zum Glück habe ich Vorräte im Wagen. Ich kann den Tag zwar nicht mit einem Festessen, aber mit einem Käsebrot und einem Leichtbier beenden. Es hätte wesentlich schlimmer kommen können. Wäre Magnus nur zwei Minuten später aufgetaucht, dann läge ich jetzt nicht angenehm ermattet in einem knarzenden Jugendherbergsbett, sondern schwer verletzt – oder tot – am Fuße einer gottverlassenen Steilküste. Ich muss dem Schicksal ewig dankbar dafür sein, dass es mir diesen seltsamen Isländer geschickt hat.

Doch ich frage mich, was der Himmel mir damit sagen will, dass ich in kürzester Zeit gleich zwei Mal dem Tod von der Schippe springe.

Während ich mein Handy hervorkrame, überlege ich, wie ich den heutigen Tag offiziell verbracht habe. Ich werde Conny sagen, dass Dr. Gunnarsson sehr kompetent wirkt und am Vormittag ein ausführliches Gespräch mit mir geführt hat. Ich soll ein Langzeit-EKG machen, viel spazieren gehen, das Rauchen einschränken und in der kommenden Woche auf Alkohol verzichten. Apropos, denke ich: Ich könnte mal wieder eine rauchen.

Schlotternd stehe ich wenig später auf der kleinen Terrasse vor meinem Zimmer, betrachte die im milchigen Licht der Mitternachtssonne glimmenden Berge und entschließe mich dann doch gegen eine Dosis Nikotin und für ein paar tiefe Atemzüge. Die klare Luft tut gut. Erstaunlich, dass dem heißesten Tag des Jahres auf dem Fuße eine beinahe frostige Nacht folgt. Man hat das Gefühl, vom Sommer geradewegs in den Winter geschubst zu werden.

Selbst hier im Freien ist das Handysignal miserabel. Ich versuche trotzdem, Conny zu erreichen, komme aber nicht durch. Immerhin gelingt es mir, eine SMS abzusetzen: *Schlechter Empfang, sonst alles okay. Melde mich morgen früh. Schlaf gut. Kuss.*

«Hast du zufällig Brennivin dabei?», höre ich eine Stimme fragen. Dann kommt Magnus Magnusson aus dem Halbdunkel gehumpelt.

«Stehst du da schon lange?», frage ich.

«Nein. Bin gerade erst gekommen», antwortet er. «Ich habe in nordwestlicher Richtung mein Nachtlager aufgeschlagen. Es gibt da eine sehr gemütliche Felsspalte.»

«Klingt toll», sage ich. «Und jetzt willst du … was war das noch gleich?»

«Brennivin. Ein isländischer Schnaps. Hast du den etwa noch nicht probiert?»

Ich schüttele den Kopf.

«Musst du mal machen», sagt er. «Schmeckt gut. Ich habe mir eben Moostee aufgeschüttet, aber der schmeckt nach Moos, und das kann ich nicht leiden. Deshalb wollte ich ein bisschen Brennivin reinschütten.»

«Ist es nicht logisch, dass Moostee nach Moos schmeckt?», frage ich irritiert.

«Klar ist das logisch», antwortet Magnus.

«Und wieso machst du dir überhaupt Moostee, wenn du ihn nicht leiden kannst?»

«Na, ich dachte doch, du hättest Brennivin. Dann hätte es mit dem Moosgeschmack ja kein Problem gegeben.»

«Aber wäre es nicht sinnvoller gewesen, mich zu fragen, ob ich Brennivin habe, bevor du dir diesen Moostee aufgegossen hast?»

«Es wird noch sehr lange dauern, bis du wie ein Isländer denkst», erwidert Magnus. «Hast du nun Brennivin oder nicht?»

Ich schüttele den Kopf. «Du kannst ein Leichtbier haben, wenn du willst.»

«Hey! Du hast Leichtbier dabei? Das ist toll. Dann hätte ich den blöden Moostee ja gar nicht machen müssen.»

«Woher wusstest du eigentlich, dass ich hier bin?», frage ich und öffne die Terrassentür, um Magnus hereinzubitten.

«Es ist das einzige Hotel in der Gegend», antwortet er, tritt ein und sieht sich interessiert in meinem Zimmer um. «Allerdings verstehe ich immer noch nicht, warum du in dieser düsteren Bude übernachtest, wenn du ganz in der Nähe eine gemütliche Felsspalte unter freiem Himmel haben könntest.»

«Ist wohl so eine komische Angewohnheit von mir», sage ich und reiche ihm ein Bier. «Irgendwie mag ich es, in einem Bett zu schlafen, das in einem festen Gebäude steht.»

Magnus zuckt mit den Schultern. «Egal. Musst du ja selbst wissen.» Er öffnet das Bier und nimmt einen tiefen Schluck.

Offenbar schmeckt es ihm, denn, ohne zu fragen, angelt er eine weitere Dose aus der Einkaufstüte und lässt sie in seiner Jackentasche verschwinden.

«Nur zu. Bedien dich», sage ich.

Er bedeutet mir mit einem Wink, dass er meine Großzügigkeit zu schätzen weiß, und schnappt sich noch ein Bier. «Okay, Adam. Dann will ich dich auch nicht länger aufhalten. Mach es gut. Und denk daran, alle Fenster zu öffnen, bevor du ins Bett gehst.»

«Warum denn das? Es wird bestimmt saukalt heute Nacht.»

«Musst du aber trotzdem machen, damit die Geister, die hier gefangen sind, ins Freie finden können.»

«Hier gibt es Geister?», frage ich amüsiert.

«Ich vermute sogar, es sind nicht wenige», erwidert Magnus. «Neugierig, wie sie sind, schleichen sie sich in die Zimmer, wenn sauber gemacht oder gelüftet wird. Und dann finden sie oft nicht mehr heraus.»

«Und was sind das für Geister?», will ich wissen.

«Berggeister, Flussgeister, Feuergeister. Vielleicht auch ein paar Baumgeister, wer weiß?»

Ich vermute, es hat wenig Sinn, Magnus zu widersprechen. Also nicke ich und sage: «Alles klar. Ich werde dran denken, die Geister vor die Tür zu lassen.»

«Gut.» Magnus nickt zufrieden, hebt zum Abschied kurz die Hand und verschwindet.

Mein Handy summt. Ich vermute, das ist Conny, und will rangehen, aber diesmal ruft sie nicht an, sondern hat mir stattdessen eine SMS geschrieben. Es sind nur vier Worte, aber sie treffen mich wie ein Faustschlag: *Ich will die Scheidung.*

6

Ich brauche eine Weile, um das Hotel nach einem halbwegs stabilen Handynetz abzusuchen. Ausgerechnet in der Automaten-Ecke werde ich fündig. Conny kann ich dennoch nicht erreichen. Entweder sie drückt das Gespräch jedes Mal weg, wenn mein Name im Display erscheint, oder alle Anrufe sind auf die Mailbox umgeleitet. Ich bitte um Rückruf, rechne aber nicht damit. So wie ich sie kenne, hört sie meine Nachricht nicht einmal ab.

Um zu erfahren, was passiert ist, und weil ich vermute, dass Conny Rat und Trost bei ihren Eltern sucht, rufe ich Rainer an.

Mein Schwiegervater begrüßt mich mit den Worten: «Was machst du denn schon wieder für Sachen, Adam?» Es klingt, als würde er einen ungezogenen Siebenjährigen ermahnen.

Ich höre, dass eine schwere Tür ins Schloss geschoben wird. Rainer hat sich also gerade in seinem heimischen Arbeitszimmer verbarrikadiert. Ruth und vermutlich auch Conny sollen nicht mitbekommen, dass wir beide miteinander telefonieren.

«Keine Ahnung. Sag du es mir», antworte ich.

Er nimmt Platz auf seinem geliebten Eames-Chair. Das leise Ächzen des Leders verrät es. Ich stelle mir vor, wie er die Beine hochlegt, um sich in aller Ruhe an meinen Schwierigkeiten zu ergötzen. Rainer liebt Schwierigkeiten, solange es nicht seine eigenen sind. Vermutlich ist er nur deshalb Anwalt geworden, weil ihn die Vorstellung beglückte, ständig in den Schwierigkeiten anderer Leute zu stecken.

«Kurz gesagt, es sieht schlecht für dich aus, Adam. Dein Plan ist aufgeflogen, und Conny schwört Stein und Bein, dass sie nie wieder ein Wort mit dir wechseln wird. Und wenn du sie erleben könntest, dann würdest du wissen, dass es ihr diesmal verdammt ernst damit ist.»

«Von welchem Plan redest du eigentlich?», frage ich.

«Jetzt spiel nicht den Ahnungslosen», sagt Rainer in ruppigem Ton. «Leugnen hat überhaupt keinen Sinn. Conny weiß alles.»

Ich seufze. Es war klar, dass mein Urlaubsplan auffliegen könnte. Schade, dass er sich schon am zweiten Tag meiner Abwesenheit in Luft auflöst. Und ebenso schade, dass Conny gleich wieder ein Drama daraus macht. «Was ist das Problem, Rainer? Dass meine Herzuntersuchung nur eine Erfindung war? Na und? Ich wollte ein bisschen Zeit für mich haben und hatte keine Lust auf lange Erklärungen und Diskussionen. Was ist denn schon dabei?»

«Nichts», erwidert Rainer locker. «Und Conny würde sich bestimmt nicht so fürchterlich aufregen, wenn das schon alles wäre. Aber sie weiß eben auch, dass du dich in Reykjavik mit deiner Geliebten getroffen hast.»

«Oh nein», rutscht es mir raus.

«Oh doch», kontert Rainer. «Du hast Dr. Einar Gunnarsson ein bisschen zu sehr über den grünen Klee gelobt. Conny hat ihn gegoogelt, und erstaunlicherweise arbeitet der einzige Kardiologe dieses Namens in ganz Island als unbedeutender Assistenzarzt in einem kleinen Regionalkrankenhaus. Er hat also weder internationales Renommee noch eine eigene Klinik. Was deine Frau zu der Frage geführt hat, warum du sie belogen hast.»

«Verstehe. Und dann hat sie tiefer gegraben.»

«War nicht nötig. Ein Anruf im Hotel, und siehe da, plötzlich passte alles zusammen.» Rainer räuspert sich. «Kleiner Tipp: Es wäre cleverer gewesen, wenn ihr nicht zwei Zimmer gebucht hättet, sondern nur eins. Selbst die dümmste Ehefrau der Welt hätte kein Problem damit gehabt, euch auf die Schliche zu kommen. Aber ansonsten war ich von deiner Herzgeschichte wirklich sehr beeindruckt. So was hätte ich einem grundehrlichen Mann, der auf keinen Fall eine Lüge mit ins Grab nehmen will, gar nicht zugetraut.»

Ich kann verstehen, dass er mich verspottet. Die Fakten sprechen klar gegen mich. «Würdest du mir trotzdem glauben, wenn ich dir sage, dass alles ganz anders war, als es scheint?»

Er lacht. «Wärst du mein Mandant, dann würde ich nach diesem Satz wissen, dass du garantiert Dreck am Stecken hast. Aber nur zu, sag mir, wie es wirklich war, und dann schauen wir mal, ob deine Verteidigungslinie was taugt.»

«Okay», sage ich. «Zunächst einmal: Astrid und ich waren in Reykjavik nicht verabredet.»

«Aha. Ihr habt euch also ganz zufällig am selben Tag im selben Hotel auf einer abgelegenen Insel im Nordatlantik getroffen», präzisiert Rainer süffisant.

«Nein. So war es nun auch wieder nicht», gebe ich zu. «Sie wusste, dass ich nach Island reisen würde, und hat sich deshalb ohne mein Wissen im selben Hotel einquartiert.»

«Und was wollte sie von dir?»

«Unsere Affäre wieder aufleben lassen. Aber dazu ist es nicht gekommen, weil ich ihr gesagt habe, dass ich bei Conny bleiben werde.»

«Und bei welcher Gelegenheit war das?

«Bei welcher Gelegenheit war was?», frage ich irritiert.

«Na, bei welcher Gelegenheit hast du deiner Geliebten gesagt, dass du deine Frau nicht verlassen wirst?», will Rainer wissen.

«Exgeliebten», verbessere ich. «Und was spielt das für eine Rolle?»

«Vielleicht keine. Aber ich vermute, Conny wird wissen wollen, ob ihr euch nur zufällig in der Hotellobby über den Weg gelaufen seid oder ob ihr euch zu einem lauschigen Abendessen verabredet habt», erwidert Rainer.

«Sie war in meinem Zimmer», gebe ich zu.

Rainer schnalzt mit der Zunge. «Ein Abendessen wäre besser gewesen, Adam.»

«Wie schon gesagt, wir waren nicht verabredet», erkläre ich. «Als ich im Hotel ankam, da lag sie in meinem Bett. Ich habe ihr eindeutiges Angebot abgelehnt, also ist sie wieder gegangen. Das ist die Wahrheit.»

«Okay. Dass deine Exgeliebte in deinem Hotelbett auf dich gewartet hat, ist ein Detail, das ich trotzdem nicht erwähnen würde», sagt Rainer. «Ich ganz persönlich hätte an dieser Stelle sogar eine Gedächtnislücke, wenn ich meiner Frau tatsächlich treu geblieben wäre.»

«Aber es ist die reine Wahrheit», beharre ich. «So war es wirklich.»

«Woher hatte sie deinen Zimmerschlüssel?»

«Keine Ahnung. Vielleicht hat sie den Portier bestochen oder becirct, um einen Zweitschlüssel zu bekommen. Was weiß ich?»

Rainer schweigt nachdenklich.

«Du glaubst mir nicht, oder?»

«Hast du nach diesem nächtlichen Gespräch noch einmal Kontakt mit ihr gehabt?»

«Nein.»

«Sie hat dir also auch keine Nachricht hinterlassen oder so was?»

Ich zögere einen Moment.

Rainer interpretiert das als Geständnis. «Also raus mit der Sprache. Was ist noch passiert?»

«Nichts. Sie hat mir Frühstück aufs Zimmer bringen lassen. Und die Nachricht lautete, dass sie gern mit mir im Bett gefrühstückt hätte.»

«Sie hat dir ein Frühstück spendiert, nachdem du sie in der Nacht zuvor abserviert hast?»

«Ja. Glaub mir, Rainer. Genau so war es.»

Schweigen. Nur sein gleichmäßiges Atmen ist zu hören.

Ich warte auf die Urteilsverkündung. Wenn Rainer bereit wäre, zumindest ein gutes Wort für mich einzulegen, dann wäre schon viel gewonnen.

«Du hast völlig recht», sagt er schließlich. «Ich glaube dir tatsächlich kein Wort. Allerdings scheint diese Astrid Bollinger auch eine sehr bemerkenswerte Frau zu sein. Insofern kann ich in gewisser Weise sogar verstehen, was du getan hast. Die wichtigere Frage lautet aber, ob deine Ehe den vorläufigen Abschiedssex mit deiner Exgeliebten überleben wird oder nicht.»

Ich kenne Rainer gut genug, um zu wissen, dass es keinen Sinn hat, ihm zu widersprechen. Er hat sein Urteil gefällt, und dabei bleibt es. Außerdem wäre es müßig, noch weiter in den Details herumzustochern. Alles deutet darauf hin, dass ich den Trip nach Island nur erfunden habe, um mit Astrid im Lotterbett zu landen. Die reine Wahrheit klingt also diesmal vergleichsweise abwegig. Ich sollte deshalb auch nicht zu sehr darauf vertrauen, dass sie jemals ans Tageslicht kommt.

«Okay. Was schlägst du vor?», frage ich.

«Muss ich in Ruhe drüber nachdenken», antwortet Rainer. «Jedenfalls wird es nicht leicht für dich, deine Ehe ein weiteres Mal zu retten. Dabei hatte ich sehr gehofft, wir hätten die Zeiten des Heulens und Zähneklapperns endlich hinter uns.»

«Das hatte ich auch gehofft», sage ich. «Heißt das, Conny ist bei euch?»

«Nicht nur Conny, Lena wohnt auch hier», antwortet Rainer. «Aber deine Tochter ist genauso schlecht auf dich zu sprechen wie meine Tochter.»

«Okay. Ich komme morgen nach Hause», sage ich kurz entschlossen. «Und zwar gleich mit der ersten Maschine.»

Wieder Schweigen am anderen Ende der Leitung.

Dann sagt Rainer: «Conny möchte, dass du dir eine neue Bleibe suchst.»

Ich brauche einen Moment, um diese Nachricht zu verdauen. «Aber sie wohnt doch momentan bei euch. Was spricht dagegen, dass ich mich in unserem Haus aufhalte? Ich meine, wir alle müssten uns nicht einmal über den Weg laufen.»

«Ich fürchte, diesmal meint Conny es wirklich ernst mit der Scheidung», sagt Rainer. «Und es ist nicht euer Haus. Es gehört ihr. Ihr allein.»

«Verstehe», sage ich getroffen.

«Tut mir leid», erwidert Rainer. «Aber wie du dir vielleicht vorstellen kannst, ist sie gerade mächtig sauer auf dich.»

«Schon okay», sage ich. «Ich nehme mir einfach ein Hotel.»

«Vielleicht schaust du dich lieber nach einer Wohnung um», schlägt Rainer nach einer Atempause vor. «Ich würde nicht darauf wetten, dass diese Sache in ein paar Tagen erledigt ist.»

Ich schlafe hundsmiserabel und wache völlig gerädert auf. Müde und antriebslos schleppe ich mich unter die Dusche. Das Warmwasser in Island ist schwefelhaltig und riecht deshalb nach faulen Eiern. Ein miserabler Automatenkaffee hilft mir, den Geruch aus der Nase zu bekommen. Kurzum, der Tag fängt an, als sollte man nicht allzu viel Gutes von ihm erwarten.

Am Flughafen ist kaum was los. Liegt vermutlich daran, dass es noch sehr früh ist. Ich gönne mir den zweiten Kaffee des Tages und freue mich darüber, dass er nicht nur frisch duftet, sondern auch genauso schmeckt. Die Brühe aus dem Automaten erinnerte eher an rostiges Wasser mit verbranntem Kaffeesatz.

Als ich zur Sicherheitskontrolle schlendere, kommt mir zu meinem großen Erstaunen Marco Göttler entgegen, der Mann mit den diversen klitzekleinen Steuerproblemen, die sich inzwischen zu einem dann doch etwas größeren Schlamassel aufgetürmt haben.

Da er mit seinem piekfeinen Anzug unter lauter leger gekleideten Touristen eher förmlich wirkt, vermute ich, dass er geschäftlich hier ist. Ich hoffe nur, sein Islandbesuch bedeutet nicht, dass ihm noch ein weiteres Schwarzgeldkonto eingefallen ist.

Gerade überlege ich, ob ich so tue, als hätte ich ihn nicht gesehen, da erkennt er mich.

«Dr. Schmitt!», ruft er und steuert freudig auf mich zu. «Na, das ist ja eine Überraschung. Was machen Sie denn in Island?»

«Ich bin geschäftlich hier», lüge ich. «Und Sie, Herr Göttler?»

Er grinst breit. Dann beugt er sich vor und raunt mir zu: «Sie werden es bestimmt nicht für möglich halten, aber ich glaube, ich habe eine Lösung für meine finanziellen Probleme gefunden.»

«Interessant», erwidere ich skeptisch. «Und die wäre?»

«Sagt Ihnen der Name Bobby Fischer was?»

«Der Schachspieler?»

Göttler nickt. «Schachgenie trifft es wohl besser. Wussten Sie, dass er Isländer war?»

«Nein. Ich dachte, er wäre Amerikaner.»

«War er auch, aber er hat die isländische Staatsbürgerschaft angenommen.»

Jetzt erinnere ich mich dunkel, mal was darüber gelesen zu haben. «Ging es da nicht um Probleme mit der amerikanischen Justiz?»

«Ganz genau.» Wieder nickt Göttler, diesmal nachdrücklicher. «Bobby Fischer lebte damals in Japan. Die USA versuchten seine Auslieferung zu erwirken, was weltweit für Schlagzeilen sorgte. Hier in Island war er wegen des Jahrhundertspiels gegen Boris Spasski unvergessen. Deshalb bekam Bobby Fischer einen isländischen Pass und damit lebenslanges Asyl.»

«Spannende Geschichte», sage ich. «Und was hat das jetzt mit Ihren Problemen zu tun?»

«Raten Sie, was Bobby Fischer zur Last gelegt wurde.»

«Keine Ahnung. Sagen Sie es mir.»

«Steuerhinterziehung», verkündet Göttler und grinst triumphierend.

Ich brauche einen Moment, um zu begreifen, worauf er hinauswill.

«Sie werden mir jetzt hoffentlich nicht erzählen, dass Sie die isländische Regierung um politisches Asyl bitten möchten», sage ich.

«Und warum nicht?», erwidert Göttler selbstsicher. «Unsere Fälle sind praktisch identisch. Und ich verlange, dass nicht mit zweierlei Maß gemessen wird.»

«Soweit ich weiß, litt Bobby Fischer unter der Wahnvorstellung, von diversen Geheimdiensten verfolgt zu werden», wende ich ein. «Deshalb haben die Isländer ihm geholfen. Und nicht weil er ein Steuerflüchtling war.»

«Wer sagt denn, dass ich nicht auch glaube, verfolgt zu werden?», erwidert Göttler mit Unschuldsmine. «Ich meine, so einen Verfolgungswahn, den kann man sich ja bestimmt an jeder Ecke einfangen, oder?»

«Sie wollen eine Paranoia vortäuschen, um isländischer Staatsbürger zu werden?», frage ich ungläubig.

Göttler zuckt mit den Schultern. «Klar. Wenn es nicht anders geht.»

«Denken Sie wirklich, dass die isländischen Behörden Ihnen das abkaufen werden?»

«Wird sich zeigen», erwidert Göttler. «Die Leute hier glauben an Elfen und Trolle, treffen sich bei Schnee und Eis im Schwimmbad und geben paranoiden Schachspielern politisches Asyl. Ich finde, einen Versuch ist es wert.»

Wenn man es so betrachtet, dann hat Göttler völlig recht. Ich zucke mit den Schultern und sage: «Tja, dann wünsche ich Ihnen viel Glück. Ich bin gespannt, wie die Sache ausgeht.»

«Ich auch», erwidert Göttler und setzt seinen Weg gut gelaunt fort.

Als ich wenig später die Sicherheitskontrolle durchlaufe, geht mir die seltsame Begegnung mit Göttler nicht aus dem Kopf. Ich ahne nicht, dass dieser Tag noch weitere Seltsamkeiten für mich bereithält.

«Haben Sie Waffen in Ihrem Handgepäck?», fragt der Sicherheitsbeamte mit einem freundlichen Lächeln und stellt meine Umhängetasche auf den zwischen uns stehenden Metalltisch.

«Waffen?», frage ich perplex. «Nein. Natürlich nicht.»

Der Beamte wirft seinem Kollegen am Monitor einen fragenden Blick zu. Der antwortet seelenruhig: «Ein Dolch und ein Hammer, würde ich sagen.»

«Da haben Sie es gehört», sagt der vor mir stehende Beamte. «Ein Dolch und ein Hammer. Haben Sie so was dabei?»

«Ich habe ganz sicher keinen Dolch und auch keinen Hammer in meinem Handgepäck», sage ich und weiß gerade nicht, ob ich dieses Gespräch lustig oder beunruhigend finden soll.

«Wollen wir trotzdem mal zusammen nachsehen?», fragt der Beamte gemütlich und beginnt, meine Tasche zu öffnen.

«Gern. Da sind nur Zeitungen, Bücher und Krimskrams drin», sage ich.

Er wirft einen Blick hinein, zieht dann langsam einen kleinen Dolch hervor.

«Und ein Dolch», erwidert er freundlich und legt das silbern schimmernde Fundstück, das ein bisschen an einen Brieföffner erinnert, vorsichtig auf einen Tisch zu seiner Rechten.

«Der gehört mir nicht», sage ich und muss mich bemühen, die Fassung zu bewahren. «Wirklich. Ich habe nicht die geringste Ahnung, wie das Ding in meine Tasche gekommen sein könnte.»

Der Beamte reagiert nicht, kramt stattdessen konzentriert in meinen Habseligkeiten und fördert dann den anderen gesuchten Gegenstand hervor.

«Dieser Hammer ist dann vermutlich auch nicht Ihrer,

oder?», fragt er und legt das Werkzeug neben den silbernen Dolch.

Auch der Hammer ist nicht besonders groß. Er wirkt aber trotzdem gefährlich, weil sein Kopf die Form eines Eispickels hat.

«Das stimmt», sage ich. «Ich schwöre Ihnen, dass ich diese Sachen gerade zum ersten Mal sehe.»

«Das mag ja sein», erwidert der Beamte und winkt einen Kollegen herbei, der ihn an der Sicherheitskontrolle vertreten soll. «Aber ich muss Sie trotzdem bitten, mitzukommen. Ich habe da noch ein paar Fragen an Sie.»

«Können wir das nicht irgendwie anders regeln?», bitte ich und setze ein gewinnendes Lächeln auf. «Ich muss dringend in einer familiären Angelegenheit nach Berlin und möchte meinen Flug auf keinen Fall verpassen. Außerdem kann ich Ihnen doch sowieso nicht helfen. Ich weiß nicht, was das für Sachen sind, geschweige denn, wo sie herkommen.»

Der Beamte schüttelt gemächlich den Kopf. «Es handelt sich hier um eine isländische Angelegenheit, und deshalb werden wir das auch in Island klären. Was Ihren Flug betrifft, da brauchen Sie sich überhaupt keine Sorgen zu machen. Den werden Sie nämlich garantiert verpassen.»

7

Wenig später sitze ich in einem winzigen Büro, das den Charme des Hotelzimmers versprüht, in dem ich mir die Nacht um die Ohren gehauen habe. Der Dolch und der Hammer liegen auf dem mausgrauen Schreibtisch des Sicherheitsbeamten. Er hat sie dort wie Museumsexponate angeordnet und schaut nun träumerisch aus dem Fenster. In der Ferne leuchten die Berge.

«Sie sagten, Sie hätten noch ein paar Fragen an mich?»

Mein Versuch, ihn zu einem Gespräch zu ermuntern, misslingt.

«Mmmm», brummt er.

«Vielleicht möchten Sie diese Fragen jetzt stellen?», schlage ich vor.

«Mmmm.» Er macht immer noch keine Anstalten, mich etwas zu fragen.

«Gut. Dann legen Sie doch mal los», ermutige ich ihn noch einmal.

«Sollen wir nicht lieber noch ein paar Minuten warten?», fragt er gemütlich, ohne den Blick vom Fenster abzuwenden. «Ich bin sicher, dass wir gleich Besuch bekommen. Und dann werden sich die meisten Fragen sowieso ganz schnell von selbst erledigen.»

«Besuch? Was denn für Besuch?»

Er wendet sich jetzt doch zum Schreibtisch und wirft einen kurzen Blick auf meinen Ausweis, den er eben sorgfältig geprüft und dann zusammen mit meinem Flugschein beiseitegelegt hat. «Nun, Dr. Schmitt, im Grunde geht es ja nur um eine einzige Frage. Und die lautet: Warum waren dieser Dolch und dieser Hammer in Ihrem Handgepäck?»

«Wie schon gesagt, ich habe nicht die leiseste Ahnung», erwidere ich. «Jemand muss sie mir untergeschoben haben.»

«Das nehme ich auch an», sagt er. «Aber es geht um das Warum.» Er beugt sich vor und mustert mich eindringlich. «Warum sind diese Sachen in Ihr Handgepäck geschmuggelt worden, Dr. Schmitt?»

«Ich glaube, ich kann Ihnen nicht ganz folgen», gestehe ich.

Er deutet auf die Fundstücke. «Was Sie hier sehen, sind ein Hammer und ein Dolch, wie sie von Trollen benutzt werden. Sind Sie kürzlich einem Troll begegnet?»

Da habe ich mich jetzt gerade verhört. «Was?»

«Ich habe Sie gefragt, ob Sie kürzlich einem Troll begegnet sind», wiederholt er geduldig und völlig ernst.

Ich habe mich also doch nicht verhört. Aber das kann nicht sein. Ich muss mich verhört haben. «Wie war Ihre Frage?»

Er verzieht keine Miene. «Ich glaube, Sie haben meine Frage sehr gut verstanden.»

«Da bin ich mir nicht so sicher», erwidere ich. «Haben Sie mich gerade gefragt, ob ich kürzlich einem Troll begegnet bin?»

Er nickt. «Genau das habe ich getan. Und? Sind Sie?»

Ich muss lachen. Wenigstens habe ich mich nicht verhört.

Bevor ich darüber nachdenken kann, wer von uns beiden den Verstand verloren hat, wird schwungvoll die Tür geöffnet, und mein kauziger Lebensretter Magnus betritt das Zimmer.

Beflissen springt der Beamte auf, um seinem Besucher einen Stuhl anzubieten. «Hey! Freut mich, dich zu sehen. Ich bin Jesper.»

Er schüttelt Magnus die Hand, und der erwidert: «Magnus. Dein Kollege sagt, du hast mein Werkzeug gefunden.»

Jesper nickt. Während er sich beeilt, Magnus die bei mir gefundenen Sachen auszuhändigen, begrüßt der mich mit einem Kopfnicken. «Hi, Adam.»

«Wieso habe ich das Gefühl, ihr kennt euch und ihr kennt euch doch wieder nicht?», frage ich und schaue zwischen ihm und dem Beamten hin und her.

«Keine Ahnung. Wir sehen uns jedenfalls heute zum ersten Mal», antwortet Magnus. «Aber die meisten Isländer kennen sich untereinander, zumindest um ein paar Ecken. Und dass sich alle duzen, habe ich dir ja schon gesagt.»

«Ach ja? Mich siezt dieser Mann», wende ich ein.

«Dann hast du ihn bestimmt zuerst gesiezt», vermutet Magnus. «Er wollte dann bloß nicht unhöflich sein.»

Ich schaue den Beamten fragend an, und der nickt bestätigend.

«Und? Wie läuft's bei dir, Adam?», will Magnus wissen.

«Geht so», antworte ich. «Man hat deinen Dolch und deinen Hammer in meinem Handgepäck gefunden. Du weißt nicht zufällig, wie die da reingekommen sind, oder?»

«Doch», antwortet Magnus, während er in aller Ruhe sein Werkzeug verstaut. «Die Sachen habe ich da reingetan.»

«Aha. Und warum?», will ich wissen.

«Sehen Sie!», mischt der Beamte sich ein. «Ich hab es Ihnen ja gleich gesagt: Sobald wir vollzählig sind, werden sich die meisten Fragen ganz von selbst erledigen. Zum Beispiel die wichtige Frage nach dem Warum.»

«Weil du versprochen hast, mich mitzunehmen», antwortet Magnus.

«Stimmt das?», hakt der Beamte nach, bevor ich etwas erwidern kann.

«Ja. Ich wollte ihn ein kleines Stück mitnehmen», gebe ich zu.

Jesper schaut fragend zu Magnus, doch der schüttelt den Kopf.

«Was genau hat er dir denn versprochen?», will Jesper von Magnus wissen.

«Er hat gesagt: Wenn du willst, dann kann ich dich mitnehmen.»

«Stimmt das?», fragt mich der Beamte, diesmal in forschem Tonfall.

Ich nicke. «Schon, aber es war ein Missverständnis. Ich dachte …»

Er unterbricht mich. «Warum haben Sie Magnus überhaupt angeboten, ihn mitzunehmen?»

Wieder komme ich nicht dazu, eine Antwort zu geben. Diesmal fällt Magnus mir ins Wort.

«Weil ich ihm das Leben gerettet habe», antwortet er lässig. «Der Wind hat ihn über die Steilküste gepustet. Ich kam zufällig vorbei, als er da gerade hing. Also war ich so nett, ihn hochzuziehen.»

«Stimmt das?», fragt der Beamte, diesmal noch forscher.

«Ja, das stimmt», gebe ich leicht genervt zu.

Er pfeift anerkennend. «Ich würde sagen, damit ist der Fall klar.»

Ich habe keine Ahnung, worauf dieses Gespräch hinauslaufen soll, vermute jedoch, dass ich aus mir unerfindlichen Gründen einen kulturellen Fauxpas begangen habe, für den mich nun zwei Isländer auf etwas unkonventionelle Weise büßen lassen. Für was auch immer ich mich entschuldigen muss, ich sollte es sofort tun, um diese Sache hier rasch zu einem versöhnlichen Ende zu bringen. Vielleicht kriege ich dann ja sogar noch meinen Flieger.

«Hören Sie, was auch immer ich falsch gemacht habe, ich würde es gerne aus der Welt schaffen», sage ich. «Und es tut mir wirklich leid, falls ich jemandes Gefühle verletzt haben sollte. Das war nie meine Absicht.»

«Das klingt doch schon mal gut, oder?», sagt der Beamte und wirft einen prüfenden Blick zu Magnus, der ebenfalls zufrieden scheint, denn er nickt.

«Fein. Das heißt dann also, Sie stehen doch noch zu Ihrem Wort?»

«Ähm ... ja. Würde ich schon gern», antworte ich vage, weil ich nicht genau weiß, was er damit meint. «Was genau müsste ich denn da tun?»

«Na, mich nach Berlin mitnehmen», antwortet Magnus.

Bass erstaunt schaue ich zuerst Magnus, dann den Beamten an. Sein nachdrückliches Nicken gibt mir zu verstehen, dass beide es ernst meinen.

«Ich soll dich einfach so mitnehmen?», frage ich.

«Genau das hast du mir versprochen», antwortet Magnus.

Ich seufze leise. Ein guter Anwalt zeichnet sich nicht nur dadurch aus, dass er Prozesse gewinnt, er muss auch bereit sein, Kompromisse einzugehen. Und er muss wissen, wann ein Kompromiss die bessere Wahl ist. So wie jetzt, zum Beispiel.

«Okay», sage ich. «Wenn ich dir ein Flugticket nach Berlin kaufe, dann ist die Sache hier erledigt, richtig?»

Magnus nickt, der Beamte wiegt jedoch skeptisch den Kopf hin und her.

«Nicht ganz», sagt er und zieht ein Formular aus dem

Schreibtisch. «Wie Sie vielleicht wissen, bemühen die Menschen in diesem Land sich um ein gutes Verhältnis zu allen Wesen, die hier leben, ganz gleich, ob es sich nun um Elfen, Trolle, Feen oder Geister handelt. Wir beschützen sie, so gut es geht, und das gilt selbstverständlich auch, wenn eines dieser Wesen vorübergehend seine Heimat verlässt.»

Er zieht einen Kugelschreiber aus seiner Uniformjacke, legt ihn auf das Formular und schiebt beides zu mir herüber. «Sie müssen unterschreiben, dass Sie sich in jeder Hinsicht um Magnus kümmern. Das heißt konkret, Sie kommen für seinen Lebensunterhalt auf, und Sie garantieren, dass Sie ihn wohlbehalten zurück nach Island bringen, wenn er das verlangt.»

«Nur mal so aus Interesse. Wann soll das sein?», frage ich. «Wenn ich nicht nur den Flug, sondern auch alles andere finanzieren soll, dann würde ich gern wissen, ob er nur übers Wochenende oder bis Ende des Jahres bleiben möchte.»

«Diese Entscheidung liegt ganz bei Magnus», antwortet der Beamte. «Ihre Einladung war ja zeitlich nicht begrenzt.»

«Ich habe aber auch nicht versprochen, ihm einen langen und womöglich exklusiven Urlaub in Berlin zu finanzieren», widerspreche ich.

«Nun seien Sie doch nicht so kleinlich», erwidert er. «Immerhin hat Magnus Ihnen das Leben gerettet.»

«Na und? Deshalb muss ich ihn ja nicht gleich adoptieren, oder?»

«Gut, dass Sie das ansprechen», erwidert er. «Sie verpflichten sich mit Ihrer Unterschrift nämlich auch dazu, für eventuell von Magnus verursachte Schäden zu haften.»

«Soll das heißen, ich wäre sein Vormund?», frage ich.

«Nein. Magnus entscheidet ganz allein, was er tut oder

lässt. Sie müssen ihn lediglich vor unliebsamen Konsequenzen bewahren.»

«Klingt, als hätte ich ausschließlich Pflichten, aber überhaupt keine Rechte», fasse ich zusammen.

«Ganz genau. Jetzt haben Sie es verstanden», erwidert der Beamte und lächelt freundlich.

Ich schiebe das Formular zurück über den Tisch. «Entschuldigung, aber das kann ich nicht unterschreiben.»

«Ganz wie Sie wollen», sagt er. «In diesem Fall müssen Sie allerdings mit einem Ermittlungsverfahren rechnen. Sie haben versucht, historisch bedeutsame Kunstgegenstände aus dem Land zu schmuggeln. Obendrein handelt es sich um Gegenstände, die eine Gefahr für die Flugsicherheit darstellen könnten. Vielleicht wird man sogar einen terroristischen Hintergrund vermuten, wer weiß?»

Ich muss lachen. «Sie glauben nicht wirklich, dass Sie mich zum Terroristen abstempeln können, weil ich einen Brieföffner und ein kleines Hämmerchen im Handgepäck hatte, oder?», frage ich.

Der Beamte zuckt mit den Schultern. «Was ich glaube, ist nicht wichtig. Es zählt ganz allein, was der Staatsanwalt aus der Sachlage machen wird. Und man erlebt ja manchmal die tollsten Überraschungen, nicht wahr?»

Da hat er recht, denke ich und werfe einen Blick zu Magnus.

Ich weiß nicht genau, was hier gespielt wird, vermute aber, dass mich der kleinwüchsige Witzbold aufs Glatteis geführt hat. Vielleicht ist der Sicherheitsbeamte ein Freund von ihm oder gar ein Verwandter. Jedenfalls haben die beiden sich eine nette Show einfallen lassen, um mir einen Gratisflug nach Berlin und ein Partywochenende aus den Rippen zu leiern.

Magnus errät meine Gedanken. «Du solltest dieses Formular nicht allzu ernst nehmen, Adam. Erstens habe ich nicht vor, länger als ein paar Tage in Berlin zu bleiben, und zweitens kann ich gut allein auf mich aufpassen.»

Ein Impuls sagt mir, dass ich einfach mitspielen, Magnus den Kurzurlaub spendieren und dieses lächerliche Formular unterschreiben sollte.

Meine Ehe und mein Leben gehen gerade fürstlich den Bach runter, im Vergleich dazu kommt mir die Sache hier ziemlich banal vor. Und wenn ich an die vielen anderen Probleme denke, die ich habe, dann sind meine isländischen Schwierigkeiten im wahrsten Sinne des Wortes mit einem Federstrich aus der Welt zu schaffen. Außerdem hat der Beamte den Nagel auf den Kopf getroffen: Ich sollte nicht kleinlich sein, immerhin hat Magnus mir das Leben gerettet.

Wortlos ziehe ich das Formular mit dem Zeigefinger wieder zu mir, unterschreibe es und schiebe es zurück. «Bitte sehr. Sonst noch was?»

Er greift zum Hörer. «Nein, aber mal sehen, was ich für Sie tun kann. Sollte in Ihrer Maschine ein Plätzchen für Magnus zu finden sein, dann kommen Sie nämlich doch noch pünktlich nach Berlin.»

«Was denkst du? Haben die Bier im Flieger?», will Magnus wissen.

«Bestimmt», antwortet der Beamte, bevor ich etwas erwidern kann.

Entweder liegt es an seinen Klamotten oder an seiner Körpergröße. Oder an beidem. Jedenfalls wird Magnus im Flugzeug interessiert beäugt. Einige Passagiere riskieren nur einen kurzen, verstohlenen Blick, als wir durch den Gang gehen, andere gaffen unverhohlen. Links und rechts von uns wird getuschelt, hier und da schießt jemand ein Handyfoto.

«Mach dir nichts draus», sage ich, als wir unsere Plätze eingenommen haben. «Die Leute sind schnell überfordert, wenn sie jemanden sehen, der ihnen fremd vorkommt.»

«Ach, das ist schon okay», antwortet Magnus. «Die meisten von ihnen haben wahrscheinlich noch nie einen echten Troll gesehen.»

Er registriert meinen fragenden Blick. «Was ist? Warum schaust du mich so an?»

«Ich glaube, du kannst jetzt mit dieser Trollgeschichte aufhören», sage ich. «Dein Ticket ist längst bezahlt, und ich werde auch sonst Wort halten und dir ein schickes Partywochenende in Berlin spendieren. Versprochen.»

Er denkt kurz nach, dann muss er lachen. «Du glaubst, dass Jesper und ich dir eine Lügengeschichte aufgetischt haben?»

«Ja, genau das glaube ich.»

«Warum? Nur um dir das Geld für diesen Trip aus den Rippen zu leiern?»

«Wäre absolut denkbar, oder?»

Wieder lacht er. «Hältst du das Formular, das du eben unterschrieben hast, auch für einen Witz?»

«Allerdings.»

Er wirkt verwundert. «Ja, glaubst du denn gar nicht an Märchen?»

«Nein», antworte ich entschieden.

«Nicht mal ein bisschen?»

«Nicht mal ein bisschen.»

Eine Stewardess erscheint. Sie beugt sich zu Magnus. «Entschuldige bitte, aber Bjarki, unser Kapitän, lässt fragen, ob du vielleicht kurz ins Cockpit kommen könntest. Er möchte dir gern die Hand schütteln. Der Rest der Crew wäre übrigens auch sehr glücklich, wenn er das tun dürfte.»

«Aber klar», sagt Magnus. «Kein Problem. Ich komme sofort.»

«Außerdem hätten wir da noch einen Platz in der Business-Class frei», fügt sie hinzu. «Magst du den haben? Natürlich kostenlos. Ist ein bisschen bequemer als hier hinten.»

«Danke. Sehr gern», erwidert Magnus.

«Fein. Dann bis gleich.» Sie schenkt ihm ein sonniges Lächeln und verschwindet Richtung Cockpit.

«Hey. Wieso kriegst du ein Upgrade?», frage ich mit gespielter Empörung.

«Keine Ahnung. Vielleicht steht sie auf mich», antwortet Magnus.

«So wie sie dich angestrahlt hat, ist das durchaus möglich», erwidere ich.

«Oder sie hat gesehen, dass ich humpele», überlegt er. «Ich meine, ich bin ja in gewisser Weise doppelt behindert. Ich habe nicht nur kurze Beine, sie sind auch noch unterschiedlich kurz.»

«Du glaubst, sie hat dir das Upgrade aus Mitleid gegeben?»

«Nein. Aber vielleicht denkt sie, dass ich mehr Beinfreiheit brauche.»

Irritiert schaue ich hinunter zu Magnus' Füßen. Sie reichen weder bis auf den Boden noch bis zur Rückenlehne des Sitzes vor ihm. Wenn er irgendetwas nicht braucht, dann ist das mehr Beinfreiheit.

Als ich den Blick wieder hebe, sehe ich ein breites, zufriedenes Grinsen in seinem Gesicht. «Reingefallen.»

Ich nicke anerkennend und muss ebenfalls grinsen.

«Okay», sage ich. «Dann genieß mal deine Beinfreiheit in

der Business-Class. Falls du da nicht sowieso fürstlich umsorgt wirst, dann kannst du denen sagen, dass ich für dich bezahle. Ich meine, vielleicht willst du was trinken oder frühstücken oder so.»

«Danke, sehr nett von dir.» Er stützt sich auf die Armlehnen, um aufzustehen, hält aber inne. «Willst du eigentlich den wahren Grund dafür hören, warum ich das Upgrade bekomme?»

«Ja. Sag's mir.»

«Es ist der Dank dafür, dass alle mir die Hand schütteln dürfen.»

«Weil du ein Rockstar bist?», rate ich amüsiert.

«Nein. Weil es Glück bringt, einen Troll anzufassen», antwortet Magnus und lässt sich vom Sitz gleiten.

«Wow. Dann bin ich also mit einem Glücksbringer unterwegs», sage ich mit gespielter Ehrfurcht.

«Das müsstest du längst wissen», erwidert er ungerührt. «Als wir uns zum ersten Mal begegnet sind, da hingst du an einer Klippe und wärst um ein Haar runtergefallen. War großes Glück für dich, dass ich vorbeigekommen bin, oder etwa nicht?»

Er wartet nicht auf meine Reaktion, sondern marschiert selbstbewusst durch den Gang in Richtung Cockpit.

Während des gesamten Fluges bekomme ich Magnus nicht zu Gesicht. Wie ich erst später erfahre, hat er in der Business-Class eine kleine Party geschmissen. Die Rechnung dafür bekomme ich kurz vor Berlin präsentiert. Sie beläuft sich auf 655 Euro. Magnus hat zwei Platten mit Lachshäppchen und insgesamt neun Flaschen Champagner servieren lassen.

Die Stewardess bemerkt, dass mir beim Anblick der Rechnung die Gesichtszüge entgleisen.

«Magnus ist wirklich toll. Er hat uns alle zum Champagnerfrühstück eingeladen», erklärt sie.

Wie zur Bestätigung hört man aus dem vorderen Teil des Flugzeugs nun helles Gelächter. Auch die Stewardess muss kichern.

Zwar geht mir Magnus' isländische Gastfreundschaft an dieser Stelle dann doch etwas zu weit, aber ich hätte ihm wohl vorher sagen müssen, dass er mit seinem Partywochenende nicht schon im Flieger anfangen soll. Jetzt ist es zu spät. Mein Fehler.

Ich gebe der Stewardess meine Kreditkarte und bemerke ihre geröteten Wangen.

«Was ist?», fragt sie, während sie mit dem Kreditkartenleser herumhantiert. «Warum schauen Sie mich so an?»

Ihrem Blick nach zu urteilen, kann sie das Display nur mit Mühe erkennen. Sieht aus, als würde sie versuchen, es scharf zu stellen.

«Soll ich Ihnen vielleicht helfen?», frage ich.

«Geht schon», sagt sie und schwankt ein wenig, obwohl der Flieger gerade völlig ruhig in der Luft liegt.

Ich frage mich, ob es sein könnte, dass sie ein wenig angetrunken ist.

Sie errät den Gedanken. «Sieht fast aus, als hätte ich einen in der Krone, was?» Sie versucht es wie einen Witz klingen zu lassen, aber ihre Artikulation ist nicht hundertprozentig sauber.

«Haben Sie?», frage ich.

«Habe ich was?», erwidert sie und versucht nun, mein Gesicht scharf zu stellen.

«Haben Sie einen in der Krone?»

«Nein. Natürlich nicht», konstatiert sie mit einem energischen Kopfschütteln, um im nächsten Moment selig lächelnd zu verkünden: «Das könnte ich mir auch gar nicht leisten.»

Sie gibt mir die Kreditkarte samt Beleg, vergewissert sich, dass uns niemand belauscht, und fügt dann leise hinzu: «Eine von uns muss ja schließlich aufpassen, dass die Piloten halbwegs nüchtern bleiben.»

Wieder kichert sie, dann wird sie urplötzlich ernst und hebt abrupt den Zeigefinger. «Hoppla! Sehen Sie? Das hätte ich jetzt fast vergessen. Ich soll den Jungs im Cockpit noch schnell einen starken Kaffee machen.»

Sie lächelt freundlich. «Genießen Sie Ihren Flug.» Leicht schwankend macht sie sich auf den Weg.

Die Lautsprecher knacken. «Meine Damen und Herren, hier spricht Kapitän Bjarki Olavson. Wir haben soeben unsere Reiseflughöhe verlassen und beginnen jetzt mit dem Landeanflug auf …» Er macht eine Pause, als müsste er überlegen. «Berlin. Bitte schnallen Sie sich jetzt wieder an, klappen Sie die Rückenlehnen hoch und stellen Sie die Tische senkrecht.»

Ich schaue mich um, aber niemand hat bemerkt, dass der Pilot gerade grazil seinen Ansagetext vergeigt hat.

Ich lehne mich zurück und beschließe, nicht in Panik zu verfallen. Kapitän Olavson redet zwar ein bisschen Quatsch, und er weiß wohl auch nicht auf Anhieb, welche Stadt er gerade ansteuert, aber immerhin lallt er nicht. Außerdem wird er gleich einen starken Kaffee bekommen. Gerade huscht die Stewardess mit zwei großen Tassen an mir vorbei.

Ich schließe die Augen und muss an das nächtliche Gespräch mit Astrid denken. Es ist ein seltsames Gefühl, die Nähe des Todes zu spüren, ganz gleich, ob man ihm tatsächlich nahe ist oder nicht. Nur selten denkt man daran, eines Tages nicht mehr zu existieren. Dabei kann einem das ständig blühen, wie ich in letzter Zeit mehrmals feststellen musste.

Ein Knacken in der Leitung, dann meldet sich noch einmal Kapitän Olavson: «Cabin crew prepaid for landing.»

Hat er da wirklich gerade prepaid gesagt?

8

Kapitän Olavson schafft es, das Flugzeug heil auf den Boden zu bringen. Die Kiste schwankt beim Landeanflug zwar ähnlich heftig wie die meisten ihrer Besatzungsmitglieder, aber immerhin enden wir nicht alle als Feuerinferno am strahlend blauen Berliner Himmel.

«Danke fürs Frühstück», sagt Magnus, als wir uns am Gepäckband treffen.

«Gern geschehen», erwidere ich. «Vielleicht achtest du beim nächsten Mal darauf, dass wichtige Teile der Crew nüchtern bleiben.»

«Aber das hab ich doch», erwidert Magnus verdutzt. «Es gab nur Champagner. Wir haben nicht einen einzigen Tropfen Schnaps angerührt.»

Bei dem Gedanken daran, dass ich eben den disziplinierten Umgang der Crew mit Alkohol erlebt habe, läuft mir ein kalter Schauer über den Rücken. Was, wenn am frühen Morgen auch noch Schnaps im Spiel gewesen wäre? Hätte die Besatzung dann die Zeit bis zum Absturz mit einer Polonaise überbrückt?

«Meines Wissens gehört auch Champagner zu den alkoholischen Getränken», wende ich ein.

Magnus scheint zu glauben, dass ich ihn auf den Arm nehmen will. «Ist das dein Ernst, Adam? Du denkst wirklich, dass man nach ein paar Gläsern Champagner kein Flugzeug mehr steuern sollte?»

«Nicht nur das», antworte ich. «Soweit ich weiß, ist es

auch verboten, besoffen Leute durch die Gegend zu fliegen.»

Magnus winkt ab. «Seit über tausend Jahren fahren die Isländer zur See. Kannst du dir vorstellen, wie viel Schnaps in dieser Zeit von den Schiffskapitänen runtergekippt worden ist? Trotzdem haben sie den Nordatlantik bezwungen und sind weiter gefahren als je ein Mensch zuvor. Wusstest du, dass der eigentliche Entdecker Amerikas ein Isländer war?»

«Nein. Wusste ich nicht.»

«Stimmt aber. Schon fünfhundert Jahre vor Kolumbus ist Leif Eriksson bis nach Neufundland gesegelt.»

«Vielleicht war auch Leif Eriksson sternhagelvoll und hat sich nur verfahren», unke ich.

Magnus stutzt und denkt kurz nach. Dann sagt er: «Das wäre mal wieder typisch. Ein besoffener Isländer, der sich verfahren hat, schreibt Geschichte, aber keiner merkt es. Ein Spanier, der sich auch nur verfahren hat, wird viel später für die exakt gleiche Entdeckung weltberühmt.» Er wiegt bedächtig den Kopf hin und her. «Spricht das jetzt für oder gegen Alkohol am Steuer?»

«Du wärst mit meiner Antwort bestimmt nicht zufrieden», sage ich und ziehe meinen Koffer vom Band. «Aber du kannst das Thema gern mit dem Taxifahrer vertiefen. Ich muss sowieso ein paar Telefonate führen.»

Auf dem Weg in die Stadt versuche ich, eine geeignete Unterkunft für die nächsten Tage an Land zu ziehen. Ich habe beschlossen, uns in einem Hotel in der Nähe der Kanzlei einzuquartieren. So laufe ich nicht Gefahr, Bekannten aus unserem Wohnviertel zu begegnen, die mir neugierige Fragen stellen. Außerdem finde ich es beruhigend, mich jederzeit in die Arbeit stürzen zu können. Zum Beispiel, wenn mir die Decke auf den Kopf fällt, was in den nächsten Tagen öfter der Fall sein dürfte.

Da die Kanzlei im Zentrum liegt, sind die Hotelpreise nicht nur gesalzen, es ist auch schwierig, freie Zimmer zu finden.

Aber ich habe Glück und lande bei der pfiffigen Rezeptionistin eines Drei-Sterne-Hotels, das im Netz einen sehr gepflegten Eindruck macht. Außerdem sind die Preise im Verhältnis zur Konkurrenz sehr moderat.

Wie sich bei unserer Ankunft herausstellt, hat das einen Grund. Die ansprechenden Bilder im Internet, auf denen ein frisch renoviertes Gebäude zu sehen ist, stammen entweder aus dem letzten Jahrhundert, oder sie sind hemmungslos gephotoshopt.

Tatsächlich handelt es sich bei dem Hotel um eine Bruchbude mit windschiefen Möbeln, muffigen Teppichen und angegilbten Tapeten.

Die pfiffige Rezeptionistin, mit der ich eben telefoniert habe, ist eine Studentin, deren Ferienjob heute endet. Meine verbindliche Buchung war ihre letzte Amtshandlung.

Begrüßt werden wir von der Inhaberin des Hotels, einer Witwe namens Helga Pohl. Sie hat mehr Haare auf den Zähnen als auf ihren Unterarmen. Dabei sind die schon so üppig bewachsen, dass sie auch gut einem isländischen Hafenarbeiter gehören könnten. Überhaupt ist Witwe Pohl keine Schönheit. Sie hat schiefe Zähne und eine Warze auf der Nase. Die pechschwarzen Haare trägt sie streng nach hinten gekämmt, was ihre großen Ohren noch betont.

«Rauchen ist im gesamten Gebäude verboten», verkündet sie mit krächzender Stimme, während wir auf ausgetretenen Treppenstufen in den ersten Stock gelangen. Ich bemerke, dass ihr Atem nach kalter Asche riecht.

«Partys sind ebenfalls verboten», fügt sie hinzu. «Wenn sich hier einer unbedingt besaufen muss, dann nur in Zimmerlautstärke.»

«Wie geht denn Saufen in Zimmerlautstärke?», will Magnus wissen.

«Na, man trinkt, bis man nicht mehr kann. Und dann geht man ins Bett», erwidert sie. «Ich will hier jedenfalls kein Drama. Keinen Streit und keine Prügeleien. Ich weiß, wovon ich rede. Mein Erwin war auch so einer. Eigentlich ein ganz lieber Mensch. Aber wenn er zwei Korn zu viel im Kopf hatte, dann war er plötzlich auf Krawall gebürstet.»

«Okay, also Saufen nur in Zimmerlautstärke», fasse ich zusammen. «Wann gibt's Frühstück?»

«Frühstück kostet extra», sagt sie. «Sieben fünfzig pro Nase. Wollen Sie und Ihr Sohn Frühstück?»

«Ich bin nicht sein Sohn», sagt Magnus. «Wir sind nur befreundet, weil ich ihm das Leben gerettet habe.»

«Soso», sagt Witwe Pohl. Es klingt wie: Erzähl mir keine Märchen, Kleiner.

«Wir nehmen das Frühstück», antworte ich.

«Gut. Werktags von sieben bis neun, sonntags bis zehn», verkündet sie und öffnet unsere nebeneinanderliegenden Zimmer.

Wie zu erwarten, sind sie klein und scheußlich eingerichtet. Und sie machen einen schmuddeligen Eindruck. Im Vergleich dazu war meine gestrige Unterkunft beinahe luxuriös.

«Schönen Aufenthalt», sagt unsere Gastgeberin und drückt mir die Schlüssel in die Hand. Hört sich an wie: Macht was draus.

«Die sieht aus wie Gryla», sagt Magnus, als Witwe Pohl verschwunden ist.

«Wer ist denn Gryla?»

«Die Mutter der isländischen Weihnachtsmänner.»

«Ihr habt mehr als einen Weihnachtsmann in Island?»

«Allerdings. Es gibt bei uns dreizehn Weihnachtsmänner. Sie kommen an den dreizehn Tagen vor Heiligabend.»

«Ihr Isländer seid witzige Leute», sage ich. «Ihr habt zu wenige Sonnentage, dafür aber zu viele Weihnachtsmänner. Und was machen die alle so?»

«Einige spielen Streiche oder treiben Unfug, andere stibitzen Lebensmittel, aber sie lassen im Gegenzug kleine Geschenke für die Kinder da.»

«Und ihre Mutter sieht aus wie Witwe Pohl?»

Magnus nickt. «Gryla ist eine gruselige Alte, die an Weihnachten böse Kinder fängt, um sie zu fressen. Sie soll übrigens auch einen ihrer Ehemänner verspeist haben.»

Ich überlege, ob ich mir das auch bei Witwe Pohl vorstellen kann, verwerfe den Gedanken aber gleich wieder. «Und wieso weißt du das alles?»

«Weil Grylas Familie eine Trollsippe ist», antwortet Magnus.

«Oh. Das heißt, du bist mit der Weihnachtsmännerfamilie verwandt. Ich bin beeindruckt.»

«Nein. Das ist doch nur eine Legende», erwidert Magnus. «Eine von vielen. Trollen ist schon alles Mögliche nachgesagt worden, und das nicht nur in Island, sondern auf der ganzen Welt. Mal sollen wir riesengroße, tumbe Monster sein, dann wieder stellt man sich uns als kleine und ganz possierliche Menschenfreunde vor.»

«Nanu? Willst du mir da gerade schonend beibringen, dass es überhaupt keine Trolle gibt?», frage ich mit gespieltem Erstaunen.

«Unsinn. Natürlich gibt es uns», erwidert Magnus nachdrücklich. «Aber wie du an mir siehst, liegt die Wahrheit in der Mitte. Wir Trolle sind weder monströs noch possierlich, sondern im Grunde ganz normale Leute.»

Ich überlege. Ein kleiner, wilder Mann in mittelalterlich anmutenden Klamotten ist eigentlich nicht das, was man sich unter ganz normal vorstellt.

Er bemerkt meine leise Skepsis. «Findest du das etwa nicht?»

«Doch, doch», antworte ich. «Und zum Glück sind wir in Berlin, wo kaum jemand ganz normal ist. Deshalb wird selbst ein Troll in dieser Stadt nicht weiter auffallen.»

«Das ist gut.» Magnus wirkt erfreut. «So eine Stadt habe ich nämlich gesucht.»

«Wie dem auch sei, ich muss jetzt ins Büro», sage ich. «Wenn du willst, kannst du dich ja ein bisschen umsehen. Brauchst du Geld?»

Magnus schüttelt den Kopf. «Geht schon. Ich komm klar. Aber darf ich mir was aufs Zimmer kommen lassen, wenn ich Hunger oder Durst habe?»

Ich muss lachen. «Du glaubst, dass es in dieser Bruchbude einen Zimmerservice gibt? Ganz sicher nicht.» Ich drücke ihm einen Schein in die Hand. «Hier. Lass dir eine Pizza kommen. Oder was immer du willst.»

«Was immer ich will?», fragt Magnus. «Cool.»

Im Büro erwartet mich eine Überraschung. Dylan Cooper sitzt an meinem Schreibtisch und stöbert in meinen Unterlagen.

«Was tust du da?», frage ich perplex.

Er hebt den Kopf und sieht mich erstaunt an. Man könnte denken, ich hätte mich in der Tür geirrt und das hier wäre nicht mein Büro, sondern seins. «Was machst du denn hier, Adam? Ich dachte, du bist erst nächste Woche wieder da.»

Er fläzt sich in meinen Bürosessel und deutet mit großer Geste auf die Besucherstühle. «Aber bitte, setz dich doch.»

Dylan ist einer der Topanwälte von *Dr. Rainer Ernst & Kollegen.* Der smarte Hamburger mit amerikanischen Wurzeln wäre längst Seniorpartner, wenn Rainer mich nicht mit dieser Beförderung schmählich übergehen würde. Deshalb belässt der Herr des Hauses uns lieber beide beim Fußvolk. So hat mein machtbewusster Schwiegervater außerdem die Gewissheit, dass er keine anderen Götter neben sich dulden muss.

Ich setze mich. «Also, was willst du in meinem Büro, Dylan?»

Er grinst, als wäre ihm ein Coup gelungen. Seine makellosen Zähne sitzen genau so perfekt wie sein Maßanzug. «Ich suche die Akte Göttler.»

«Göttler ist mein Fall», sage ich.

«Nicht mehr», antwortet Dylan. «Tut mir wirklich leid für dich, Adam.»

Sein Bedauern ist miserabel gespielt, bestimmt mit Absicht. «Rainer hat entschieden, dass ich den Fall Göttler übernehme.»

«Gut», sage ich. Das muss ich sofort mit Rainer klären. Entschlossen stehe ich auf.

«Wenn ich zurückkomme, bist du aus meinem Büro verschwunden», bemerke ich beiläufig, während ich mich umstandslos auf den Weg mache.

Der Patriarch kommt mir auf dem Gang entgegen. «Adam, da bist du ja. Ich wollte mir gerade die Beine vertreten. Begleitest du mich?»

«Du hast Dylan angewiesen, den Fall Göttler zu übernehmen?», falle ich mit der Tür ins Haus.

«Ich wollte dich nur entlasten», erwidert er und betritt den Fahrstuhl. «Ich dachte, du hast momentan wahrlich genug um die Ohren.»

«Danke für deine Fürsorge», sage ich und kann nicht verhindern, dass es ein bisschen sarkastisch klingt. «Aber genau genommen habe ich gerade überhaupt nichts um die Ohren, weil ich nämlich nur unwesentlich dazu beitragen kann, meine Ehe zu retten, solange meine Frau sich weigert, mit mir zu sprechen.»

Die Fahrstuhltüren öffnen sich zwei Etagen tiefer.

«Ich vermute, dieser Zustand wird sich so bald nicht ändern», sagt Rainer und steuert auf den Park zu, in dem ich vor drei Tagen fast den Löffel abgegeben hätte.

«Was spricht dann dagegen, dass du mich meinen Job machen lässt? Ich habe Göttler gut betreut und habe vor, das auch weiterhin zu tun.»

Rainer verlangsamt seine Schritte und lässt sich Zeit mit der Antwort.

«Ich bin da leider in einer unangenehmen Lage», sagt er schließlich. «Conny ist fest entschlossen, die Scheidung durchzuziehen, und sie möchte, dass ich sie juristisch vertrete. Was ja auch naheliegend ist.»

Ich brauche nicht lange, um die Dimension dieser Sätze zu verstehen. «Du willst mich kaltstellen?»

Er schüttelt den Kopf. «Nein, aber du wirst verstehen, dass ich dich nicht unsere Großkunden betreuen lassen kann, während wir gleichzeitig Gegner sind, oder? Es ist nur eine Vorsichtsmaßnahme, Adam.»

«Es ist vor allem eine unnötige Maßnahme. Conny hat keinen Grund, die Scheidung einzureichen, weil in Island rein gar nichts passiert ist, was ich mir vorwerfen müsste.»

«Mir brauchst du das nicht zu erzählen», erwidert er jovial. «Ich weiß, wie es ist, wenn man sich nichts vorzuwerfen hat. Wir alle brauchen ab und zu eine kleine Pause vom Alltag. Manche spielen Golf, manche gehen ins Casino, manche … nun ja.»

«So meine ich das nicht, Rainer. Es ist in Island de facto nichts passiert. Ich habe Astrid nicht angerührt. Ich schwöre es, bei allem, was mir heilig ist.»

Er seufzt. «Dummerweise hast du das auch schon geschworen, als Conny dich damals gefragt hat, ob du sie betrügst. Erst später bist du dann mit der Wahrheit rausgerückt. Wundert es dich da, dass meiner Tochter deine heiligen Schwüre zum Hals raushängen?»

«Aber es ist nichts passiert», versichere ich verzweifelt. «Was soll ich denn tun, um euch begreiflich zu machen, dass alles nur ein Missverständnis ist?»

Er zuckt mit den Schultern. «Keine Ahnung, Adam. Aber du musst dir zügig was einfallen lassen. Im Grunde eher heute als morgen. Conny kann es nämlich gar nicht erwarten, dich aus ihrem Leben zu werfen.»

«Was genau will sie denn eigentlich?», frage ich.

Er schweigt.

«Komm schon, Rainer. Ich bin sicher, du wirst sie vertreten. Da kannst du mir doch auch sagen, was mich erwartet.»

Er nickt. «Wie du willst. Sie verlangt deine totale Kapitulation. Du sollst einfach verschwinden und dich nie wieder bei ihr blicken lassen.»

«Das sind ziemlich düstere Aussichten», sage ich.

Wieder nickt er. «Wie gesagt, du musst dir schnell was einfallen lassen.»

«Ich kann ja verstehen, dass sie zutiefst verletzt ist, weil sie glaubt, ich wäre nur nach Island gefahren, um Astrid zu treffen, aber …«

«Stopp, Adam, hör einfach auf, mir dieses Märchen zu erzählen», unterbricht Rainer unwirsch. «Was du Conny sagst, ist eine Sache, aber es beleidigt meine Intelligenz, wenn du annimmst, ich könnte dir den Herzinfarkt in der Mittagspause mit anschließender Kur in Island tatsächlich abkaufen. Also lass es einfach.»

Ich schweige entgeistert.

«Und glaubst du, Conny ändert ihre Meinung, wenn ich ihr erzähle, dass du dein Treffen mit einer anderen Frau nur als Missverständnis betrachtest?», fährt Rainer fort. «Kein Gericht der Welt würde dir die Geschichte abkaufen. Warum sollte ausgerechnet Conny es tun, nachdem du sie vor wenigen Monaten auf genau die gleiche Weise bitter enttäuscht hast?»

Ich schweige ratlos. Stumm gehen wir durch das satte Grün des Parks.

«Was ist mit Lena?», frage ich. «Will sie auch nie mehr mit mir sprechen?»

«Keine Ahnung. Lena ist alt genug, um selbst zu entscheiden, mit wem sie reden will. Aber sie war im ersten Moment mindestens so sauer auf dich wie Conny.»

«Könntest du Lena bitten, mich anzurufen?», frage ich in einem beinahe demütigen Tonfall. «Sie geht nicht ran, wenn meine Nummer im Display erscheint. Vielleicht habe ich eine Chance, wenn du mit ihr redest.»

Er zögert kurz, dann nickt er. «Ja. Kann ich machen.»

«Danke», erwidere ich erleichtert. «Das ist ein kleiner Lichtblick.»

Wieder schweigen wir ein paar Schritte lang.

«Du hast mir den Fall Göttler weggenommen, weil du mich feuern wirst, wenn es wirklich zur Scheidung kommen sollte, richtig?»

Er strafft sich und nimmt eine präsidiale Haltung ein. «Ich würde es in diesem Fall begrüßen, wenn wir eine für alle Beteiligten akzeptable Vereinbarung auf die Beine stellen könnten. Darin wäre dann auch geregelt, dass du meine Kanzlei aus freien Stücken verlässt.» Er lächelt schmal. «Und obendrein mit leeren Händen, versteht sich.»

«Versteht sich», wiederhole ich und kann erneut nicht verhindern, ein bisschen sarkastisch zu klingen.

Statt Rainer in die Kanzlei zu begleiten, kaufe ich mir eine Packung Zigaretten und setze mich damit in ein Straßencafé. Nach Lage der Dinge werde ich im Büro gerade ohnehin nicht gebraucht. Und da ich eigentlich noch im Urlaub bin, will ich die Zeit nutzen, um über meine Probleme nachzudenken. Nach einem Dutzend Zigaretten und mehreren Tassen Kaffee bin ich allerdings einer Lösung keinen Millimeter näher gekommen.

Als ich am frühen Abend das Hotel betrete, werde ich von Witwe Pohl abgefangen. Sie sitzt rauchend an der Rezeption und verfolgt auf einem winzigen Fernseher die stummen Bilder irgendeiner Spielshow. Hinter ihr auf einer Anrichte liegt eine gelangweilt dreinblickende Hauskatze.

«Gut, dass ich Sie treffe, Dr. Schmitt», krächzt die Hotelchefin und qualmt dabei wie ein kaiserlicher Hochseedampfer. «Wir müssen reden.»

«Hatten Sie nicht gesagt, dass Rauchen im Hotel verboten ist?», frage ich.

«Für Sie schon, für mich nicht», antwortet sie knapp. «Aber wo wir gerade von der Hausordnung reden. Wenn

Sie Einbauten vornehmen, dann müssen Sie die bei Auszug auch wieder entfernen. Das ist Ihnen klar, oder?»

«Theoretisch ist mir das klar», sage ich. «Allerdings habe ich nicht die leiseste Ahnung, wovon Sie sprechen. Was denn für Einbauten?»

«Heißt das, Sie wissen von nichts?», fragt sie entrüstet. «Ihr Freund Magnus hat gesagt, es ist alles mit Ihnen abgesprochen.»

Mich beschleicht das ungute Gefühl, dass meine bestehenden Probleme gerade Gesellschaft von brandneuen Problemen bekommen haben. «Was soll mit mir abgesprochen sein, Frau Pohl?»

Die Witwe verzieht das Gesicht, als hätte sie in eine Zitrone gebissen. «Am besten, Sie gehen hoch und schauen sich das mal in Ruhe an.»

9

Gedämpfte Geräusche dringen aus Magnus' Zimmer. Hört sich an, als hätte er Besuch. Ich klopfe.

«Immer rein, wenn's kein Gnom ist», höre ich Magnus rufen.

Ich öffne die Tür und werde abrupt gebremst, weil sie an einen kreisrunden, hölzernen Badezuber stößt, der beinahe die gesamte Fläche des Zimmers einnimmt.

«Hallo, Adam», begrüßt mich Magnus freudig. «Da bist du ja. Zieh dich aus und komm ins Wasser. Nach einem anstrengenden Tag gibt es nichts Besseres als ein Bad mit Freunden.»

Mit offenem Mund stehe ich vor einem Hot Tub von geschätzten drei Meter Durchmesser, in dem neben Magnus noch zwei weitere Personen sitzen. Ein Mann, etwa in meinem Alter, und eine deutlich jüngere Frau, die ihren nackten Busen knapp unter der Wasseroberfläche trägt.

«Hanno und Britta», sagt Magnus. «Zimmer 27 und 28.»

Hanno springt auf und deutet eine Verbeugung an. «Hanno Braun. Freut mich, Sie kennenzulernen.» Er macht eine einladende Handbewegung in Richtung Britta. «Und das ist Frau Engelhardt, meine Assistentin.»

Frau Engelhardt lächelt scheu. «Hallo.»

Hanno bemerkt, dass seine förmliche Begrüßung dadurch konterkariert wird, dass er nackt ist. Deshalb setzt er sich rasch wieder hin.

«Adam Schmitt», sage ich. «Freut mich ebenfalls.»

«Frau Engelhardt und ich sind geschäftlich in Berlin», verkündet Hanno. Er ahnt wohl, dass ich aufgrund dieser Begegnung wahrscheinlich zu einem anderen Schluss gekommen wäre. «Wir vertreten die Firma Ströbele aus Göttingen. Das ist ein mittelständischer Zulieferer für Vakuumtechnik. Wir liefern in die ganze Welt und haben ein patentiertes System für die Montage von Haltern für Federstößel entwickelt. Unsere Technik verlängert die Lebensdauer der Komponenten um bis zu 50 Prozent.»

«Interessant», sage ich. Ich befürchte nämlich, Herr Braun wird noch weiter ins Detail gehen, wenn ich ihm nicht kurz signalisiere, dass ich ihm und seiner Vakuumpumpen-Mission prinzipiell aufgeschlossen gegenüberstehe.

«Können wir mal kurz reden?», frage ich mit Blick zu Magnus.

«Na klar, Adam. Komm rein und sag, was du auf dem Herzen hast.»

«Ich würde das gern mit dir unter vier Augen besprechen», gebe ich zurück. «Ich warte nebenan auf dich.»

Auch die Tür zu meinem Zimmer lässt sich neuerdings nicht mehr ganz öffnen. Sie stößt an das Fußende von Magnus' Bett. Weil drüben kein Platz mehr ist, lagern seine Möbel jetzt bei mir, weshalb mein Zimmer wie die Garage eines chaotischen Trödelhändlers aussieht. Ab jetzt muss ich jedes Mal über mein Bett klettern, wenn ich ins Badezimmer möchte. Außerdem können die Fenster nicht mehr richtig geöffnet werden, weil die Kleiderschränke davorstehen.

An der Tür klebt ein Umschlag mit meinem Namen. Frau Pohl wollte mir die Rechnung für den Einbau unserer überdimensionalen Badewanne wohl nicht so gern persönlich überreichen. Der Grund dafür könnte sein, dass ich einen Wutanfall kriege, als ich sehe, dass mein isländischer Freund für sein Badevergnügen fast dreitausend Euro ausgegeben hat – Expresseinbau inklusive.

«Magnus!», rufe ich genervt. «Wo bleibst du denn, verdammt?»

Die Tür geht auf, und Magnus erscheint. Sein Körper ist in ein Handtuch gehüllt, sein Gesicht in ein sonniges Lächeln. «Bleib cool, Adam. Da bin ich ja schon. Was ist denn los?»

«Das hier ist los.» Ich zeige ihm die Rechnung. «Du verballerst dreitausend Euro für einen Badezuber.»

«Gute Idee, oder? Jetzt können wir baden, wann immer wir wollen.»

«Ganz und gar keine gute Idee», erwidere ich aufgebracht. «Wir müssen dieses Ding nämlich für viel Geld wieder abbauen lassen, wenn wir hier auschecken, was in ein paar Tagen der Fall sein könnte.»

«Na, dann nimmst du den Hot Tub einfach mit», erwidert Magnus. «So ein schönes Stück kann man immer gebrauchen.»

«Ich will aber keinen Hot Tub», sage ich.

«Dann lass ihn doch für die anderen Gäste hier», schlägt Magnus vor. «Die freuen sich bestimmt.»

«Auch das werde ich ganz sicher nicht tun», erwidere ich. «Weil ich es mir nämlich nicht leisten kann, wildfremden Leuten sündhaft teure Geschenke zu machen.»

Magnus runzelt die Stirn. «Du willst ihn nicht mitnehmen. Du willst ihn nicht hierlassen. Was dann?»

«Ganz einfach. Ich werde die Rechnung nicht bezahlen und darauf hoffen, dass man einen gebrauchten Hot Tub zurückgeben kann. Bestenfalls bauen die das Ding wieder aus, und damit ist die Sache erledigt. Schlimmstenfalls werden sie mich verklagen.»

«Okay. Allerdings habe ich die Rechnung schon bezahlt», sagt Magnus.

«Womit?», frage ich entgeistert. «Ich denke, du hast kein Geld.»

«Na, mit deiner Kreditkarte», antwortet Magnus, als wäre das zwischen uns beiden so abgesprochen.

«Jetzt sag nicht, dass du mir …» Aufgeregt fingere ich nach meinem Portemonnaie, öffne es hastig und stelle mit Entsetzen fest, dass die Karte fehlt. «Doch. Du hast mir tatsächlich die Kreditkarte gestohlen.»

«Von Stehlen kann überhaupt keine Rede sein», erwidert Magnus entrüstet. «Du hast selbst gesagt, dass ich mir was kommen lassen darf.»

«Ich habe gesagt, lass dir 'ne Pizza kommen», rufe ich aufgebracht. «Von einem verdammten Hot Tub war nie die Rede.»

«Dann musst du dich demnächst klarer ausdrücken», erwidert er seelenruhig. Nach kurzem Überlegen fügt er hinzu: «Ich hätte die anderen Sachen dann doch auch nicht bestellt.»

«Was denn für andere Sachen?», frage ich panisch.

«Aus dem Internet», präzisiert Magnus. «Britta hat mir geholfen.»

Ich spüre leichte Stiche in der Herzgegend. «Magnus, was für Sachen hast du im Internet bestellt?» Ich sollte mich rasch wieder beruhigen, denn was auch immer er mir zu sagen hat, es ist ganz sicher keinen Herzinfarkt wert. Ich hoffe, das weiß auch mein Herz.

«Zum Beispiel schicke Klamotten für mich», sagt Magnus. «Also Shirts, Hemden, Hosen, eine coole Jacke, ein Paar Turnschuhe, zwei Sonnenbrillen, eine Basecap, Boxershorts …»

«Schicken wir alles zurück», unterbreche ich ihn barsch.

«Wird schwierig», erwidert Magnus. «Das sind ja Maßanfertigungen.» Erklärend fügt er hinzu: «Es gibt eine Seite, da kann man seine Maße eingeben, und die schneidern dann die Sachen nach Wunsch. Ist echt praktisch.»

«Kann man den Auftrag noch stoppen?», will ich wissen.

«Nein. Ich hab Expressservice angeklickt», gesteht Magnus kopfschüttelnd. «Wir könnten höchstens versuchen, die Sachen an jemanden zu verkaufen, der meine Statur hat. Kennst du zufällig noch einen anderen Troll?»

Ich seufze. «Was hast du sonst noch gekauft?»

«Ein iPhone, ein iPod und ein iPad. Und ein Macbook.»

«Und wofür brauchst du das alles?»

«Man ist damit wahnsinnig angesagt», erwidert Magnus. «Manche von den Sachen muss man in die Ohren stöpseln, auf anderen wischt man mit dem Zeigefinger herum, wenn man im Café sitzt, und das Macbook trägt man lässig unterm Arm, wenn man durch die Stadt geht. Hab ich heute alles beobachtet.»

«Heißt das, du kannst diese Geräte überhaupt nicht bedienen?»

«Doch», antwortet Magnus. «Ich habe dir doch gerade erklärt, wie man sie bedient.»

Ich schließe die Augen und atme bewusst durch die Nase. Erleichtert spüre ich, dass mein Herz sich ein bisschen beruhigt. «Sonst noch was, das ich wissen sollte?»

Magnus überlegt eine Weile, dann schüttelt er den Kopf. «Nein, das war alles.»

«Gut», sage ich. «Folgendes ...»

«Moment!», unterbricht Magnus. «Da ist doch noch was. Das hätte ich jetzt fast vergessen. Ich habe für uns beide einen Jetski bestellt.»

«Einen … Jetski?» Mein Herz stolpert kurz, dann rumpelt es wie ein Ochsenfuhrwerk. Ich schließe erneut die Augen und bemühe mich, ruhig durch die Nase zu atmen.

«Ja, ich dachte, wir könnten auf der Spree cruisen», erklärt Magnus. «Und wir sparen uns das Taxi, wenn wir unseren Jetski benutzen. Nebenbei sind wir dann immer an der frischen Luft.»

Es dauert drei weitere lange Atemzüge, bis ich reagieren kann. «Okay, Magnus. Wir werden all diese Sachen zurückschicken und den Leuten erklären, dass du nicht befugt warst, meine Kreditkarte zu benutzen.»

«Gute Idee, aber ich glaube, das bringt nichts», sagt Magnus. «Die Verkäufer haben mit der Botschaft telefoniert und sich erkundigt.»

«Mit der … Botschaft? Mit welcher Botschaft?»

«Na, mit der isländischen», erwidert Magnus und sieht mich an, als würde er zu ergründen versuchen, warum ich gerade so ungeheuer schwer von Begriff bin. «Die Botschaft hat natürlich eine Kopie von deiner Erklärung bekommen, allein schon um die deutschen Behörden zu informieren. Die müssen ja wissen, dass du die Verantwortung für mich trägst.»

«Ja klar! Weil du ja bekanntermaßen ein Troll bist», füge ich mit sarkastischem Unterton hinzu.

«Ganz genau», bestätigt Magnus, ohne eine Miene zu verziehen.

Mein kleiner isländischer Freund ist zweifellos witzig und erfindungsreich. Außerdem sehe ich ihm einiges nach, weil er aus einem skurrilen Land kommt und obendrein noch sehr jung ist. Trotzdem geht er mit seiner Trollgeschichte jetzt doch ein bisschen zu weit.

«Wer ist denn in der Botschaft für dich zuständig?», frage

ich listig und erwarte, dass Magnus sich um die Antwort drücken wird.

Doch mit einem lässigen Schulterzucken erwidert er: «Na, wer schon? Der Botschafter, würde ich mal sagen.»

«Der Botschafter», wiederhole ich spöttisch. «Klar.»

«Ja, der Botschafter», bestätigt Magnus ohne einen Funken Ironie.

«Okay. Dann werde ich dem isländischen Botschafter gleich morgen früh mal einen Besuch abstatten», verkünde ich sonnig.

«Mach das», erwidert Magnus. «Grüß ihn von mir.»

Ich will etwas erwidern, aber mein Handy klingelt. Es ist Lena.

«Schön, dass du anrufst. Geht es dir gut?», frage ich.

«Großvater hat gesagt, dass du mich sprechen willst?» Sie klingt nicht abweisend, aber doch merklich distanziert.

«Wahnsinnig gern. Wollen wir uns treffen?», antworte ich erfreut.

Ich spüre, dass sie zögert, und habe plötzlich Angst, sie könnte es sich anders überlegen.

«Wann immer du willst», füge ich rasch hinzu. «Also auch heute Abend. Meinetwegen sofort. Oder passt es dir morgen früh besser?»

«Ja. Lieber morgen früh», sagt sie. «Lass uns einen Spaziergang machen.»

«Um elf am Brandenburger Tor?», frage ich geschäftig. «Wir könnten dann in den Tiergarten gehen.»

«Gut. Dann also bis morgen», sagt sie unaufgeregt und legt auf.

Ich stecke das Handy weg und bemerke nun, dass Magnus sich während meines Telefonats angezogen hat.

«Ich bin übrigens nicht dazu gekommen, mir eine Pizza

zu bestellen», sagt er. «Jetzt habe ich Hunger. Gehen wir was essen?»

«Zuerst her mit meiner Kreditkarte», befehle ich barsch.

«Ja doch. Immer mit der Ruhe», erwidert Magnus und gibt sie mir.

Sorgsam verstaue ich das Stück Plastik in meinem Portemonnaie.

«Zum Glück hab ich ja noch diesen Schein», sagt Magnus und zeigt mir den Zwanziger, den ich ihm heute Mittag zugesteckt habe. «Reicht das für uns beide?»

«Das reicht für zwei halbe Hähnchen und zwei Bier», antworte ich.

«Alles klar», sagt Magnus. «Dann los.» Lässig fügt er hinzu: «Du bist natürlich eingeladen.»

Wenig später betreten wir den nächstbesten Imbiss, eine Frittenbude mit Resopaltresen und bunten Bildern in der Speisekarte. Wir nehmen Platz auf abgewetzten Kunstlederstühlen und bestellen Brathähnchen mit Pommes frites und Flaschenbier. Es ist ein lauer Sommerabend, und man könnte auch draußen sitzen, aber der Laden liegt an einer stark befahrenen Straße. Die im Dreiminutentakt vorbeirauschende Tram würde den Gästen das Essen vom Teller wehen. Deshalb gibt es keine Tische im Freien.

Drinnen müht sich ein altersschwacher Deckenventilator damit ab, die Luft zumindest minimal in Bewegung zu versetzen. Außer uns sind nur wenige Gäste anwesend. Ein asiatisches Pärchen in komplett atmungsaktiver Kleidung brütet über einem Stadtplan, während es sich eine große Portion Pommes frites teilt. Ein sehr ungesund aussehender Mann, der hier vermutlich Stammgast ist, sitzt mit einer Flasche Bier und einem Schnaps am Fenstertresen. Immer wenn die Tram zu hören ist, hebt er den Kopf und schaut hinaus. Sieht aus, als würde sie ihn daran erinnern, dass auf ganz ähnliche Weise sein Leben an ihm vorbeirauscht. In der ihm gegenüberliegenden Ecke sitzen drei Teenager vor ihren vollen Tellern und lassen das Essen kalt werden, weil sie mit gesenkten Köpfen auf ihre Smartphones starren.

«Lass es dir schmecken», sagt Magnus und beißt mit Appetit in einen Hähnchenschenkel. Es knackt und knirscht, dann sehe ich ihn zufrieden kauen.

Ich beuge mich vor und betrachte verdutzt seine Bissspuren in der Keule.

«Du, da ist ein Knochen drin», sage ich perplex.

Magnus nickt, beißt erneut unter lautem Knacken und Knirschen ein Stück ab und sagt dann: «Ich weiß. Ist lecker.»

«Den Knochen isst man aber eigentlich nicht mit», erkläre ich fassungslos.

«Also, wenn du deine Knochen nicht willst, dann nehme ich sie gern», sagt Magnus und lässt es erneut knacken und knirschen.

Ich sehe mich unauffällig um. Wie zu erwarten, haben Magnus' Tischmanieren die Aufmerksamkeit der anderen Gäste auf uns gelenkt. Auch der Kerl hinterm Tresen, ein gemütlicher Berliner mit Wampe und Bürstenhaarschnitt, steht da und verfolgt gebannt, wie Magnus sich nun erneut ein großes Stück Huhn mit Knochen schmecken lässt.

«Isst du immer die Knochen mit?», frage ich leise.

Magnus nickt. «Klar. Wäre doch schade drum.»

«Und dein Magen hat damit keine Probleme?»

Magnus schüttelt den Kopf. «Trolle sind sehr robust gebaut. Wir können ohne Probleme Knochen, Fischgräten und Muschelschalen essen. Zum Glück, denn ich erinnere mich an sehr viele harte Winter, in denen uns gar nichts anderes übrigblieb.»

«Sehr viele harte Winter?», wiederhole ich amüsiert. «Das klingt, als wärst du ein Tattergreis.»

Er muss grinsen.

«Wie alt bist du eigentlich?», will ich wissen. «Irgendwas um die fünfundzwanzig?»

Sein Gesicht wird wieder ernst. «Nein. Ich bin hundertacht.»

«Hundertacht», wiederhole ich. «Da hast du dich aber gut gehalten.»

«Für einen Troll ist das kein Alter», erklärt Magnus. «Wir können ganz locker dreihundert Jahre alt werden, wenn uns nicht ein Hungerwinter oder ein rachsüchtiger Nebenbuhler dazwischenkommt.»

«Du willst ernsthaft behaupten, dass du hundertacht Jahre alt bist?»

Magnus nickt. «Ja, aber eigentlich liegst du trotzdem richtig: Für einen Troll bin ich blutjung und habe mein Leben noch vor mir.» Er wirft einen Blick auf meinen Teller und sieht, dass ich mein Brathähnchen kaum angerührt habe. «Wenn du das nicht mehr isst, dann würde ich das nehmen.»

Ich reiche ihm den Teller, verschränke die Arme vor der Brust und beobachte Magnus dabei, wie er beginnt, knirschend mein Hähnchen zu verputzen.

Die anderen Gäste und auch der Kerl hinterm Tresen kümmern sich wieder um ihren eigenen Kram. Für einen Moment hat Magnus sie irritiert. Jetzt sind seine Essgewohnheiten nur ein weiteres verrücktes Detail in einer Stadt, die an Verrücktheiten nicht gerade arm ist.

Irgendwo tief in mir keimt leiser Zweifel auf. Kann es sein, dass Magnus die Wahrheit sagt? Sitze ich tatsächlich einem waschechten Troll gegenüber? Das würde einiges erklären. Ich sollte also mal versuchen, dieser Frage auf den Grund zu gehen.

«Wo genau lebst du eigentlich, wenn du nicht gerade bei mir in Berlin wohnst?», will ich wissen.

«Du meinst mit meiner Sippe?», fragt er kauend.

«Ist das deine Familie?»

Er nickt. «Im weitesten Sinne schon. Wir leben unter einem Wasserfall, dessen Name dir aber nichts sagen würde. Außerdem darf ich ihn dir ohnehin nicht verraten, damit wir da auch in Zukunft unsere Ruhe haben.»

«Und wie groß ist deine Sippe?»

«Ungefähr dreißig Leute», antwortet Magnus.

«Und die wohnen alle unter einem Wasserfall?», frage ich skeptisch. «Frauen, Kinder und Alte inbegriffen?»

Magnus nickt. «Ja. Wir haben uns Höhlen gebaut. Da ist es warm und trocken. Trolle sind ganz gute Bergleute, musst du wissen.»

«Ist das der Grund, warum man euch so selten sieht?», frage ich. «Weil ihr euch in euren Höhlen versteckt?»

«Das auch», antwortet Magnus. «Und wir sind Meister der Tarnung. Wenn ein Troll nicht gesehen werden will, dann wirst du ihn auch nicht sehen.»

«Das klingt, als könntet ihr euch unsichtbar machen.»

«Wie meinst du das? Redest du von Zauberei?», fragt Magnus.

«Könnte doch sein», erwidere ich. «Ihr seid Trolle. Würde mich nicht wundern, wenn ihr auch zaubern könntet.»

«Klar können wir das», antwortet Magnus. «Allerdings braucht man keine Zauberei, um sich vor einem Menschen zu verstecken. Ihr seid nämlich sehr leicht zu überlisten.»

«Und wovon lebt ihr?», will ich wissen.

«Wir sammeln, fischen und jagen. Und wir tauschen.»

«Mit anderen Sippen, oder wie?»

«Nein, so viele Trolle gibt es nun auch wieder nicht. Hauptsächlich machen wir Tauschgeschäfte mit den Menschen.»

«Wie das? Ich denke, man sieht euch so selten.»

«Ja. Wir tauschen sozusagen einseitig», erklärt Magnus. «Wir nehmen uns, was wir brauchen, und geben dafür etwas anderes.»

«Und wie genau funktioniert das?»

«Ich schleiche mich auf einen Hof, und wenn der Bauer nicht hinsieht, dann nehme ich mir, was ich brauche. Sagen wir mal, einen Krug Milch, eine Wurst und zwei Lammfelle. Dafür hinterlasse ich vielleicht einen kleinen Runenstein, der dem Bauern eine gute Ernte bringen wird.»

«Moment mal. Du bekommst Milch, Wurst und Lammfelle, der Bauer aber nur ein Steinchen?»

«Einen Runenstein», korrigiert Magnus. «Er hat magische Kräfte, besonders, wenn man ihn von einem Troll geschenkt bekommt.»

«Das klingt trotzdem nicht nach einem fairen Tausch», wende ich ein.

«Warum nicht?», fragt Magnus verdutzt.

«Weil du wertvolle Lebensmittel bekommst, der Bauer aber nur einen Talisman, von dem er nicht mal weiß, ob er ihm wirklich Glück bringt.»

Magnus überlegt kurz, dann sagt er: «Ich erzähle dir jetzt mal eine wahre Geschichte. Die fünfjährige Tochter eines reichen Bauern läuft mitten in der Nacht unbemerkt aus dem Haus, weil sie das Blöken eines Lämmchens gehört hat und nun glaubt, das Tier brauche ihre Hilfe. Drei Trolle, die zufällig in der Nähe sind, sehen das Kind und folgen ihm unbemerkt. Als die Kleine auf einer schmalen Steinbrücke einen reißenden Fluss überqueren will, stürzt sie ab und wird sofort von den Wassermassen mitgerissen. Die Trolle, mutig und robust, wie Trolle nun mal sind, stürzen sich ebenfalls in die Fluten und versuchen, das ertrinkende Mädchen zu retten. Sie schaffen es, ihren leblosen Körper an der nächsten Flussbiegung aus dem Wasser zu ziehen. Das Kind ist blass, hat blaue Lippen, und es atmet nicht mehr. Einer der Trolle wickelt die Kleine in ein Schaffell. Da ertönt plötzlich lautes Rufen, und dann sind auf den Felsen über ihnen die zuckenden Lichter zweier Laternen zu sehen. Der Bauer und sein Knecht suchen nach dem Kind und sehen nun, dass sich unten am Flussufer etwas bewegt. Während die drei Trolle sich in aller Eile verstecken, finden die Männer das Mädchen. Der Vater sieht, dass sie nicht mehr atmet, und drückt die Kleine verzweifelt an sich. Da plötzlich erbricht das Kind in hohem Bogen einen Schwall Wasser. Sie japst, röchelt und hustet, dann beginnt sie zu weinen. Auch dem Bauern kommen nun die Tränen. Er wiegt das vor Kälte und Erschöpfung zitternde Kind glücklich in seinen Armen und trägt es zurück ins warme Haus.»

Magnus schiebt seinen Teller beiseite. «Schöne Geschichte, oder?»

Ich nicke bewegt. «Sehr schöne Geschichte.»

Magnus lehnt sich vor. «Und nun rate mal, was am nächsten Morgen passiert ist.»

«Keine Ahnung. Sag es mir.»

«Als der Knecht in den Stall kommt, stellt er fest, dass drei Schafe fehlen.»

«Die Trolle haben drei Schafe genommen?»

Magnus nickt. «Im Tausch gegen das Leben der Tochter. Der Bauer war kein armer Bauer, musst du wissen. Er hatte mehr als hundert Schafe. Aber dieses Mädchen war sein einziges Kind.» Magnus macht eine Kunstpause, dann fügt er hinzu: «Und jetzt sag mir, Adam: Drei Schafe gegen das Leben der Kleinen. War das ein fairer Tausch?»

«Mehr als fair», antworte ich. «Die Trolle hätten auch zehn Schafe nehmen können oder gleich die halbe Herde. Ich bin sogar davon überzeugt, der Bauer hätte alle Schafe hergegeben, um das Leben seiner Tochter zu retten.»

Magnus grinst. «Cool. Schuldest du mir jetzt auch hundert Schafe, weil ich dir das Leben gerettet habe?»

«Ach, darauf willst du hinaus», sage ich lächelnd. «Ich würde dir sofort hundert Schafe schenken, aber leider bin ich momentan etwas knapp bei Kasse, weil ich ein paar ungeplante Internetbestellungen bezahlen muss, zum Beispiel einen Hot Tub und einen Jetski.»

Magnus winkt ab. «Schon okay, Adam. Entspann dich. Behalte deine Schafe und dein Geld. Ich hab alles, was ich brauche. Mein Großvater sagt immer: Wohlstand kommt und geht wie die Wellen des Meeres. Deshalb sorge dich nicht und genieße den Ausblick.»

«Dein Großvater scheint ein kluger Mann zu sein.»

«Das ist er. Und er hat die Nebelhungersnot überlebt. Seitdem bringt ihn praktisch nichts mehr aus der Ruhe.»

«Was war das, diese Nebelhungersnot?»

«Nicht so wichtig», sagt Magnus ausweichend. «Ist auch schon lange her.»

«Und diese Runensteine, von denen du eben gesprochen hast, ist das so eine Art Trollzauber?», frage ich.

«Ja, kann man so sagen», antwortet Magnus. «Warum fragst du? Brauchst du einen?»

Ich zucke mit den Schultern. «Um ehrlich zu sein, ein bisschen Glück könnte ich schon gebrauchen. Aber wer könnte das nicht?»

Sein Gesicht hellt sich auf. «Sag das doch gleich, Adam. Was brauchst du? Einen Glückszauber? Einen Schutzzauber? Oder einen Liebeszauber?»

«Geht auch eine Kombination aus allem?», frage ich.

«Klar», erwidert Magnus. «Aber bist du sicher, dass du gleich die große Packung bestellen möchtest?»

«Klar», sage ich. «Warum nicht?»

«Gut.» Magnus grinst breit. «Lass mich nur machen, Adam.»

«Dann stehe ich noch ein bisschen tiefer in deiner Schuld», sage ich.

Er winkt ab. «Keine Sorge, Adam. Vielleicht kannst du eines Tages auch etwas für mich tun, wer weiß? Eine Hand wäscht die andere.»

10

Lena sieht blass und unglücklich aus. Und es kommt mir vor, als hätte sie in den wenigen Tagen seit unserer letzten Begegnung stark abgenommen.

«Wollen wir vielleicht lieber was essen gehen?», frage ich und schaue mich nach einem geeigneten Lokal um.

Wir stehen am Brandenburger Tor. Die Sonne scheint, ein strahlend blauer Himmel wölbt sich über Berlin. Der Pariser Platz ist voller Touristen, die größtenteils damit beschäftigt sind, ihren Berlintrip fotografisch optimal in Szene zu setzen.

«Hast du denn Hunger?», fragt Lena.

«Nein, aber ich dachte, du vielleicht», antworte ich und versuche, nicht allzu besorgt zu wirken.

Sie schüttelt den Kopf. «Danke. Aber ich habe keinen Appetit. Außerdem würde ich gern weg von diesen vielen Menschen.» Sie schaut zum Tiergarten, dessen sattes Grün einladend leuchtet.

«Gut, gehen wir ein Stück», schlage ich vor.

Wir steuern in Richtung Luiseninsel, bis der Lärm der Stadt zu einem fernen Rauschen verschwommen ist und die Luft frisch und sauber schmeckt.

Unser Gespräch kommt nur schleppend in Gang. Wortreich danke ich Lena dafür, dass sie diesem Treffen zugestimmt hat, und versichere, dass ich sie unter keinen Umständen in meine Probleme hineinziehen werde.

«Ach, Dad», sagt sie und lächelt müde. «Du weißt doch

selbst, dass das nur ein frommer Wunsch ist. Es sind zwar eure Probleme, aber ich bin ganz automatisch mittendrin.»

Ihre Vorwürfe sind leise und dennoch unüberhörbar. Immerhin klingt ihre Stimme jetzt wieder etwas vertrauter und nicht mehr ganz so distanziert wie gestern am Telefon.

«Du sollst nur nicht denken, ich spekuliere auf deine Hilfe beim Retten meiner Ehe», erkläre ich.

Es ist nicht die reine Wahrheit. Einerseits will ich Lena natürlich nicht unter Druck setzen, andererseits stehe ich selbst mächtig unter Druck. Ich würde meine Tochter deshalb nicht zurückhalten, wenn sie auf die Idee käme, bei ihrer Mutter ein gutes Wort für mich einzulegen.

«Gut, dass du das sagst», erwidert Lena. «Ich bin nämlich nicht hier, weil ich über eure Ehe sprechen will. Lass uns also bitte die Probleme, die Mum und du haben, komplett ausklammern.»

Schade, denke ich. Einfach abhaken wollte ich das Thema nun auch wieder nicht. Immerhin geht es hier um beinahe die Hälfte meines Lebens. So lange kenne ich Conny nämlich bereits. Ich fühle mich ihr nah bei dem Gedanken daran, was wir schon alles zusammen erlebt haben.

Ich frage mich, ob ich Lena erklären soll, was mich umtreibt, da merke ich plötzlich, dass sie selbst etwas auf dem Herzen hat.

«Klar», sage ich deshalb. «Reden wir einfach über was anderes.»

Ich schweige, um ihr Bedenkzeit zu geben. Eine Weile flanieren wir stumm nebeneinanderher.

Dann sagt sie: «Ich bin schwanger.»

Keine Ahnung, wofür sie die Bedenkzeit genutzt hat. Jedenfalls nicht um sich zu überlegen, wie sie mir das schonend beibringen kann.

Ich könnte jetzt sagen, dass ich ihr zu dieser tollen Neuigkeit gratuliere und mich sehr für sie freue. Aber ich sehe, wie ihre Gefühle bei dem Thema Achterbahn fahren. Sie hat sich ganz bestimmt nicht mit mir verabredet, um gutgemeinte Floskeln zu hören.

Also sage ich nichts. Stattdessen lege ich den Arm um die Schulter meiner kleinen, betrübten, schwangeren Tochter, wie ich es schon oft gemacht habe, wenn sie vorübergehend mal nicht wusste, wie es in ihrem Leben weitergehen sollte.

Wieder schweigen wir eine Weile, bevor ich frage: «Ist Urs der Vater?»

Sie nickt, zugleich muss sie schluchzen.

«Weiß er es schon?»

Wieder nickt sie. «Ich habe ihm gestern eine SMS geschrieben.» Sie zuckt bedauernd mit den Schultern. «Leider blieb mir nichts anderes übrig, weil er weder ans Telefon geht, wenn ich anrufe, noch meine Nachrichten abhört.»

«Und du?», frage ich. «Wie lange weißt du es schon?»

«Vor ein paar Tagen habe ich einen Test gemacht. Aber amtlich ist es erst seit gestern. Meine Ärztin sagt, ich bin in der siebten Woche.»

«Hast du … ?» Ich verkneife mir die Frage. «Nein. Schon gut. Vergiss es.»

Lena weiß, worauf ich hinauswill. «Ob ich es Mum gesagt habe? Noch nicht. Sie ist gerade völlig mit sich selbst beschäftigt. Und ich weiß sowieso nicht, ob sie mir momentan überhaupt helfen könnte.»

«Hat dein Exverlobter schon auf die SMS reagiert?»

«Ja. Sogar wesentlich schneller als erwartet», sagt sie. «Allerdings leider nicht so, wie ich mir erhofft habe.»

«Was hast du denn gehofft?», will ich wissen.

Sie zuckt hilflos mit den Schultern. «Vielleicht dass Urs

sich daran erinnert, was aus uns hätte werden können. Ich meine, immerhin hatten wir vor zu heiraten. Und natürlich haben wir auch über Kinder gesprochen.» Wieder muss sie schluchzen. «Versteh mich nicht falsch, Dad. Ich habe nicht angenommen, dass er mich jetzt plötzlich doch heiratet. Ich würde es inzwischen sowieso nicht mehr wollen. Aber als ich mit ihm gesprochen habe, war ich echt schockiert darüber, dass ihm unser Kind komplett gleichgültig ist.»

«Das war eine erste, spontane Reaktion. Er ist mit der Situation überfordert, was nicht ungewöhnlich ist», wiegele ich ab. «Gib ihm ein bisschen Zeit. Er muss sich erst mit dem Gedanken anfreunden, dass er Vater wird.»

«Ich glaube, das hat er längst», erwidert sie mit bitterem Unterton. «Ich bin nämlich nicht die Einzige, die er geschwängert hat.»

Ebenso entsetzt wie entgeistert, bringe ich nur ein tonloses «Oh» zustande.

«Ich hatte natürlich nicht die leiseste Ahnung, dass er sich mit einer anderen trifft. Und ich hätte es bestimmt auch nie erfahren, wenn sie nicht ebenfalls schwanger geworden wäre.» Fassungslos schüttelt Lena den Kopf. «Ist das eigentlich normal für euch Männer, dass ihr emotional zweigleisig fahren könnt? Ich meine, wir reden hier ja nicht von unverbindlichem Sex. Er hat mir einen Heiratsantrag gemacht und es trotzdem riskiert, dass die andere von ihm schwanger wird. Wie geht denn so was?»

Unbehaglich wiege ich den Kopf hin und her. «Ja, es soll vorkommen, dass wir Männer Dinge tun, auf die wir nachher nicht besonders stolz sind.»

Ihr geht auf, dass ich auf mein eigenes Sündenregister anspiele. «Sorry, war nicht so gemeint.»

«Schon okay», sage ich und denke: Wenn ich mir ansehe,

was für dreckige Nummern in der sauberen Schweiz laufen, dann fühle ich mich gleich viel weniger schuldig. «Glaubst du, diese andere Frau war der Grund dafür, dass Urs eure Verlobung gelöst hat?»

«Sagen wir mal so: Ich kenne sie, und sie ist etwa so alt wie ich, etwa so attraktiv wie ich und etwa so clever wie ich. Der wesentliche Unterschied zwischen uns beiden besteht darin, dass ihr Vater als Investmentbanker ein Vermögen gemacht hat. Titus Steiner muss sich also bei ihr nicht fragen, ob sie seinen Sohn nur des Geldes wegen heiraten will.»

«Und du wolltest wirklich in eine so zutiefst verkommene Sippe einheiraten?», frage ich.

Sie muss lachen. Ein schöner Anblick. «Ich habe nie darüber nachgedacht, dass ich auch seine Familie heiraten würde. War wohl naiv, aber so ist das eben manchmal, wenn man sich Hals über Kopf verliebt.»

«Okay. Falls du mich heute treffen wolltest, um zu fragen, ob ich dich und das Kind unterstützen werde, dann lautet die klare Antwort: Das mache ich sehr gern. Außerdem habe ich mir schon immer gewünscht, mit allerspätestens fünfzig Opa zu sein.»

Wieder muss sie lachen. Ich denke: Na bitte, geht doch.

«Das ist nett von dir», sagt sie, zieht ein Schreiben aus ihrer Umhängetasche und hält es mir hin. «Aber eigentlich wollte ich dich fragen, ob du mir bei dieser Sache hier helfen kannst.»

«Was ist das?», frage ich, werfe einen Blick auf das Papier und sehe den Briefkopf einer renommierten Schweizer Anwaltskanzlei.

«Eine Verzichtserklärung», antwortet sie. «Titus Steiner möchte, dass ich niemals den Namen des Kindsvaters öffentlich mache. Ich soll keine Forderungen erheben, außerdem auf etwaige Erbansprüche, die mein Kind haben könnte, verzichten.»

«Das klingt zwar herzlos», sage ich, «aber Anwälte werden auch nicht dafür bezahlt, herzlich zu sein, das gilt besonders für die teuren. Was bietet man dir denn im Gegenzug?»

«Nichts», antwortet Lena. «Im Gegenteil. Wenn ich mich weigere, das Papier zu unterschreiben, dann will Titus Steiner mich verklagen.»

«Weswegen?», frage ich erstaunt.

«Mein Au-pair-Vertrag sieht eine sofortige Kündigung und eine Erstattung aller bis dato entstandenen Kosten vor, falls ich mich auf ein Techtelmechtel innerhalb der Gastfamilie einlassen sollte. Erst im Nachhinein habe ich begriffen, dass dieser Passus eine Anspielung auf das Liebesleben von Urs ist.»

«Warum hast du denn so einen blöden Vertrag unterschrieben?», frage ich vorwurfsvoll.

«Weil ich natürlich nicht vorhatte, mit Urs ins Bett zu gehen», erwidert Lena prompt. «Wie ich übrigens auch nicht erwartet habe, dass ich mich Hals über Kopf in ihn verlieben würde.»

«Leuchtet ein», sage ich und lasse das Schreiben in der Innentasche meines Sakkos verschwinden. «Bei Gelegenheit brauche ich noch den Au-pair-Vertrag. Und du solltest dir überlegen, was genau du von Titus Steiner willst. Ich vermute zwar nicht, dass er mit der Verzichtserklärung durchkommt, aber diese Techtelmechtel-Klausel ist für dich auch nicht ganz unproblematisch. Am Ende werden wir uns also wohl vergleichen, und da stellt sich dann immer die Frage nach dem Wie.»

«Ich habe schon darüber nachgedacht», beginnt Lena. «Wenn Urs sich nicht um unser Kind kümmern will, dann werde ich die Sache eben allein durchziehen. Ich glaube, das kriege ich hin. Und ich habe auch nicht vor, seiner Hochzeit im Weg zu stehen. Wenn er glaubt, er muss diese andere heiraten, dann soll er auch das tun.»

«Bislang ist das alles noch ganz im Sinne von Titus Steiner», werfe ich ein.

«Ja. Ich habe allerdings nicht vor, mit leeren Händen zu gehen. Ich möchte, dass er sich an den Kosten für das Kind beteiligt.»

«Okay, du willst also Unterhalt», fasse ich zusammen.

«Fünfhundert Euro monatlich», sagt Lena prompt. Sie bemüht sich, verbindlich und abgeklärt zu wirken, aber ich merke sofort, dass sie ihre eigene Forderung für ganz schön happig hält.

«Ich weiß, dass das über dem Höchstsatz liegt», fügt sie rasch hinzu. «Aber wenn Titus Steiner mich und das Kind von jetzt auf gleich aus seinem Leben kegeln will, dann soll er uns wenigstens finanziell unter die Arme greifen. Um alles andere kümmere ich mich dann schon selbst.»

Eine Apanage von fünfhundert Euro ist für einen Multimillionär wie Titus Steiner ein Klacks. Ich befürchte, er wird die Zahlung dennoch verweigern, und zwar aus Prinzip. Er hat eine sündhaft teure Kanzlei engagiert, die die Sache aus der Welt schaffen soll. Die Unterhaltszahlungen würden ihn nur Monat für Monat daran erinnern, dass sein Sohn ein verantwortungsloser Nichtsnutz ist.

Lenas ehrenwertes Ansinnen, Titus Steiner ein faires Angebot zu machen, dürfte also gegenstandslos sein. Was ihr bleibt, ist die geringe Hoffnung auf einen überraschenden Sinneswandel. Was mich betrifft, so kann ich nur versuchen, einen Vergleich herauszuschlagen. Ich glaube nicht, dass ich einen Mann wie Titus Steiner in die Knie zwingen kann, aber ich hoffe, ich kriege ihn wenigstens an den Verhandlungstisch.

«Was hältst du davon, wenn wir fünftausend Euro monatlich aufrufen?», frage ich. «Ich hätte dann ein bisschen Verhandlungsspielraum.»

Sie zuckt erschrocken zusammen. «Wie bitte? Wie viel?»

«Fünftausend», wiederhole ich. «Runtergehen kann man ja immer noch.»

Sie sieht mich an, als hätte ich nicht mehr alle Tassen im Schrank. «Aber das ist ja zehnmal so viel, wie ich verlangen würde.»

«Wie gesagt: Runtergehen kann man immer.»

«Wirklich? Meinst du nicht, dass er dich für verrückt erklären wird?»

«Lass mich nur machen. Ich weiß schon, was ich tue.»

Sie überlegt kurz, zuckt dann mit den Schultern. «Okay. Wenn du das für eine gute Idee hältst, dann machen wir es so.»

«Fein», sage ich und bemerke, dass sie einen verstohlenen Blick auf ihre Uhr wirft. «Musst du los?»

«Leider», antwortet sie und biegt nach links ab.

Schade, denke ich, sage aber nichts.

Wir verlassen den Tiergarten in Richtung Norden und treffen auf die Stülerstraße, wo Lena ein Taxi heranwinkt. «Vielen Dank für deine Hilfe, Dad. Wir telefonieren, okay?»

Sie haucht mir einen Kuss auf die Wange und steigt ein.

Ich winke dem Taxi hinterher, bis es im dichten Verkehr verschwunden ist.

Dann wende ich mich wieder zum Tiergarten und überlege, ob ich eine große Runde drehen oder direkt zum Pariser Platz zurückgehen soll.

Ein drahtiger Anzugträger mit glattrasiertem Gesicht und korrekt gezogenem Seitenscheitel eilt vorbei. Sein Blick bleibt an mir hängen, was ihn abrupt langsamer werden lässt.

Ich stutze. «Kann ich Ihnen helfen?»

«Entschuldigung, dass ich Sie so anstarre. Ich frage mich nur gerade, ob Sie es wirklich sind.»

«Wer soll ich denn sein?», frage ich.

«Adam Schmitt?»

«Stimmt», antworte ich. «Ähm, kennen wir uns?»

«Noch nicht», erwidert er und greift nach meiner Hand, um sie erfreut zu schütteln. «Helgi Hannesson. Ich bin der isländische Botschafter in Berlin.»

«Aha. Freut mich», erwidere ich irritiert. «Wieso kennen Sie mich, obwohl wir uns offenbar noch nie begegnet sind?»

«Ich habe Ihr Foto im Dossier gesehen», antwortet er und lächelt freundlich.

Als er mein fragendes Gesicht sieht, fügt er hinzu: «Na, wir wollen doch wissen, mit wem wir es zu tun haben, bevor wir jemandem einen echten Troll anvertrauen. Deshalb ziehen wir natürlich Erkundigungen ein.»

Ich spüre, wie mein Gesicht zügig die Farbe verliert.

«Alles okay mit Ihnen?», fragt er besorgt. «Sie sehen blass aus. Wollen wir vielleicht einen Kaffee trinken gehen?» Er zeigt auf die andere Straßenseite, wo sich ein futuristisches Gebäude erhebt. «Kommen Sie. Die Botschaft ist gleich da drüben.»

Zehn Minuten später befinde ich mich im Büro des isländischen Botschafters. Dass er es tatsächlich ist, daran habe ich inzwischen keinen Zweifel mehr. Sein Konterfei hängt großformatig im Eingangsbereich, außerdem hat ihn die Dame am Empfang mit seinem Titel angesprochen.

Jetzt sitze ich in einem bequemen Ledersessel und versuche Helgi Hannesson klarzumachen, dass ich Opfer eines Missverständnisses geworden bin.

«Ich habe gedacht, Magnus macht Witze», erkläre ich. «Ich wusste doch weder, dass es echte Trolle gibt, noch, dass sie sich Touristen an die Fersen heften, um zu Städtetrips eingeladen zu werden.»

«Das verstehe ich nicht», erwidert Hannesson. «Es hat doch niemand ein Geheimnis daraus gemacht, worauf Sie sich einlassen. Im Gegenteil. Sie haben ein Dokument unterschrieben, in dem alle Einzelheiten ausführlich erklärt sind. Worin soll also bitte das Missverständnis bestehen?»

«Na, ich dachte, die ganze Sache ist nur ein Scherz. Ich habe geglaubt, ein isländischer Halbstarker versucht sich ein Partywochenende in Berlin zu erschwindeln. Und weil ich ja tatsächlich in seiner Schuld stand, habe ich eben mitgespielt.»

Der Botschafter hebt ratlos die Arme. «Was soll ich machen, Dr. Schmitt? Mir sind die Hände gebunden. Es wird Ihnen wohl nichts anderes übrigbleiben, als zu tun, wozu Sie sich mit Ihrer Unterschrift verpflichtet haben. Sie sind jetzt der Pate eines Trolls, ob Sie wollen oder nicht.»

«Das klingt, als wäre ich ihm auf Gedeih und Verderb ausgeliefert», sage ich scherzhaft.

Hannesson nickt nachdrücklich und erwidert mit ernster Miene: «Besser hätte ich es nicht ausdrücken können, Dr. Schmitt.»

Ich muss schlucken. «Und wie verfahren Sie normalerweise, wenn es Probleme mit einer solchen Patenschaft gibt?»

«Eine übliche Verfahrensweise haben wir nicht», erwidert Hannesson. «Das liegt auch daran, dass diese Patenschaften extrem selten vorkommen. Trolle sind nicht gerade reisefreudig. Wenn sie ihr Land verlassen, dann nur weil ihnen ihre Probleme dermaßen über den Kopf gewachsen sind, dass sie keine andere Lösung sehen.» Hannesson hüstelt verlegen. «Apropos. Sie wissen nicht zufällig, warum Ihr Troll Island verlassen hat, oder?»

«Nein. Ich dachte, er will in Berlin Urlaub machen. Sich einen bisschen den Wind um die Nase wehen lassen. Mehr nicht. Was befürchten Sie denn, was er auf dem Kerbholz hat?»

Hannesson zuckt mit den Schultern. «Keine Ahnung, aber leider ist so ziemlich alles denkbar. Im letzten dokumentierten Fall, das war 1871, begleitete der Troll Baldur Bjarnason den Chicagoer Schuhfabrikanten Jeremiah Porter nach Amerika. Baldur hatte im Streit zwei Bauern erschlagen und hätte sich dafür vor dem Thing verantworten müssen. Deshalb kehrte er Island den Rücken.»

«Was?» Ich bin entsetzt über Baldurs Gräueltat. Außerdem muss ich daran denken, dass Magnus am Tag unseres Kennenlernens partout nicht nach Hause wollte. Im Gegenteil. Am liebsten hätte er auf der Stelle mit mir das Land verlassen. Mit Schaudern denke ich daran, dass eine blutige Familienfehde ihn zur Flucht gezwungen haben könnte. Lebe ich womöglich mit einem Schwerstkriminellen zusammen?

«Das Thing ist übrigens der Vorläufer des isländischen Parlaments. Früher trafen sich die Isländer einmal im Jahr an einem Ort im Südwesten des Landes. In Thingvellir wurden Gesetze beschlossen, und es wurde Recht gesprochen.»

«Und Baldur wäre dort verurteilt worden, nehme ich an.»

Hannesson nickt. «Vermutlich. Es ist zumindest die einzig plausible Erklärung dafür, dass er quasi über Nacht abgehauen ist.»

Genau wie Magnus, denke ich, und frage: «Hat Baldur in Chicago Probleme gemacht?»

Hannesson zögert einen Moment, bevor er antwortet. «Tja, wir haben keine gesicherten Erkenntnisse, weil die Quellenlage recht dürftig ist. Und wir möchten natürlich auch niemanden zu Unrecht beschuldigen.»

«Raus mit der Sprache», sage ich. «Was hat er angestellt?»

«Nun ja, leider spricht einiges dafür, dass er den großen Brand von Chicago verursacht hat», gesteht Hannesson kleinlaut. «Gut möglich, dass die Hälfte der Stadt in Rauch aufgegangen ist, weil Baldur seine brennende Pfeife in einem Pferdestall verloren hat. Jedenfalls ist das einer der Gründe, weshalb wir seitdem so großen Wert darauf legen, dass ein Troll, der Island verlassen will, von einer geeigneten Person beaufsichtigt wird.»

«Aber ich bin kein bisschen geeignet», wende ich ein. «Können Sie sich nicht vielleicht doch selbst um ihn kümmern?»

«Das würde er niemals wollen», erwidert Hannesson. «Magnus hat Sie ausgewählt.»

Ich seufze müde. «Wissen Sie wenigstens, wie lange ich auf ihn aufpassen muss?»

Der Botschafter zuckt mit den Schultern. «Vielleicht nur ein paar Tage, vielleicht auch ein paar Monate. Vielleicht sogar für immer.»

«Für immer?», wiederhole ich überfordert. «Der Kerl hat mir erzählt, dass er ein paar hundert Jahre alt werden kann. Ich müsste also auch dann noch für ihn sorgen, wenn ich längst ein Tattergreis bin?»

Der Botschafter hebt bedauernd die Arme. «Ich weiß es doch auch nicht, Dr. Schmitt. Aber ich rate Ihnen, Magnus nach Möglichkeit nicht von der Seite zu weichen. Trolle haben oft sehr komische Ideen.»

«Das weiß ich», sage ich und muss an den Hot Tub, die Maßanzüge und den Jetski denken. «Vermutlich sollte ich besser mal nach ihm sehen.»

«Tun Sie das», antwortet Hannesson und gibt mir seine Visitenkarte. «Hier ist meine Handynummer. Sie können mich jederzeit anrufen.»

«Haben Sie mal was von einer Nebelhungersnot gehört?», frage ich, während er mich zur Pforte begleitet.

Hannesson nickt. «Das war die Folge eines verheerenden Vulkanausbruchs und die schlimmste Katastrophe, die Island je heimgesucht hat.»

«Und wann ist das passiert?»

«1783», antwortet Hannesson.

«Es gehört zu den Jugenderinnerungen von Magnus' Großvater.»

Der Botschafter nickt. «Die Trolle haben den Isländern damals sehr geholfen. Die Elfen übrigens ebenso. Das werden wir ihnen nie vergessen. Sorgen Sie also gut für den ehrenwerten Magnus Magnusson.»

«Ich werde es versuchen», sage ich und spüre eine leichte Nervosität bei dem Gedanken daran, was mein ehrenwerter Freund wohl gerade so treibt.

11

Schon von weitem sehe ich die dunklen Rauchwolken. Irgendwo nördlich vom Brandenburger Tor brennt es. Der unmittelbar angrenzende Häuserblock scheint nicht betroffen zu sein. Die Gebäude am Pariser Platz werden zwar von Rauchschwaden umweht, wirken aber unversehrt.

Weil mir das Grünzeug des Tiergartens ständig die Sicht versperrt, verlasse ich den Park in Richtung Ebertstraße. Von hier aus habe ich einen besseren Überblick. Ich sehe das Reichstagsgebäude. Es ist ebenfalls unbeschädigt. Das Feuer muss also weiter östlich wüten, irgendwo in der Nähe der Spree, vermute ich, vielleicht sogar am anderen Flussufer.

Während ich Kurs auf das Brandenburger Tor nehme, beschleicht mich das ungute Gefühl, dass Magnus etwas mit diesen schwarzen Wolken zu tun haben könnte. Ich schiebe meine Sorge jedoch rasch beiseite. Bestimmt ist sie nur ein Nachgeschmack dessen, was ich über Baldur Bjarnason und sein versehentliches Niederbrennen von halb Chicago gehört habe.

Der Pariser Platz hat sich merklich geleert. Viele der Touristen, die eben noch Selfies vor dem Brandenburger Tor geschossen haben, sind wohl Richtung Spree gepilgert, um sich auch noch rasch mit einer Feuersbrunst in Szene zu setzen.

Am Ende der Wilhelmstraße bin ich ganz schön aus der Puste. Ich nehme mir vor, schon bald mit Sport anzufangen. Oder wenigstens mit einer Diät.

Dann sehe ich, was die Ursache der dunklen Wolken über Berlin ist. Mitten auf der Spree brennt ein Ausflugsdampfer. Vom Ufer aus versucht ein gutes Dutzend Feuerwehrleute den Brand in den Griff zu bekommen. Aber das Holz des betagten Schiffes brennt wie Zunder.

Ein Löschboot, das der Ufermannschaft zu Hilfe kommen könnte, steckt flussaufwärts zwischen drei weiteren Ausflugsschiffen fest. Man sieht wie sich die Mannschaften gegenseitig Vorwürfe machen, während Hunderte von Fahrgästen staunen, was ihnen heute so alles für einen vergleichsweise bescheidenen Fahrpreis geboten wird.

Der alte Kasten in der Mitte des Flusses hat bereits ordentlich Schlagseite. Das Löschboot muss sich beeilen. Lange hält sich der Pott bestimmt nicht mehr über Wasser.

Der Kampf gegen die Flammen wird von den Schaulustigen am Ufer minutiös aufgezeichnet. Hinter den Absperrungen der Polizei recken sich hunderte Arme und Selfie-Sticks in die Höhe, damit kein Moment dieses Events verpasst wird.

Offensichtlich hatte das brennende Boot keine Fahrgäste an Bord. Das ist erstaunlich, denn es herrscht Hochsaison. Eigentlich hätte auch dieser Kasten randvoll mit Touristen beladen sein müssen. Aus irgendeinem Grund war das nicht der Fall, was wohl Glück im Unglück ist. Wer weiß, ob es gelungen wäre, ein vollbesetztes Schiff im Eiltempo zu evakuieren.

Ein Einsatzboot der Wasserschutzpolizei, das sich just auf den Weg macht, um bei der Befreiung des Löschbootes zu helfen, hat wohl die kleine Mannschaft des brennenden Dampfers gerettet und soeben am Ufer abgesetzt. Es handelt sich um drei Männer, die jetzt an einem Einsatzwagen der Polizei stehen und dort Fragen beantworten.

Das allgemeine Kopfschütteln und Schulterzucken lässt vermuten, dass die Männer nicht wissen, wie es zu der Havarie gekommen ist.

Endlich hat sich das Löschboot befreit. Es braust heran, vollführt eine elegante Wende und nimmt die Arbeit auf, indem es eine Wasserfontäne in den Himmel schießt, die sogleich einen monsunartigen Regen auf das brennende Schiff niederprasseln lässt.

Begleitet vom Applaus der Schaulustigen, gelingt es nun den vereinten Feuerwehrleuten, die Flammen zügig zu löschen.

Für den verunglückten Dampfer, dessen Bug bereits unter Wasser liegt, kommt die Hilfe jedoch zu spät. Unter dem Druck der Wassermassen und begleitet von einem kollektiven Ausruf des Bedauerns, sinkt auch das Heck des Ausflugsbootes zischend und blubbernd auf den Grund der Spree.

Der Fluss ist an dieser Stelle nicht tief genug, um das Schiff in Gänze zu verschlucken. Ein Stück der Reling ragt noch aus dem Wasser, ebenso die Hälfte des Führerhäuschens. Schwimmringe und anderer Krimskrams treiben auf der Wasseroberfläche, während nun eine leichte Sommerbrise die Rauchschwaden vertreibt.

Die Löscharbeiten werden gestoppt. Es herrscht Erleichterung, aber auch eine gewisse Ratlosigkeit. Niemand scheint zu wissen, wie man weiter verfahren soll.

Flussaufwärts staut sich inzwischen ein halbes Dutzend Ausflugsboote. Wie es aussieht, wird keins davon die Unfallstelle passieren können, bevor der havarierte Dampfer geborgen ist.

«Das hätte auch schlimm ausgehen können», höre ich eine junge Frau mit einem Selfie-Stick sagen. Ihr Tonfall macht nicht klar, ob sie erfreut über den glimpflichen Ausgang der Sache ist oder ein bisschen enttäuscht darüber, dass sie keine brennenden Leute vor die Linse bekommen hat.

«Bestimmt wären alle gestorben», verkündet eine ältere Dame mit düsterem Gesicht, aber heller Seniorenkleidung. Es klingt wie: Der Herr wird euch richten.

«I wo. Die hätten doch ins Wasser springen können», erwidert ein kantiger Kerl, ohne seinen Blick vom Handydisplay abzuwenden.

«Und was ist mit den Kleinkindern? Und den Behinderten? Und uns Alten?» Die sportliche Dame reckt kämpferisch das Kinn vor. «An die denken Sie wohl gar nicht, was?»

Der kantige Kerl muss grinsen. «Die Nichtschwimmer haben Sie noch vergessen, gnädige Frau.»

«Wie kann so etwas überhaupt in unserem Land passieren?», fragt eine dicke Frau mit herunterhängen Wangen. «Da muss es doch eine Behörde geben, die so etwas kontrolliert.» Es scheint, als hätte sie ihr bislang großes Vertrauen in die deutsche Tourismusbranche von jetzt auf gleich verloren.

«Da war ganz bestimmt Alkohol im Spiel», höre ich eine krächzende Stimme unken. Ihr Besitzer muss sogleich heftig husten.

«Oder es war nur ein winziges Versehen», sagt jemand kleinlaut, der direkt hinter mir steht. Ich kenne diese Stimme, und die scheinbar nebensächliche Bemerkung lässt mir das Blut in den Adern gefrieren.

Wortlos drehe ich mich um und mustere Magnus, der mich mit einem sanften Lächeln davon abzulenken versucht, dass er offenbar auf den Pfaden Baldur Bjarnasons wandelt. Sonst wäre mein isländischer Freund nämlich weder hier, noch würde er solche Andeutungen machen.

Magnus hat sich inzwischen komplett neu eingekleidet.

Er trägt coole Jeans und ein elegantes helles Hemd, in dessen Knopfleiste eine teure Sonnenbrille klemmt. Weiße Sneakers komplettieren seinen lässigen Auftritt. Die Internet-Maßschneiderei hat ganze Arbeit geleistet.

«Was heißt denn: ein winziges Versehen?», will ich wissen.

Magnus packt mich am Ärmel und zieht mich an den Rand der Menschenmenge, wo wir einigermaßen ungestört sind. «Ich erkläre dir das alles, sobald wir wieder im Hotel sind. Okay?»

«Nein. Das ist überhaupt nicht okay», antworte ich, mühsam beherrscht. «Du erzählst mir jetzt sofort, was hier passiert ist.»

Magnus vergewissert sich, dass uns niemand zuhört, dann sagt er mit gedämpfter Stimme: «Minka ist gestorben.»

«Wer ist Minka?»

«Die Katze von Helga.»

«Wer ist Helga?»

«Unsere Vermieterin.»

«Du bist neuerdings mit unserer Vermieterin per Du?»

Magnus nickt. «Ist dir eine schwarze Katze aufgefallen, die manchmal hinter der Rezeption lag?»

Ich nicke.

«Das war Minka. Letzte Nacht ist sie gestorben.»

«Das tut mir leid. Woran?»

«Vermutlich Altersschwäche. Sie war einundzwanzig. Also steinalt.»

«Okay», sage ich. «Was hat die Katze von Witwe Pohl mit dem Brand eines Ausflugsdampfers zu tun?»

«Der plötzliche Tod von Minka hat Helga eiskalt erwischt. Sie war heute Morgen total durch den Wind und wusste nicht, wohin mit der toten Katze. Sie wollte das Tier weder irgendwo verscharren noch in die Kleintierverwertung bringen. Helga tat mir einfach leid. Also habe ich ihr angeboten, mich um die Sache zu kümmern.»

«Es bleibt bei der Frage: Was hat das mit dem Brand eines Ausflugsdampfers zu tun?»

Magnus wiegt den Kopf hin und her, als müsste er überlegen, wie er es mir schonend beibringen kann. «Weißt du, es gibt da so ein altes Ritual bei den Wikingern. Man legt den Verstorbenen auf sein Schiff und versorgt ihn mit allem, was er im Jenseits benötigt. Dann steckt man das Schiff in Brand und schickt es lodernd auf die offene See hinaus.»

«Oh mein Gott. Du hast Witwe Pohls Katze mit einem brennenden Ausflugsdampfer ins Jenseits befördert?», frage ich fassungslos.

«Aber nein! Wo denkst du hin?», erwidert Magnus. «Das mit dem Dampfer war ein Unfall. Ich wollte Minka mit ihrem eigenen Boot ins Totenreich schicken. Also habe ich ihr ein Kanu gekauft, damit sie ihren Kratzbaum und ihr Lieblingsspielzeug mitnehmen kann. Außerdem ...»

Er unterbricht seine Ausführungen, weil ich hektisch nach meiner Geldbörse suche, um zu überprüfen, ob Magnus mir schon wieder die Kreditkarte geklaut hat. Ich finde die Karte wohlbehalten in ihrem Fach, entspanne mich und lächele sonnig. «Darf ich fragen, wie du das Kanu bezahlt hast?»

Magnus zieht eine weitere Kreditkarte aus seiner Jeans, die meiner verräterisch ähnlich sieht.

«Mit der Partnerkarte», sagt er, während mein Lächeln erstirbt. «Wir beide sind ja schließlich Partner, und da dachte ich, es wäre okay, wenn ich die Partnerkarte für mich bestelle. Dann musst du mir nicht immer deine eigene Karte leihen. Und das Gute ist: Wenn ich mit der Partnerkarte bezahle, dann kriegst du die Bonuspunkte. Für die Expresslieferung meiner neuen Karte hast du auch schon Bonuspunkte gekriegt. Ist das nicht toll?»

Er sieht mich an, als müsste ich ihm dafür auf die Schulter klopfen, dass er auf meine Kosten Katzen bestattet und dabei Bonuspunkte sammelt.

«Du hast also ein nagelneues Kanu gekauft, um es kurz danach anzuzünden», fasse ich zusammen und fühle mich auf einmal sehr, sehr müde.

«Ich habe auch zwei warme Mohair-Decken gekauft», sagt Magnus. «Falls es Minka unterwegs kalt werden sollte. Und hundert Gläschen von ihrem speziellen Diätfutter als Wegzehrung. Das ist ein ganz besonderes Bioprodukt, extra gemacht für Katzen, die Probleme mit dem Harntrakt haben.»

«Und die tote Minka hat natürlich Probleme mit dem Harntrakt», mutmaße ich, der Verzweiflung nahe.

Magnus nickt mit ernster Miene. «Leider ja. Aber mit dem Biofutter kriegt sie das bestimmt wieder in den Griff.»

«Alles klar. Und dieses Kanu-Katzenparadies hast du dann nach alter Wikingersitte angezündet.»

Magnus nickt.

«Und Minkas lichterloh brennendes Kanu ist dann mit dem Ausflugsschiff kollidiert und hat es in Brand gesteckt», fasse ich zusammen.

Magnus hebt entschuldigend die Arme. «Dieser Dampfer tauchte urplötzlich auf. Ich konnte doch nicht ahnen, dass auf diesem kleinen Fluss so viele Boote unterwegs sind. Außerdem dachte ich, es wäre ein Witz, dass es Schiffe gibt, die Leute im Kreis herumfahren. Was ist das für ein Quatsch?»

Ich seufze und lasse meinen Blick über den Ort des Geschehens schweifen. Mit seinem Versuch, einer Katze ins Totenreich zu helfen, hat Magnus einen Schaden angerichtet, der in die Millionen gehen dürfte. Und man wird garantiert mich dafür zur Verantwortung ziehen, wenn ich der Polizei reinen Wein einschenke. Völlig reizlos ist das nicht, denn man würde mir bestimmt sofort die Patenschaft für Magnus entziehen und mich in eine gemütliche Gefängniszelle stecken. Ich wäre also vor weiteren Überraschungen gefeit und hätte obendrein die Chance, eine Weile auf Staatskosten zu entspannen. Die Sache hat jedoch den großen Haken, dass mir eine Haftstrafe gerade überhaupt nicht in den Kram passt. Ich muss meiner Tochter helfen, will meine Ehe auf die Reihe kriegen und sollte nebenbei versuchen, meinen Job zu behalten.

Magnus ahnt, was mir durch den Kopf geht. «Niemand hat gesehen, was passiert ist, Adam. Wenn es dir gelingt, die Leute abzulenken, dann kann ich mich aus dem Staub machen, und keine Seele wird je von meinem kleinen Missgeschick erfahren.»

Ich sehe ihn verständnislos an. «Du nennst das hier ein kleines Missgeschick?»

«Ja», erwidert Magnus selbstsicher. «Ich habe zwar diesen alten Kahn versenkt, aber es war ein Unfall. Außerdem wäre er vermutlich bald von ganz allein abgesoffen. Hast du gesehen, wie dieses Holz gebrannt hat? Das war so morsch wie die Knochen von der alten Freya.»

«Wer ist Freya?»

«Kennst du nicht», sagt Magnus abwinkend. «Außerdem ist heute niemand zu Schaden gekommen. Ich finde, da kann man mal ein Auge zudrücken.»

Wenn ich sehe, dass gerade ein Großaufgebot an Feuerwehr und Polizei damit beschäftigt ist, die Wikingerbeerdigung einer Katze in den Griff zu kriegen, dann untertreibt mein isländischer Freund zwar gewaltig. Allerdings stimmt es tatsächlich, dass alle Beteiligten mit dem Schrecken davongekommen sind. Magnus muss sich also nicht die nächsten zweihundert Jahre lang Vorwürfe machen, weil er Menschenleben auf dem Gewissen hat.

Wieder ahnt er, was ich denke. «Sind wir uns einig, Adam? Und hilfst du mir jetzt endlich, hier zu verschwinden? Du lenkst die Leute ab, und später treffen wir uns im Hotel, okay?»

«Ich weiß nicht, wovon du redest», erwidere ich unwirsch. «Wen soll ich ablenken? Und wovon?»

«Na, alle hier», antwortet Magnus.

Er deutet mit einer Kopfbewegung nach Osten. «Dahinten am Ufer parkt unser nagelneuer Jetski. Den will ich auf gar keinen Fall hierlassen.»

Wieder seufze ich. «Wollten wir den Jetski nicht umtauschen?»

«Du allein warst es, der ihn umtauschen wollte.»

«Soviel ich weiß, bin ich dein Pate, Magnus. Habe ich damit nicht auch das Recht, dir Dinge zu verbieten?»

«Soviel ich weiß, bin ich Isländer», erwidert Magnus ungerührt. «Uns ist im Laufe unserer Geschichte schon alles Mögliche verboten worden. Geholfen hat es aber nicht die Bohne. Im Zweifelsfall machen wir nämlich trotzdem, was wir wollen.»

Er beginnt über die vor uns stehende Fußgängersperre zu klettern und fügt hinzu: «Deshalb hole ich jetzt auch unseren neuen Jetski, ob nun mit oder ohne deine Erlaubnis.»

«Das wirst du nicht tun», befehle ich nachdrücklich.

«Werde ich doch», erwidert Magnus, der sich nun jenseits der Absperrung befindet. «Du kannst entweder die Leute ablenken, damit ich unbemerkt bleibe. Oder du kannst es darauf ankommen lassen, dass sie uns verhaften. Deine Entscheidung.»

«Du bleibst verdammt noch mal hier», fauche ich.

«Wir sehen uns», erwidert er. «Wo auch immer.»

Er wartet kurz ab, ob ich Anstalten mache, ebenfalls über die Absperrung zu klettern. Als das nicht passiert, dreht er sich einfach um und humpelt los.

«Magnus!», presse ich wütend zwischen den Zähnen hervor. «Bleib! Hier!»

Er will mich nicht hören. Stur spaziert er die Uferpromenade entlang.

Es ist nur eine Frage der Zeit, bis einer der Polizisten ihn entdecken wird, etwa jener, der höchstens zehn Meter von mir entfernt vor der Absperrung steht und momentan noch dem Treiben auf der Spree zuschaut. Er bräuchte nur den Kopf nach rechts zu drehen, dann würde er Magnus entdecken.

Die Beamten am Einsatzwagen sind in ihr Gespräch mit den Schiffsleuten vertieft, aber spätestens wenn Magnus an dem Transporter vorbeispaziert, um ans Ufer zu gelangen, wird er ihre Aufmerksamkeit erregen.

Ich komme zu dem Schluss, dass ich meinen Troll schon allein deshalb retten sollte, damit ich ihm danach ausführlich die Leviten lesen kann.

Also klettere ich ebenfalls über die Absperrung.

«Badetag!», rufe ich, so laut ich kann. «Badetag!»

Ich kann kaum glauben, dass ich mir gerade vor den Augen der Schaulustigen und vor allem vor zig Handykameras den Anzug vom Leib zerre, um die Aufmerksamkeit der Beamten zu erregen. Mit großer Geste bedeute ich der Meute, mir zu folgen. «Kommt mit, Leute! Gehen wir schwimmen!»

Der Polizist, der vor der Absperrung Wache hält, stemmt die Hände in die Hüften, reckt herausfordernd das Kinn vor und mustert mich mit strengem Blick. Seine Körperhaltung fragt: Nicht dein Ernst, Alter, oder? Bist du etwa auch einer von diesen armen Irren, die mich unbedingt ärgern wollen?

Während ich meine Schuhe krakeelend in die Menge werfe, greift er zum Funkgerät, um seine Kollegen zu informieren. Ich sehe, dass sich am Einsatzwagen zwei Beamte in Bewegung setzen. Beide sind locker zwanzig Jahre jünger als ich. Das ist an ihren schnellen und sehnigen Bewegungen zu erkennen.

Wird nicht leicht werden, vor ihnen das Wasser zu erreichen, denke ich und setze mich sofort in Bewegung. Die Meute reagiert mit Johlen, Klatschen und Anfeuerungsrufen.

Während ich auf die Spree zulaufe, kommen meine Verfolger rasch näher.

«Stehen bleiben!», höre ich einen von ihnen rufen.

Aber ich bleibe natürlich nicht stehen, sondern laufe, so schnell ich kann, in Richtung Spreeufer. Als ich das Ende der Kaimauer sehe, konzentriere ich mich darauf, einen möglichst weiten Absprung hinzukriegen. Keine Ahnung, was mich unterhalb der Uferbegrenzung erwartet. Aber ich möchte mir nicht die Knochen brechen, weil ich auf einen Steg oder auf ein Bootsdeck falle.

Zum Glück ist meine Sorge unbegründet. Als ich vom Rand der Kaimauer abspringe, habe ich freie Bahn. Ich spüre, dass einer meiner Verfolger nach meinem Arm greift, ihn aber nicht mehr zu fassen bekommt.

Einen Augenblick später lande ich im überraschend kühlen Wasser der Spree. Von ferne ist das Johlen und Klatschen der Schaulustigen zu hören.

Ich paddele umher wie eine orientierungslose Ente. Das Boot der Wasserschutzpolizei setzt sich in Bewegung, um mich aufzugabeln.

Paddelnd drehe ich mich nach Osten und halte Ausschau nach Magnus. Dann sehe ich ihn. Völlig unbehelligt von den Ordnungshütern braust er mit unserem Jetski davon. Der Anblick gibt mir ein seltenes Hochgefühl. Beinahe bin ich versucht, in Triumphgeheul auszubrechen. Aber zum einen könnte das dazu führen, dass Magnus im letzten Moment doch noch entdeckt wird. Zum anderen habe ich mich gerade zum Clown der sozialen Netzwerke gemacht. Und wenn ich daran denke, wie viele Leute nun Handyfilme von mir besitzen, in denen ich als krakeelender Irrer in Unterhose zu sehen bin, dann vergeht mir meine triumphale Laune sofort.

12

An Bord des Polizeibootes bekomme ich nicht nur ein Handtuch, sondern glücklicherweise auch einen Bademantel. Die Polizisten wirken genervt, sind aber nicht unfreundlich. Ich beschließe, den Beamten meinen Sprung ins kalte Wasser als wetterbedingte Überreaktion zu verkaufen. Ich werde einfach sagen, dass Stress und Hitze mir zugesetzt haben. Vielleicht brummen sie mir eine milde Strafe auf. Wenn ich ganz viel Glück habe, dann lassen sie mich einfach laufen.

Wie sich wenig später herausstellt, ist es heute mit meinem Glück nicht weit her.

«Ja, den haben wir gerade festgenommen», höre ich einen Beamten in sein Handy sagen. «Genau. Dr. Schmitt, Vorname Adam. Rechtsanwalt. Worum geht es denn, wenn ich fragen darf?»

Er hört zu, nickt und sagt: «Alles klar. Machen wir.»

«Was ist denn los?», frage ich unbehaglich.

«Wir bringen Sie jetzt ein Stück flussabwärts, wo ein paar Kollegen von uns auf Sie warten. Die fahren dann mit Ihnen in Ihre Kanzlei», erklärt der Beamte und zieht Handschellen hervor, um sie mir anzulegen.

«Und wieso das?», frage ich besorgt.

«Die wollen mit Ihnen reden. Sie erfahren später, worum es geht.»

«Nein. Das meine ich nicht. Ich würde gern wissen, warum Sie mir Handschellen anlegen», erkläre ich.

«Anordnung der Kollegen», antwortete der Beamte knapp.

«Anordnung? Aber wieso? Was soll ich denn ausgefressen haben?»

«Das ist noch nicht raus», erwidert der Polizist und lässt die Handschellen zuschnappen. «Aber die Jungs von der Mordkommission sagen, dass in Ihrem Schreibtisch Leichenteile gefunden worden sind.»

«Leichenteile?», wiederhole ich verwirrt. Ich muss es gleich noch einmal sagen, lauter und nachdrücklicher: «Leichenteile?»

Wie ein Psychiater, der einen besonders verwirrten Patienten zu beruhigen versucht, erwidert der Polizist: «Machen Sie sich keine Sorgen. Es gibt dafür bestimmt eine einfache und logische Erklärung.»

«Ach ja? Welche denn?», frage ich in leicht hysterischem Tonfall. «Dass ich ein psychopathischer Serienkiller bin, oder was?»

Der Polizist nickt zufrieden. «Genau. Das wäre zum Beispiel eine einfache und logische Erklärung.»

In der Kanzlei hat sich Folgendes abgespielt: Dylan Cooper ist am Morgen einem kleinen jungen Mann begegnet, der nach dem Weg zu meinem Büro gefragt hat. Erst viel später ist meinem Kollegen klargeworden, dass der Fremde sich womöglich an meinem Schreibtisch zu schaffen gemacht haben könnte. Der fürsorgliche Dylan hat also sicherheitshalber mein Büro inspiziert und dabei mit Entsetzen festgestellt, dass in meinen Schreibtischschubladen menschliche Skelettteile lagern. Cooper wird nicht müde zu betonen, dass er nicht mich mit diesem Fund in Verbindung bringt, sondern den kleinen großen Unbekannten, aber an Dylans breitem strahlend weißem Grinsen ist leicht zu erkennen, dass er mir diesen Skandal von Herzen gönnt. Im Geiste überlegt er bestimmt schon, was diese Affäre für die Hierarchie in der Kanzlei bedeuten wird.

Ich trage immer noch den Bademantel der Wasserschutzpolizei und beschließe deshalb, meine Verteidigungslinie zu ändern. Wenn ich den Beamten jetzt vorspiele, dass ich verwirrt und dehydriert bin, dann wird man mich garantiert für einen psychopathischen Serienkiller halten. Und was ich momentan noch weniger gebrauchen kann als einen Gefängnisaufenthalt, ist die Unterbringung in der geschlossenen Psychiatrie. Dummerweise spricht mein Auftritt von vorhin nicht gerade dafür, dass ich alle Tassen im Schrank habe.

Da sich in meinem Büro Uniformierte und Leute von der Spurensicherung tummeln, werde ich im Konferenzraum verhört. Der leitende Beamte, ein gemütlich wirkender Kerl mit schlohweißen gewellten Haaren und einem gezwirbelten Oberlippenbart, möchte sich mit mir unter vier Augen unterhalten. Er heißt Volker Gerdes und ist Hauptkommissar.

«Sie wissen ja inzwischen, warum Sie hier sind», stellt er fest.

«Weil in meinem Schreibtisch gruselige Dinge gefunden worden sind», erwidere ich. «Aber was auch immer es ist, es gehört mir nicht.»

«Ja, das dachte ich mir schon», sagt er. «Falls es Sie interessiert, wir haben menschliche Knochen in Ihrem Schreibtisch gefunden. Aber es sieht danach aus, dass es sich um sehr alte Knochen handelt.»

Ich merke auf. «Heißt das, es geht hier gar nicht um einen Mordfall?»

Er wiegt unschlüssig den Kopf hin und her. «Wissen wir

noch nicht. Deshalb dachte ich, Sie könnten uns vielleicht weiterhelfen. Immerhin haben wir die Knochen ja in Ihrem Schreibtisch gefunden.»

«Das würde ich gerne. Aber wie gesagt, ich habe leider keine Ahnung, wie die da reingekommen sind», erwidere ich.

«Schon klar», antwortet Kommissar Gerdes und deutet fragend auf ein Fläschchen Orangensaft, dass zusammen mit anderen Getränken für die nächste Sitzung bereitsteht.

«Bitte, bedienen Sie sich. Soll ich uns vielleicht Kaffee kommen lassen?»

Er überlegt kurz und will gerade antworten, da klopft es an der Tür, und ein Mann in einem weißen Schutzanzug erscheint. Er reicht dem Kommissar eine Kladde und sagt: «Wir sind hier fertig. Ich würde jetzt die Friedhofsverwaltung anrufen, damit die jemanden schicken, um die Knochen einzusammeln. Soll ich auch die Denkmalpflege informieren und einen Archäologen anfordern, der die Leichen zusammensetzen kann?»

Gerdes nickt. «Ja. Danke, das wäre nett.»

Das weiße Marsmännchen nickt ebenfalls und verschwindet.

«Habe ich da gerade den Plural gehört?», frage ich. «Liegen da etwa mehrere Leichen in meinem Schreibtisch?»

«Sieht ganz so aus», erwidert Gerdes gemütlich, nippt an seinem Orangensaft und blättert in der Kladde. «Sie kennen nicht zufällig diesen kleinwüchsigen Fremden, der heute Morgen in Ihrem Büro war, oder?»

«Können Sie mir nicht zuerst einmal sagen, was hier überhaupt los ist?»

Gerdes überlegt kurz. «Tja, Dr. Schmitt. Fakt ist, dass wir es hier mit einem sehr außergewöhnlichen Fall zu tun haben. In ihrem Schreibtisch liegen nämlich die sterblichen Überreste der Brüder Grimm.»

«Der … Brüder Grimm?», wiederholte ich perplex. «Sie meinen aber jetzt nicht die weltberühmten Brüder Grimm, oder?»

«Doch, Dr. Schmitt. Genau die meine ich. Die Märchenonkel. Die Typen, die uns *Rumpelstilzchen, Dornröschen, Rotkäppchen* und *Das tapfere Schneiderlein* beschert haben.»

«*Hänsel und Gretel* nicht zu vergessen», füge ich ehrfürchtig hinzu. Der Gedanke daran, dass solch berühmte Knochen in meinem Schreibtisch liegen, erfüllt mich mit beinahe heiligem Respekt.

«Ja, auch die. Und *Frau Holle* und *König Drosselbart* und *Der Fischer und seine Frau*», zählt Gerdes weiter auf. «Und natürlich *Rapunzel* und *Aschenputtel.*»

«Wow. Sie kennen sich wirklich gut aus», lobe ich.

Er lächelt versonnen. Vielleicht muss er gerade daran denken, wie er vor einem halben Jahrhundert auf dem Schoß seiner Mutter saß und Grimms Märchen lauschte.

«Hatten Sie als Kind eigentlich ein Lieblingsmärchen?», frage ich.

«*Der singende Knochen*», antwortet Gerdes wie aus der Pistole geschossen.

«Kenne ich gar nicht.»

«Es geht da um einen Brudermord. Viele Jahre nach dieser Gräueltat findet ein Hirte zufällig einen Knochen in einem Bach. Es ist ein Knochen des Ermordeten. Der Hirte schnitzt daraus ein Mundstück für sein Horn. Aber plötzlich beginnt das Knöchlein von selbst zu spielen. Man hört ein Klagelied, und der Hergang des Mordes wird beschrieben. So kann der Mörder viele Jahre nach der Tat doch noch überführt und bestraft werden.»

«Tolle Geschichte», sage ich und denke: Wenn ihm als Kind regelmäßig Schauermärchen erzählt worden sind, dann kein Wunder, dass er bei der Mordkommission gelandet ist.

«Aber wie dem auch sei», fährt der Kommissar fort. «Jemand hat heute in aller Frühe die Ehrengräber von Wilhelm und Jacob Grimm ausgeräumt und die sterblichen Überreste der beiden in Ihren Schreibtisch gelegt – vorausgesetzt, Sie waren es nicht selbst.»

«Nein. Ich schwöre, ich war es nicht», versichere ich nachdrücklich.

«Das glaube ich Ihnen sogar», erwidert er. «Zumal Ihr Handy den Vormittag in Berlin-Mitte verbracht hat, während die Grimms in Schöneberg ausgebuddelt worden sind. Das ist zwar kein Beweis für Ihre Unschuld, aber immerhin ein Indiz.»

Ich sehe ihm an, dass das nicht alles ist. «Aber?»

«Aber ich glaube, Sie wissen, wer Ihnen diese Knochen untergejubelt hat. Und ich möchte, dass Sie mir seinen Namen verraten.»

«Das geht leider nicht», erwidere ich. «Ich glaube, ich weiß tatsächlich, wer der Gesuchte ist. Aber ich bürge für ihn. Und das leider in jeder Hinsicht. Am Ende müssen Sie also sowieso mich bestrafen.»

Kommissar Gerdes runzelt die Stirn. «Der Kerl ist minderjährig?»

«Eigentlich nicht», antworte ich.

«Was dann? Ist er unzurechnungsfähig?»

«Nein. Das trifft es auch nicht. Das Problem ist eher, dass es sich bei ihm um … einen … Troll handelt.»

Gerdes verzieht keine Miene. Bestimmt hat er schon verrücktere Geschichten gehört. Vielleicht überlegt er auch nur, ob er mir noch zuhören oder mich gleich in die nächste Klinik bringen lassen soll.

Zum Glück fällt mir in diesem Moment Helgi Hannessons Hilfsangebot ein. «Ich weiß, dass das ein bisschen verrückt klingt, aber fragen Sie einfach den isländischen Botschafter. Er wird Ihnen meine Geschichte bestätigen.»

«Den isländischen Botschafter», wiederholt Gerdes ungläubig.

«Ja. Seine Visitenkarte ist in meinem Sakko. Leider liegt das noch irgendwo an der Spree, wenn es Ihre Kollegen nicht eingesammelt haben. Ich vermute aber, Sie können auch einfach in der Botschaft anrufen.»

Gerdes überlegt einen Moment, dann beugt er sich vor. «Was war eigentlich Ihr Lieblingsmärchen, Dr. Schmitt?»

«Ich hatte keins», sage ich wahrheitsgemäß. «Als Kind waren mir die meisten Märchen unheimlich. Und eigentlich geht mir das auch heute noch so.»

Gerdes mustert mich regungslos. Das dauert ein paar Sekunden lang. Dann greift er zu seinem Handy und verlässt den Konferenzraum.

Quälend lange Minuten geschieht nichts. Schließlich kommt Gerdes zurück. «Gratuliere. Der Botschafter hat Ihr Märchen bestätigt. Aber wenn ich es richtig einschätze, dann sollten Sie sich nicht zu sehr darauf verlassen, dass am Ende alles gut wird.»

«Das kann man immer erst am Ende sagen», erwidere ich launig.

Gerdes zuckt mit den Schultern. «Jedenfalls bewahrt die Rückendeckung des Botschafters Sie vor einem Strafverfahren. Vielleicht kommt da noch ein bisschen Papierkram oder eine kleine Geldbuße auf Sie zu, aber ich denke, das war es dann auch.»

«Danke», sage ich.

«Danken Sie nicht mir, sondern Botschafter Hannesson», erwidert Gerdes und greift nach der Türklinke. «Übrigens hat er mir gesagt, dass es sich bei den Knochen in Ihrem Schreibtisch um eine Art Schutzzauber handeln könnte. Hat Ihr Troll mal so was erwähnt?»

Schlagartig fällt mir ein, dass ich selbst Magnus um einen solchen Zauber gebeten habe. Und zwar nicht nur um einen Schutzzauber, sondern sogar um – wie hat Magnus es noch gleich genannt? – das große Paket, inklusive Liebes- und Glücksmagie. Toll. Das habe ich also nun davon.

Der Kommissar ahnt, was in mir vorgeht. «Aha. Sie wissen also immerhin, was der Botschafter meinen könnte. Das ist doch was.»

Ich nicke.

Gerdes öffnet die Tür. «Ein Beamter wird Ihnen Ihre Kleidung vorbeibringen, sobald wir die Sachen sichergestellt haben.»

«Danke», sage ich. «Auf Wiedersehen.»

«Wünschen Sie sich das lieber nicht», erwidert Gerdes und verschwindet.

Ich habe kaum Gelegenheit, erleichtert aufzuatmen, da öffnet sich erneut die Tür, und Rainer erscheint. Er hat die Krawatte gelockert, ist also für seine Verhältnisse komplett verwahrlost. Ich vermute deshalb, er ist völlig aus dem Häuschen. Dazu passt auch, dass sein dezent-markantes Aftershave von Kaffeeduft überlagert wird. Sein selbstgestecktes Limit von zwei Tassen pro Tag dürfte er heute um ein Vielfaches überschritten haben.

«Du brauchst dich gar nicht aufzuregen», sage ich. «Die Polizei ist gleich wieder weg. Es war alles nur ein Missverständnis.»

Er setzt sich und legt eine Mappe auf den Tisch. «Und dein Auftritt im Internet, war der auch nur ein Missverständnis?»

«Davon weißt du schon?», frage ich erstaunt.

«Wenn einer meiner wichtigsten Mitarbeiter sich öffentlich wie ein Verrückter aufführt, dann spricht sich das herum wie ein Lauffeuer», antwortet Rainer. «Sie haben dir im Netz übrigens einen Spitznamen verpasst: Der irre Bademeister von Berlin.»

«Ist doch nett.»

«Ja. Einige Leute fanden die Aktion aber nicht ganz so nett.»

Ich bin verblüfft. «Was soll daran falsch gewesen sein?»

«Manche sagen, dass du den Schiffsbrand missbraucht hast, um dich eitel in Szene zu setzen.»

Hin und wieder ärgert es mich, dass viele Leute zwar eine Meinung, aber keine Ahnung haben. «Diese Online-Klugscheißer haben keinen Schimmer, warum ich das gemacht habe.»

Rainer schnalzt mit der Zunge. «Adam, wenn du empfindlich auf Kritik reagierst, dann solltest du dir die vielen Kommentare im Netz besser nicht anschauen.»

«Was soll das heißen? Wird man neuerdings mit einem Shitstorm bestraft, nur weil man in einem Anflug von sommerlichem Übermut in einen Fluss springt, oder was?»

Rainer hebt und senkt die Schultern. «Ach, ich glaube, heutzutage kannst du dir überall einen Shitstorm einfangen. Schneller noch als eine Erkältung oder einen Tripper. Verhalte dich ein paar Tage ruhig, und mit ein bisschen Glück ist die Sache dann zumindest so weit erledigt, dass dich deine Nachbarn wieder grüßen.»

Was er sagt, klingt nett. Man könnte denken, dass Rainer tatsächlich um mein Wohlergehen besorgt ist, aber ich ahne, dass er etwas anderes im Schilde führt. «Für dich allerdings ist die Sache nicht erledigt. Stimmt's?»

Er seufzt. «Wir kennen uns lange genug, Adam. Ich kann dir also nichts vormachen.» Rainer schiebt die Mappe über den Tisch, die er eben mitgebracht hat.

«Was ist das? Willst du mir das Gehalt kürzen? Oder muss ich unbezahlten Urlaub nehmen?»

Er verzieht keine Miene.

«Schmeißt du mich etwa raus?», frage ich ungläubig.

«Ich hatte gehofft, wir hätten uns mit dieser Sache noch etwas Zeit lassen können, aber erstens ist Conny wild entschlossen, die Scheidung durchzuziehen, und zweitens bist du ab dem heutigen Tag für die Kanzlei nicht länger tragbar.»

«Nur weil ich mich im Internet zum Affen gemacht habe?»

Er schüttelt den Kopf. «Weil du heute unsere Arbeit mit Füßen getreten hast. Der Name meiner Kanzlei steht für Diskretion. Wir lösen Probleme für Leute, die ihren Namen nicht in der Zeitung lesen möchten. Das ist eine Frage des Vertrauens. Tage wie dieser zerstören das Vertrauen. Und das kann und will ich mir nicht leisten.»

«Ich nehme eine Auszeit, bis Gras über die Sache gewachsen ist», schlage ich vor. «Das raten wir unseren Kunden in ähnlichen Fällen auch immer.»

«Adam, es ist keine Frage einer kleinen Imagekorrektur. Deine Frau will dich in diesem Leben nicht mehr wiedersehen, und deine Klienten rufen mich an, weil sie nicht länger von dir vertreten werden möchten. Wenn du dich in einem dermaßen atemberaubenden Tempo unmöglich machst, dann kann auch ich dir nicht mehr helfen.»

«Du musst mir nicht helfen», sage ich. «Alles, worum ich dich bitte, ist, mir ein bisschen Zeit zu geben.»

Er beugt sich vor. «Adam, man kann wirklich nicht behaupten, dass ich dir nicht alle Zeit der Welt gegeben habe. Du bist seit mehr als zwanzig Jahren Teil dieser Kanzlei. Und eines Tages hätte sie dir gehören können.»

Ich muss lachen. «Red keinen Quatsch, Rainer. Du hast mich nie als würdig erachtet, dein Nachfolger zu werden.»

«Ja, da ist was dran. Umso peinlicher hättest du darauf bedacht sein müssen, dir nicht die geringste Blöße zu geben», erwidert er kühl.

«Kann es sein, dass dir mein Pech ganz gut in den Kram passt?», frage ich.

«Nein. Da irrst du dich.» Er legt einen Stift auf die Mappe. «Ich wünsche dir nur das Beste. Aber ich habe dich immer gewarnt. Und jetzt haben wir den kritischen Punkt überschritten. Deshalb wirst du uns nun verlassen.»

«Und was, wenn ich nicht unterschreibe?»

«Auch dann wirst du uns verlassen», antwortet Rainer prompt. «Dein Abschied dauert nur ein bisschen länger, weil ich erst gegen dich prozessieren muss. Du weißt, dass ich ein sehr unangenehmer Gegner bin. Außerdem habe ich euren Ehe- und unseren Partnerschaftsvertrag eigenhändig entworfen. Ich bin überzeugt, du wirst in beiden keine Lücke finden.»

Ich schiebe die Mappe zurück über den Tisch. «Ich muss trotzdem zuerst mit Conny reden. Es kann nicht sein, dass sie unsere Ehe nach dreiundzwanzig Jahren wortlos über Bord wirft.»

«Ihrer Meinung nach bist du es gewesen, der eure Ehe über Bord geworfen hat. Und jetzt hast du auch noch deine zweite Chance vergeigt.»

«Trotzdem. Ich werde meine Frau und unser Leben nicht einfach so aufgeben. Früher oder später muss Conny mit mir reden. Und wenn sie dann immer noch die Scheidung will, werde ich die Waffen strecken. Keine Schlammschlacht, kein Prozess. Versprochen.»

Rainer überlegt.

Dann schiebt er die Mappe zurück über den Tisch. «Unterschreib jetzt, und ich werde sie bitten, sich mit dir zu treffen.»

«Wieso kannst du sie nicht bitten, bevor ich unterschreibe?»

«Das könnte ich», antwortet Rainer. «Aber ich will sichergehen, dass du im schlimmsten Fall tatsächlich die Waffen streckst. Sagen wir, es ist eine Frage des Vertrauens. Sollte sich doch noch alles zum Guten wenden, vergessen wir dieses Papier einfach.»

«Ehrlich gesagt klingt das wie eine Falle», sage ich.

«Du hast mein Wort darauf», erwidert er.

Ich weiß, dass es mir überhaupt nichts bringt, wenn sich die Fronten weiter verhärten. Obwohl ich ahne, dass ich einen Fehler mache, greife ich deshalb zum Stift, öffne die Mappe und beginne, die Seiten zu paraphieren.

Während ich wieder und wieder mein Kürzel zeichne, denke ich: Komisch, fühlt sich an, als würde ich gerade mein bisheriges Leben abhaken.

13

«Das ist für Sie abgegeben worden», sagt Witwe Pohl, als ich an der Rezeption vorbeigehen will. Der Geruch von billigem Fusel hängt in der Luft.

Sie reicht mir einen Packen Kleidung. «Ich soll Ihnen sagen, dass die Schuhe und die Socken nicht mehr aufzufinden waren. Aber es müssten noch alle Wertsachen da sein, meinte der Polizist.»

«Danke», erwidere ich und nehme meine Klamotten in Empfang. Dabei fällt mir auf, dass unsere Hotelchefin nicht nur eine gewaltige Schnapsfahne, sondern auch stark verweinte Augen hat.

«Das mit Ihrer Katze tut mir übrigens leid», sage ich.

Witwe Pohl nickt tapfer. «Danke. Magnus hat mir erzählt, dass Minkas Reise ins Jenseits harmonisch verlaufen ist. Das tröstet mich sehr.»

Ich muss hüsteln. Ob man angesichts eines Großbrandes mitten in Berlin von einem harmonischen Reiseverlauf sprechen kann, wage ich zu bezweifeln. Aber wenn Minkas Wikingerbegräbnis für Witwe Pohl tröstlich ist, dann war der Aufwand zumindest in dieser Hinsicht nicht umsonst.

«Ja, es war eine sehr schöne Zeremonie», lüge ich.

«Waren Sie etwa dabei?», fragt sie.

«Nein, aber Magnus hat mir alles haarklein erzählt.»

Sie lächelt dankbar und zieht nebenbei eine Flasche Weinbrand unter dem Tresen hervor, was ich mit Sorge zur Kenntnis nehme.

«Gut, ich möchte Sie dann auch nicht länger stören», sage ich und versuche, in Richtung Treppenhaus zu entkommen. Aber da habe ich die Rechnung ohne sie gemacht.

«Na, kommen Sie, Dr. Schmitt. Trinken wir ein Glas auf das Wohl meiner armen Minka.» Ihr Tonfall macht klar, dass sie keinen Widerspruch duldet.

Im Nu hat sie zwei Schnapsgläser gefüllt. Wir prosten und trinken.

«Auf einem Bein kann man nicht stehen», verkündet sie und gießt nach.

«Dann muss ich aber auch wirklich los», sage ich mit bettelnder Stimme.

Sie zuckt mit den Schultern, als würde sie sagen wollen: Das werden wir dann noch sehen.

Fünf Schnäpse später betrete ich endlich leicht schwankend mein Zimmer. Magnus kommt gerade in Duschtücher gehüllt aus dem Bad.

«Adam! Da bist du ja endlich», begrüßt er mich freudig.

«Hallo Magnus.»

Er bemerkt meinen sachlichen Ton. «Alles okay mit dir?»

«Du hast mir menschliche Knochen in den Schreibtisch gelegt.»

Er lächelt stolz. «Allerdings. Du kannst dich später dafür bedanken. Viel wichtiger ist jetzt, dass auch mein Liebeszauber bestens funktioniert hat. Nebenan wartet eine Überraschung auf dich.»

Ich erinnere mich daran, was Hannesson über die magische Bedeutung der Knochen gesagt hat. «Dann stimmt es also, dass das ein Schutzzauber war?»

Magnus merkt auf. «Moment mal, Adam! Sag jetzt bloß nicht, dass das schon wieder ein Missverständnis ist. Du hast gesagt, du willst magische Hilfe. Ich wollte diesmal garantiert nichts falsch verstehen. Also habe ich dich gefragt, ob du das wirklich willst. Und deine Antwort lautete wortwörtlich: Klar, warum nicht?»

«Reg dich ab, Magnus. Du hast ja recht», gebe ich zu. «Es gibt kein Missverständnis. Ich konnte nur nicht ahnen, was auf mich zukommt, als ich gesagt habe, dass du für mich zaubern sollst.»

«Das konnte ich auch nicht», erwidert Magnus. «Keiner kann das. Magie ist so unberechenbar wie das Wetter und die See. Du schickst den Göttern einen Wunsch und musst dann abwarten, was sie daraus machen. In deinem Fall waren sie großzügig.» Er verschränkt die Arme vor der Brust, um den folgenden Worten Nachdruck zu verleihen. «Oder aber ich habe besonders wirksame Liebesrunen in dein Portal gemeißelt.»

Mein Portal? Ich schaue nach, ob über der Zimmertür irgendwelche Runen zu sehen sind. Fehlanzeige. «Welches Portal meinst du denn?»

«Das weiße», antwortet Magnus. «Du bist heute hindurchgegangen.»

Ich überlege. «Keine Ahnung, wovon du redest.»

Magnus wirkt leicht ungehalten. «Na, das große weiße Portal auf dem riesigen Platz mit den vielen Menschen, die dauernd Fotos machen.»

Mir bleibt die Spucke weg. «Du meinst hoffentlich nicht das Brandenburger Tor.»

Er zuckt mit den Schultern. «Wenn es das große Tor in der Stadt mit dem Wagen und den Pferden obendrauf ist, dann meine ich das Brandenburger Tor.»

«Du hast Liebesrunen ins Brandenburger Tor gemeißelt?»

Magnus nickt zufrieden.

«Sag mir bitte, dass es ganz kleine Liebesrunen waren.»

Magnus nimmt seinen Trollhammer von der Anrichte und streckt ihn mir entgegen. «Drei Hammerlängen hoch, zwei Hammerlängen breit. Könnte sein, dass die Runen deshalb so gut gewirkt haben, weil sie so groß sind.»

«Du hast armlange Runen ins Brandenburger Tor gemeißelt?», stelle ich fassungslos fest. «Wie viele?»

Leise murmelnd rechnet Magnus nach. «Insgesamt acht.»

«Und es hat niemand versucht, dich davon abzuhalten?»

Magnus schüttelt den Kopf. «Ich habe aber diesmal auch darauf geachtet, dass die Polizei mich nicht sieht.»

«Das ist gut», sage ich erleichtert und hege die zarte Hoffnung, dass ich für die Beschädigung des Brandenburger Tores ebenso wenig zur Verantwortung gezogen werde wie für den heutigen Großbrand. Da ich eben erst – zumindest vorläufig – meinen Job verloren habe und zudem noch ein paar offene Rechnungen bei diversen Internetfirmen begleichen muss, würden millionenschwere Schadensersatzforderungen meine aktuellen finanziellen Möglichkeiten ein wenig übersteigen. Ich weiß, dass meine Einstellung moralisch verwerflich ist, aber aus rein pragmatischen Gründe freue ich mich darüber, dass Magnus sich nicht hat erwischen lassen.

Leider hält meine Freude nicht lange an, denn mein isländischer Kumpel fügt hinzu: «Allerdings haben die Leute mit ihren Handys wie verrückt fotografiert und gefilmt.»

«Mist.» Meine Heiterkeit verwandelt sich abrupt in Bestürzung. «Glaubst du, dass man dich identifizieren kann?»

Magnus überlegt kurz, dann nickt er. «Denke schon, ich habe ja gewinkt und in die Kameras gelächelt.»

Meine Schultern sacken herab. Kommissar Gerdes hatte recht. Auf ein Wiedersehen mit der Polizei kann ich gut verzichten. Aber ich werde wohl dafür geradestehen müssen, dass mein Troll am hellllichten Tag Liebesrunen ins Brandenburger Tor meißelt. Dass der isländische Botschafter mir auch diesmal aus der Patsche helfen kann, bezweifle ich

«Magnus?», höre ich eine Stimme von nebenan rufen, die mir bekannt vorkommt.

«Wer ist das?», frage ich verdutzt.

«Deine Überraschung», erwidert Magnus stolz. «Wie gesagt, auch die Liebesrunen haben ihre Wirkung nicht verfehlt.»

«Magnus? Bist du da?», tönt es erneut von nebenan.

«Geh schon rüber», sagt Magnus gönnerhaft. «Der Himmel hat diese Frau schließlich dir geschickt.»

Ich habe zwar schon beim ersten Rufen geahnt, dass die Stimme aus dem Nebenzimmer meiner Exgeliebten gehört. Glauben kann ich es aber erst, als ich vor ihr stehe.

Astrid Bollinger liegt in unserem Hot Tub und entspannt ihren Luxuskörper. Das Wasser steht ihr bis zur Kinnspitze. Als sie mich sieht, lächelt sie breit. «Schicker Bademantel. Ist der neu?»

«Nein. Nur geliehen. Von der Berliner Wasserschutzpolizei.»

Sie muss lachen. «Ich hab den Auftritt im Netz gesehen. Wusste gar nicht, dass du ein solcher Draufgänger bist. Oder hat dich jetzt doch die Midlifecrisis erwischt?»

«Wow. Du hast wirklich Nerven, Astrid. Hier einfach so reinzuschneien. Ich dachte, ich hätte dir in Reykjavik unmissverständlich klargemacht, dass unsere Affäre ein für alle Mal Geschichte ist.»

Sie wirkt verstimmt über meinen rüden Ton, strafft sich, rutscht dabei ein wenig hoch und entblößt ihren Oberkörper bis knapp über den Brüsten.

«Ich bin nicht hier, um dich zu verführen, falls du das denkst», erwidert sie. «Magnus hat vorgeschlagen, dass ich ein Bad nehmen soll, während ich auf dich warte. Es ist also purer Zufall, dass ich in letzter Zeit meistens nackt bin, wenn wir beide uns begegnen.»

«Aber du spekulierst immer noch darauf, dass ich mein Leben ändere.»

Sie zuckt mit den Schultern, als würde sie fragen: Und wenn? Kann man es mir verübeln? «Die Hoffnung stirbt zuletzt, Adam. Aber du sollst wissen, dass ich mir nicht die Mühe gemacht habe, nach Reykjavik zu kommen, nur weil ich Sex mit dir wollte. Ich meine, das wollte ich zwar auch, aber keine Frau betreibt einen so gewaltigen Aufwand, wenn es ihr nicht um sehr viel mehr geht.» Langsam lässt sie sich wieder zurück ins Wasser gleiten, bis es ihr erneut ans Kinn reicht.

Ich brauche einen Moment, um zu verdauen, dass Astrid mir offenbar gerade eine Liebeserklärung gemacht hat. «Woher weißt du eigentlich, dass ich in diesem Hotel wohne?»

Sie legt den Kopf schief und sieht mich ungläubig an. «Adam, die Spatzen pfeifen von den Dächern, dass du nicht nur in dieser Mottenbude haust, sondern dein Leben gerade sowieso komplett den Bach runtergeht. Und falls jemand bislang auch nur den leisesten Zweifel daran hatte, dann kann er sich seit heute bei YouTube ein Bild von deinem völlig desolaten Zustand machen.»

«Aha. Und was pfeifen die Spatzen sonst noch so von den Dächern?», will ich wissen.

«Man hört, die Kanzlei wird sich von dir trennen und deine Frau soll fest entschlossen sein, die Scheidung einzureichen», antwortet Astrid.

Ich bin ebenso verblüfft wie entsetzt, denn ich hatte zwar befürchtet, dass schlechte Nachrichten sich rasch verbreiten. Dass sie es aber quasi in Lichtgeschwindigkeit tun, war mir nicht klar.

«Du hast mir immer noch nicht gesagt, warum du hier bist.»

«Um dich zu warnen», sagt sie. «In deiner Kanzlei läuft irgendein krummes Ding. Jemand will dich ausbooten.»

Gequält lächelnd winke ich ab. «Könnte sein, dass das schon passiert ist. Ich habe heute einen Aufhebungsvertrag unterzeichnet.»

Sie wirkt erstaunt. «Wie? So plötzlich?»

Ich zucke mit den Schultern. «Letztlich blieb mir keine andere Wahl. Würde mich trotzdem interessieren, wer dir das zugeflüstert hat. Die Spatzen vom Empfang können es eigentlich nicht wissen.»

Astrid zögert einen Moment, dann sagt sie: «Es war Dylan Cooper.»

«Woher kennst du Dylan Cooper?», frage ich entgeistert.

Sie schüttelt irritiert den Kopf. «Weil er in der Kanzlei deines Schwiegervaters arbeitet. Wie du weißt, wird unsere Firma juristisch von euch beraten.»

«Ich dachte, Rainer macht das persönlich.»

«Das war ja bislang auch so. Nachdem du den Job zu meinem großen Bedauern abgegeben hattest, um in Ruhe deine Ehe zu retten, hat er sich zunächst selbst um alles gekümmert. Aber vor ein paar Tagen ist uns Dylan als neuer Berater vorgestellt worden. Dein Schwiegervater hat den Job an ihn abgegeben.»

«Dylan», wiederhole ich mit Betonung. «Aha.»

Sie muss lächeln. «Jetzt sag nicht, dass du eifersüchtig bist.»

«Nein. Geht mich außerdem sowieso nichts an», erwidere ich.

Ihr Lächeln wird breiter. «Doch. Ich kann es dir ansehen. Trotz allem bist du ein bisschen eifersüchtig. Du musst dir aber keine Sorgen machen. Dylan ist ein wahnsinnig eitler Pinsel, und er prahlt gern. Nach vier Drinks und ein paar Schmeicheleien hat er mir verraten, dass deine Tage in der Kanzlei gezählt sind. Angeblich ist er der kommende Mann.»

«Würde mich nicht wundern», sage ich. «Ich kann Dylan zwar nicht leiden, aber ich muss zugeben, er ist ein guter Jurist.»

«Oh. Das klingt, als würdest du ihn ehrlich schätzen», sagt sie.

«Tue ich ja auch, zumindest in fachlicher Hinsicht», erwidere ich. «Es wäre nicht fair, das in Abrede zu stellen.»

«Interessant. Er hält dich nämlich nur für einen mittelmäßigen Emporkömmling. Angeblich hast du dir durch deine Heirat eine Position erschlichen, die du fachlich nicht ausfüllen kannst. Außerdem bist du in seinen Augen keine Führungspersönlichkeit. Eher so ein Mann fürs Grobe.»

Ich bin baff. «Das hat dieser kleine Bastard wirklich gesagt?»

Astrid nickt gemächlich.

«Im Grunde ist er ein hundsmiserabler Winkeladvokat», schimpfe ich. «Es würde mich überhaupt nicht wundern, wenn dieser Nichtskönner die Kanzlei im Eiltempo in die absolute Bedeutungslosigkeit führt. Weil er nämlich ein Blender ist. Und dazu noch ein verlogener Hund.»

«Denk an dein Herz», sagt Astrid kokett. «Bestimmt hat der Arzt dir verboten, dich aufzuregen.»

Ich winke ab, atme tief durch, um mich zu beruhigen, und will gerade etwas erwidern, da klopft es an der Tür.

«Ja, bitte!», rufe ich und rechne damit, dass Magnus hereinschneit.

Es ist jedoch meine Noch-Ehefrau Conny, die die Tür öffnet und erstarrt.

Sie sieht ihre Nebenbuhlerin, die sich in einem Hot Tub aalt. Und sie sieht ihren Noch-Ehemann, der offenbar gerade im Begriff ist, seinen Bademantel abzulegen und zu seiner Geliebten ins Wasser zu steigen.

Ungefähr fünf Sekunden lang ist es totenstill. Man hört nicht einmal ein leises Plätschern. Astrid verharrt regungslos, und Conny und ich stehen da wie zu Salzsäulen erstarrt. Es kommt mir vor, als würde selbst das zweifelsohne in diesem Hotelzimmer vorhandene Ungeziefer erschrocken die Luft anhalten. Was nun?

Eigentlich müsste ich so etwas sagen wie: Es ist auch dieses Mal nicht so, wie du denkst, Schatz. Aber das ist natürlich sinnlos. Wenn es eine winzige Chance gegeben hat, Conny davon zu überzeugen, dass ich nicht nach Reykjavik geflogen bin, um die Affäre mit Astrid fortzusetzen, dann hat sich diese Chance gerade in Luft aufgelöst. Diesmal würde ich mir nicht mal selbst glauben, dass das alles nur ein bedauerlicher Zufall ist.

Conny will offenbar ohnehin keine Erklärungen. Als sie das Bild von Astrid und mir abgespeichert und gequält das Gesicht verzogen hat, dreht sie sich einfach auf dem Absatz um und zieht die Tür ins Schloss.

Ich höre ihre schnellen Schritte auf dem Gang und weiß, dass es eigentlich keinen Sinn hat, ihr zu folgen. Sie hatte sowieso große Mühe, an mich und unseren Neuanfang zu glauben. Was sie gerade gesehen hat, gibt ihr die Gewissheit, dass diese Mühe vergebens war.

Trotzdem stolpere ich mit blassem Gesicht auf den Flur,

um den verzweifelten Versuch zu machen, sie doch noch aufzuhalten. Aber bevor ich die Treppe erreiche, ist sie bereits in ein Taxi gesprungen und davongefahren.

Eine Viertelstunde später sitze ich auf meinem Bett und versuche zu begreifen, dass der letzte Funken Hoffnung, mein Leben wieder auf die Reihe zu kriegen, gerade binnen Sekundenbruchteilen verglüht ist.

Magnus erscheint. Er hat Astrid zum Taxi gebracht. «Ich soll dir sagen, es tut ihr sehr leid, was passiert ist.»

«Schon gut. Eigentlich kann sie ja nicht mal was dafür», erwidere ich.

«Genau das hat sie auch gesagt.» Er setzt sich neben mich. «Und jetzt?»

Ich zucke mit den Schultern. «Keine Ahnung.»

«Willst du darüber reden?»

«Du kennst nicht zufällig einen isländischen Zauber, der gegen totale Niedergeschlagenheit hilft, oder?»

Magnus grinst. «Isländer sind nur selten niedergeschlagen. Das liegt daran, dass wir eine clevere Methode entwickelt haben, um es nicht so weit kommen zu lassen.»

«Und die wäre?», frage ich interessiert.

«Wir gehen feiern», antwortet Magnus. «Und zwar ausgiebig.»

«Toll. Mir ist nur leider überhaupt nicht nach Feiern zumute», erwidere ich mit matter Stimme.

«Dann wird es höchste Zeit, dass du deinen inneren Schweinehund überwindest und es krachenlässt», erklärt Magnus. «Wenn du jetzt nicht entschieden gegensteuerst, könntest du ernstlich krank werden.»

«Werden bei euch Partynächte vom Hausarzt verschrieben, oder was?»

«Nein. Aber das ist auch nicht nötig», erwidert Magnus. «In unserem Land ist es im Sommer zu lange hell und im Winter zu lange dunkel. Man holt sich ebenso schnell einen Schnupfen wie eine kleine Depression. Aber jeder Isländer weiß, wie man vorbeugt: Wechselbäder bewahren uns vor Erkältungen, wilde Partys vor Trübsal.»

«Und wenn man schon zutiefst betrübt ist?», frage ich.

«Dann hilft dir eine gute Party, die Laune zu verbessern. Außerdem gilt: Es gibt immer etwas zu feiern.»

«Ach ja», erwidere ich verstockt. «Was hätte denn ich beispielsweise heute zu feiern?»

Magnus rückt den Kragen seines schicken Maßhemdes zurecht. «Zum Beispiel, dass wir Freunde sind.»

Er sieht mich aus wachen, blauen Augen erwartungsvoll an. In ihnen ist eine leise Sorge zu sehen, dass ich anderer Meinung sein könnte.

«Das stimmt», sage ich und klopfe ihm auf die Schulter. «Du bist wirklich ein Freund.»

Er freut sich. «Cool. Lass uns das feiern.»

14

Ich hätte es bislang für wahrscheinlicher gehalten, olympisches Gold im Synchronschwimmen zu gewinnen, als am Türsteher eines angesagten Berliner Clubs vorbeizukommen. Die Menschenschlange vor dem hippen Laden, den Magnus ausgesucht hat, verspricht eine Wartezeit von mehreren Stunden. Also erkläre ich meinem Patentroll, dass wir uns den Aufwand auch sparen können, zumal wir nicht im mindesten den Ansprüchen genügen, die dieser Partypalast an seine Gäste stellt.

«Was soll das heißen?», fragt Magnus ungehalten. «Ich bin zu klein, und du bist zu alt, oder was?»

«Genau. Und ganz nebenbei sind wir beide zu arm oder wahlweise nicht prominent genug», füge ich hinzu. «Wobei du schon recht hast. Mein biblisches Alter wird uns garantiert Schwierigkeiten machen. Vielleicht halten sie mich für einen verdeckten Ermittler von der Gewerbeaufsicht.»

«Ein verdeckter Ermittler, der mit einem Troll durch die Gegend zieht? Du wärst dann aber ein sehr schlecht verdeckter Ermittler, oder?»

Ich zucke mit den Schultern. «Jedenfalls wette ich, dass wir uns das Anstellen sparen können. Komm, lass uns einfach in eine Bar gehen.»

Magnus schüttelt entschieden den Kopf. «Auf gar keinen Fall. Du musst auf die Tanzfläche, um den Kopf freizukriegen. In einer Bar abhängen ist was für alte Leute.»

«Eben. Genau das versuche ich dir gerade zu erklären», sage ich.

Was wir beide erst jetzt bemerken, ist, dass einige der Umstehenden auf uns aufmerksam geworden sind. Die Leute tuscheln, streichen hektisch über die Displays ihrer Handys und zeigen sich gegenseitig, was dort zu sehen ist. Ich ahne, dass es sich um YouTube-Filme handelt, in denen Magnus und ich die Hauptrollen spielen. Um uns herum herrscht Aufregung darüber, dass der Steinmetz vom Brandenburger Tor und der irre Bademeister von Berlin gemeinsam eine Party besuchen wollen.

Der Trubel macht mir Sorgen. Falls einer der Anwesenden auf die Idee kommt, die Polizei zu rufen, könnte das Ärger geben. Gerade will ich Magnus beiseiteziehen, um unauffällig mit ihm zu verschwinden, da ist die Nachricht, dass zwei vermeintliche Internetpromis in der Schlange warten, bis zum Türsteher durchgedrungen. Der bullige Kerl im Billiganzug hebt die Hand und deutet in unsere Richtung. «Der Große und der Kleine dahinten. Kommt mal her.»

Magnus tritt aus der Reihe, verschränkt die Arme vor der Brust und reckt das Kinn vor. «Hast du mich gerade klein genannt, du Flaschengeist?»

Die Leute in der Schlange lachen. Der Türsteher wirkt verunsichert. Er ist bestimmt zwei Meter groß, hat die spärlichen Haare auf seinem massigen Schädel zu einem Zöpfchen zusammengebunden und erinnert damit tatsächlich an einen Flaschengeist.

«Was ist jetzt? Wollt ihr quatschen, oder wollt ihr rein?», ruft er, sichtlich um Autorität bemüht.

Magnus geht entschlossen auf ihn zu und antwortet: «Selbstverständlich wollen wir rein. Glaubst du etwa, wir stehen in deiner blöden Schlange, weil wir es heute etwas ruhiger angehen lassen möchten, oder was?»

Wieder lachen die Leute. Der Türsteher verzieht das Gesicht und verkneift sich einen Kommentar. Er gibt seinem Kollegen ein Zeichen. Der hebt eine rote Samtkordel zur Seite und verschafft uns zu meinem großen Erstaunen völlig unkompliziert Eingang ins Berliner Nachtleben.

Wummernde Bässe pusten uns feuchtheiße Luft ins Gesicht. Es ist proppenvoll. Ein paar hundert Menschen bewegen sich im Takt der überlauten Musik. Eine wogende Masse inmitten von Lichtreflexen. Das Bild erinnert an einen nächtlichen Ozean.

«Was trinken?», brüllt Magnus.

Ich nicke überfordert. Mein Körper reagiert auf die spontane Reizüberflutung mit Stress, und ich spüre einen deutlichen Fluchtreflex.

«Schon klar. Aber WAS?», ruft Magnus. «WAS willst du trinken?»

Ich zucke mit den Schultern.

«Gin Tonic?», ruft er.

Statt meine Reaktion abzuwarten, zieht er seine Partnerkarte aus der Tasche und wendet sich zum Tresen.

Ich bin irritiert. Hatte ich ihm die Karte nicht abgenommen? Egal. Im Zweifelsfall hat Magnus sich sowieso mit einem Familienkontingent an Kreditkarten eingedeckt. Vermutlich zieht er einfach eine neue aus der Tasche, wenn ich ihm die jetzt auch wieder wegnehme.

Ich beschließe, die Sache einfach laufen zu lassen. Wie ich überhaupt ab sofort den Dingen ihren Lauf lassen werde. Mein Leben hat sich in wenigen Tagen schneller und umfassender verändert als in den zwanzig Jahren zuvor. Es wäre also kleinlich, sich darüber aufzuregen, dass dieser

Clubbesuch mir finanziell den Rest geben könnte. Ich sollte mich lieber darüber freuen, dass ich mir einen schönen Abend machen kann. Wenn ich erst unter der Brücke schlafe, dann ist es mit den schönen Abenden sowieso vorbei.

Der erste Gin Tonic schließt nahtlos an die Schnäpse von Witwe Pohl an. Ich fühle mich spontan angeschickert.

Nach dem zweiten drängt es mich auf die Tanzfläche. Wie von selbst beginne ich, mich im Rhythmus der wogenden Masse zu bewegen, und werde Teil des Ozeans aus Menschenleibern. Es ist laut, es ist stickig. Und vor allem ist es auf eine wunderbare Weise befreiend.

Nach dem vierten Gin Tonic fühle ich mich leicht und beschwingt. Ich bin zwar komplett durchgeschwitzt und völlig außer Atem, aber dennoch geht es mir blendend.

Magnus freut sich und spendiert mir mit meiner Partnerkarte ein Gläschen Wasser, damit ich die nächsten Gin Tonics gut vertrage.

Nach dem siebten Drink bekomme ich Herzprobleme. Erst jetzt wird mir klar, dass ich den Peinlichkeiten des heutigen Tages die Krone aufsetzen könnte, wenn ich jetzt betrunken und durchgeschwitzt auf der Tanzfläche eines angesagten Clubs kollabieren würde.

Auf die YouTube-Filme, die bestimmt noch heute Nacht hochgeladen würden, käme es zwar jetzt irgendwie auch nicht mehr an, aber wenn ich die Wahl hätte, dann würde ich doch lieber nicht ganz so publikumswirksam zusammenbrechen.

Mit stechenden Brustschmerzen und heftiger Atemnot schleppe ich mich unauffällig zum Rand der Tanzfläche und orientiere mich dann in Richtung Toiletten. Eben habe ich zufällig gesehen, dass sich am Ende des Flures mit den Sanitäranlagen ein Notausgang befindet.

Ich stolpere darauf zu, drücke den Panikriegel nach unten und stürze buchstäblich ins Freie, denn ich verliere sofort das Gleichgewicht und falle auf die Knie. Hinter mir fällt die Tür ins Schloss.

Keuchend versuche ich mich zu orientieren. Ich stelle fest, dass ich auf den Pflastersteinen eines dunklen Innenhofes knie. Der bleiche Sternenhimmel lässt nur Schemen erkennen. Es weht ein lauer Sommerwind, der sich angenehm kühl auf meiner Haut anfühlt.

Immerhin geht es mir schon etwas besser. Das Atmen fällt leichter, der Druck in meiner Brust lässt nach. Dafür spüre ich umso deutlicher ein sehr unangenehmes Ziehen in meinen Knien, nachdem ich damit eben hart auf den Pflastersteinen aufgeschlagen bin. Mühsam rappele ich mich hoch, schaue hinauf zu den Sternen und atme ein paarmal ruhig und tief durch. Tut gut. Sollen die Knie ruhig schmerzen, denke ich. Die Hauptsache ist, mein Herz macht nicht schlapp.

Auf der anderen Seite des Hofes flammt Licht auf. Es ist die Innenbeleuchtung einer schwarzen Limousine, die bislang nicht zu erkennen war.

Ich sehe, dass vier Männer beinahe synchron aus dem Wagen steigen. Sie lassen die Innenraumbeleuchtung brennen, während sie mir entgegenschlendern. Im trüben Licht kann ich erkennen, dass es sich um athletische Typen handelt.

«Adam Schmitt?», fragt einer der vier. «Dr. Adam Schmitt?»

Sie tragen schwarze Lederjacken, die gepflegt und adrett aussehen. Dennoch wirken ihre Träger bedrohlich.

Ich befürchte, dass diese nächtliche Begegnung auf das Konto von Magnus geht. «Immer raus mit der Sprache. Was ist jetzt wieder passiert?»

Die vier sehen sich fragend an.

«Ich glaube, das wissen Sie längst», erwidert der Wortführer. «Es geht um Ihre Tochter.»

«Was ist mit Lena?», frage ich alarmiert.

«Sie hat bei ihrem Exverlobten angerufen und ihm damit gedroht, dass er verklagt wird. Und zwar von Ihnen, Dr. Schmitt.»

«Ach so, das meinen Sie», sage ich erleichtert und bin froh, dass es Lena gutgeht.

«Das heißt dann wohl, diese Information entspricht den Tatsachen.»

«Ja. Schon möglich», sage ich. «Aber wer will das wissen?»

«Herr Steiner hat uns gebeten, die Sache mit Ihnen persönlich zu besprechen. Sozusagen auf dem kleinen Dienstweg. Es fiel in dem besagten Telefonat die Summe von fünftausend Euro monatlich. Eine, wie Herr Steiner findet, unangemessene, um nicht zu sagen unverschämte Forderung.»

Ich sehe, wie die anderen drei Männer Teleskopschlagstöcke aus ihren Lederjacken ziehen und sich darauf vorbereiten, mir eine Abreibung zu verpassen.

«Verstehe», sage ich. «Sie sind also die Ausputzer von Titus Steiner.»

«Nein. Wir sind unabhängige Dienstleister, die Hilfestellung bei Verhandlungen geben», korrigiert der Wortführer. «Sie müssen verstehen, dass ein Mann wie Titus Steiner sich nicht die Butter vom Brot nehmen lässt.»

«Klar. Da nimmt er lieber anderen die Butter vom Brot, richtig?»

Mein Gegenüber zuckt mit den Schultern. «Tja, das ist nun mal der Lauf der Welt.»

«Und was kommt jetzt?», frage ich. «Wollen Sie mir die Knochen brechen?»

«Nein. Heute nicht. Es reicht uns, wenn Sie Ihr Vorhaben noch einmal in Ruhe überdenken. Sie haben dazu zwölf Stunden Zeit. Dann kommen wir wieder.» Kunstpause. «Erst dann brechen wir Ihnen die Knochen. Und das auch nur wenn Sie nicht kooperieren.»

Ich merke, dass der Kerl mich wütend macht. Sogar sehr wütend. Der Tag war lang und anstrengend genug. Da brauche ich am Abend nicht noch Drohungen von einem Schweizer Multimillionär. Obendrein von einem, der sich als feinsinniger Kunstkenner inszeniert, während er in Hinterhöfen Leute bedrohen und einschüchtern lässt.

«Danke für die zwölf Stunden. Aber das ist nicht nötig», sage ich und sehe, dass der Wortführer mich interessiert anschaut. «Richten Sie Titus Steiner bitte aus, dass der Preis sich gerade verdoppelt hat. Zehntausend pro Monat. Und ich werde diese Summe wieder verdoppeln, wenn ich Ihre Schlägervisagen noch einmal sehen muss.»

Der Wortführer schüttelt phlegmatisch den Kopf. Das dauert eine Weile.

«Tja, Dr. Schmitt», sagt er dann. «Ich befürchte, unter diesen Umständen müssen wir Ihnen doch noch heute die Knochen brechen. Wer keinen Ärger will, darf eben keinen Ärger machen.»

Ich hatte gehofft, ihn mit meiner forschen Art ein wenig einzuschüchtern. Dass er von meiner Drohung so gar nicht beeindruckt ist, beunruhigt mich jetzt doch ein wenig.

«Was wollen Sie tun?», frage ich unsicher. «Mich einfach hier zusammenschlagen?»

«Ganz genau das», erwidert der Wortführer. Es klingt wie: Logisch, was hast du denn erwartet, du Landei?

«Und dass ich dann Sie alle mindestens wegen Körperverletzung anzeige, gibt Ihnen gar nicht zu denken?»

Statt einer Antwort kassiere ich einen Hieb mit dem Schlagstock. Als ich am Boden liege, folgt ein Tritt in den Magen. Die sofort einsetzende Atemnot kommt mir irgendwie bekannt vor.

Gerade will der Dritte zum Schlag ausholen, da öffnet sich der Notausgang, und ich höre Magnus sagen: «Ach, da bist du ja, Adam. Ich hab mir schon Sorgen um dich gemacht.»

Er betritt den Hof, erneut fällt die Tür ins Schloss.

«Geh bitte wieder rein, Kleiner», höre ich den Wortführer freundlich sagen. «Wir haben hier was zu erledigen.»

Magnus beugt sich über mich, während ich mich noch immer am Boden krümme, und versteht sofort, was gespielt wird.

«Schon gut. Hau einfach ab», sage ich. «Das hier ist meine Angelegenheit.»

Ungläubig schüttelt er den Kopf. «Was redest du denn da, Adam? Ich habe dir doch nicht das Leben gerettet, damit du dich jetzt von diesen Typen zusammenschlagen lässt.»

«Geh wieder rein und ruf die Polizei», flüstere ich. «Ich halte die Typen so lange auf.»

«Indem du dich vermöbeln lässt?», fragt er ungläubig.

Ich nicke unter Schmerzen. «Ja. Eine bessere Idee habe ich gerade nicht.»

«Kommt nicht in die Tüte, Adam. Wir kämpfen Seite an Seite. Und wenn du gerade eine Pause brauchst, dann kämpfe ich eben allein weiter.»

Ich will etwas erwidern, aber da hat Magnus sich bereits todesmutig meinen Angreifern entgegengestellt. «Okay, Leute. Findet ihr es nicht auch unfair, wenn vier starke Männer einen anderen Mann verprügeln, der nicht nur müde, sondern auch ein bisschen angetrunken ist?»

«Wie schon gesagt, Kleiner», erwidert der Wortführer. «Geh besser wieder rein. Das hier ist nichts für dich.»

«Ich muss euch übrigens warnen», sagt Magnus. «Ich bin gut in Glima.»

Die Männer lachen.

«Was soll das sein?», fragt der Wortführer. «Spielt man das bei der Zwergenolympiade?»

«Ein isländischer Ringkampf», antwortet Magnus ungerührt. «Und ich bin kein Zwerg. Ich bin ein Troll.»

Wieder lachen die Männer.

«Dann solltest du jetzt schnell in deine Trollhöhle kriechen», rät der Wortführer. «Sonst endet es für dich mit schlimmen Kopfschmerzen.»

«Wollen wir eigentlich nur quatschen oder auch kämpfen?», fragt Magnus.

«Magnus, bitte nicht!», versuche ich mich einzumischen, bringe aber nur ein fast unhörbares Flüstern zustande.

Ich sehe, dass der Wortführer einem seiner Handlanger mit einer knappen Kopfbewegung bedeutet, dem aufmüpfigen kleinen Kerl eins mit dem Stock überzubraten.

Der Kerl holt zum Schlag aus, doch in diesem Moment hat Magnus wie aus dem Nichts seinen kleinen Trollhammer hervorgezogen.

Ansatzlos schlägt er dem Hünen gegen beide Schienbeine, worauf der Kerl mit einem Schmerzensschrei auf die Knie stürzt. Magnus, nun auf Augenhöhe mit seinem Widersacher, packt den Mann am Hosengürtel und wirft ihn mit einer schnellen Hebelbewegung auf die Seite. Der bullige Kerl schlägt hart auf dem Kopfsteinpflaster auf und bleibt dort stöhnend liegen.

Ich bin so verdutzt, dass ich mich unter Schmerzen aufrichte, um besser sehen zu können.

Die beiden anderen Kerle fürs Grobe stürzen sich nun gleichzeitig auf Magnus, der blitzschnell unter dem einen hindurchtaucht, während er dem anderen mit seinem Trollhammer quasi im Vorbeihuschen in die Rippen schlägt. Es knackt verdächtig.

Laut aufheulend landet der Getroffene auf dem Boden, wo er sich unter Schmerzen windet. Kenne ich. Ging mir eben ja auch so.

«Ruhig und gleichmäßig atmen», rate ich schadenfroh. «Dann wird es bald besser.»

Der Wortführer mischt sich ein, indem auch er nun einen Schlagstock aus der Tasche zieht, um dem noch verbliebenen dritten Angreifer zu Hilfe zu kommen.

Ich rappele mich hoch, stürze mich auf den vierten Angreifer und bringe ihn durch die Wucht meines Ansturms zu Fall. Er schlägt mit dem Hinterkopf hart auf einen Pflasterstein. Als er die Augen wieder aufschlägt, lächelt er freundlich, zugleich schielt er bedenklich.

In diesem Moment rollt eine Polizeistreife in den Hof. Blaulicht zuckt über die Häuserwände. Vermutlich hat der Flaschengeist vom Eingang die Beamten gerufen, weil jemand den Tumult hinter dem Club bemerkt hat.

Jedenfalls wird der Spuk nun rasch ein Ende haben.

Zu meiner Freude sehe ich, dass Magnus es sich nicht nehmen lässt, den dritten Angreifer noch rasch im Schutz der Dunkelheit zu vermöbeln.

Dann werden Scheinwerfer auf uns gerichtet, und eine Megaphonstimme befiehlt uns, langsam und mit erhobenen Händen aufzustehen.

«Entschuldige, Adam», höre ich Magnus leise sagen. «Ich glaube, jetzt hab ich uns schon wieder in Schwierigkeiten gebracht.»

«Keine Sorge, mein Freund», antworte ich. «Ich habe mich noch nie so gern in Schwierigkeiten bringen lassen wie heute Abend.»

«Ruhe da!», ruft die Megaphonstimme.

Die Aufklärung der Ereignisse nimmt nicht viel Zeit in Anspruch. Wir einigen uns auf die Berliner Lösung des Problems. Das heißt, Titus Steiners Ausputzer werden keine Anzeige erstatten. Ich werde ebenfalls keine Anzeige erstatten. Und die Beamten ersparen sich den Papierkram. Alle sind zufrieden. Die offizielle Version wird lauten, dass die Verletzten im dunklen Hof irgendwie unglücklich gefallen sind. Also alle außer Magnus, der nicht einen Kratzer abbekommen hat.

Eine halbe Stunde später betreten wir unser Hotel. Die Party ist für uns nach der Prügelei vorbei gewesen. Im Club haben wir lebenslanges Hausverbot.

«Ärger gehabt?», fragt Witwe Pohl, als wir die Rezeption passieren wollen.

«Kann man so sagen», antworte ich. «War aber nicht so schlimm, wie es aussieht.»

«Wollen Sie 'n kleines Schnäpschen? Zum Desinfizieren?», fragt sie und ist bereits beim Eingießen.

Kommentarlos zieht Magnus sich einen Stuhl heran, klettert darauf und lehnt sich lässig an den Tresen. «Und? Wie geht es dir, Helga?»

Sie seufzt. «Bisschen traurig. Aber wird schon.» Sie hebt das Glas, und wir trinken. «Und warum habt ihr euch geprügelt?»

Magnus sieht mich an. «Ja. Warum haben wir uns eigentlich geprügelt, Adam?»

Ich zucke mit den Schultern. «Warum wohl? Es ging um Geld. Wie immer.»

«Kriegen Sie was, oder müssen Sie was zahlen?», fragt die Witwe.

«Lange Geschichte», antworte ich ausweichend.

«Für die Hotelrechnung können Sie aber schon noch aufkommen, oder?», fragt die Hotelchefin argwöhnisch.

«Aber sicher», lüge ich.

«Das ist geflunkert», erwidert Witwe Pohl prompt und beginnt erneut, die Gläser zu füllen. «Für Notlügen hab ich einen Riecher.»

Magnus schaut interessiert zwischen uns beiden hin und her.

«Ach, alles halb so wild. Das wird schon wieder», winke ich ab.

«Das hoffe ich auch», erwidert Witwe Pohl und schiebt die frischgefüllten Gläser über den Tresen.

Wir stürzen auch diesen Drink hinunter, und bereits beim Schlucken merke ich: Dieses Glas ist für mich ein Glas zu viel. Abrupt wird mir schwindelig, dann verschwimmt alles. Instinktiv klammere ich mich an den Tresen.

«Adam. Alles okay?», höre ich Magnus besorgt fragen.

Ich spüre, dass er nach meinem Arm greift.

Dann ist da nur noch schwarze Nacht.

15

Als ich wieder zu Bewusstsein komme, geht es mir schlecht. Da ich nicht nur verkatert bin, sondern auch noch verprügelt wurde, geht es mir sogar gleich in doppelter Hinsicht schlecht.

Es ist Morgen, dem Licht nach zu urteilen nicht später als neun, und ich liege in meinem Bett. Magnus muss mich letzte Nacht noch die Treppe hinaufgeschleppt haben. Ein wahrer Freund.

Ich will mich aufrichten, aber meine Rippen und mein Kopf schmerzen um die Wette. Ächzend hieve ich mich dennoch aus dem Bett. Es interessiert mich brennend, ob ich mich im Spiegel wiedererkennen kann.

Die Antwort lautet: Geht so. Der Typ mit dem Schlagstock hat mich unterhalb des linken Auges erwischt. Dort kann man jetzt die schillernden Blautöne eines Hämatoms bewundern, das fast die ganze Wange einnimmt.

Mein rechtes Auge ist blutunterlaufen. Das zarte Rot bildet einen hübschen Kontrast zu dem kräftigen Blau auf der anderen Seite. Außerdem kommen die Farben sehr gut zur Geltung, weil ich leichenblass bin. Schwer zu sagen, ob ich eher einem traurigen Zirkusclown oder einem durchgeknallten Superschurken ähnlich sehe.

Vorsichtig betaste ich mein Gesicht. Es ist höllisch druckempfindlich. Ich könnte eine Dusche gebrauchen, will aber nicht riskieren, dass es mir danach noch schlechter geht. Also schleppe ich mich zum Bett zurück.

Es klopft, Magnus schaut herein. «Cool. Du bist endlich wach.»

«Endlich? Was soll das heißen?»

«Hast du eine Ahnung, wie lange du geschlafen hast?»

Ich zucke mit den Schultern. «Nein. Paar Stunden?»

Er lacht. «Paar Stunden ist gut. Es waren fast dreißig. Du hast den kompletten gestrigen Tag verschlafen.»

«Wie? Heißt das, unser Clubbesuch war … vorgestern?» Ich kann es kaum glauben.

Magnus nickt. «Ja. Und hier ist jemand, der dich dringend sprechen will. Sie war nämlich gestern schon mal da.»

Bevor ich ihm erklären kann, dass ich mich gerade nicht in der Lage fühle, jemanden zu empfangen, hat mein isländischer Freund bereits die Tür geöffnet, und Lena steht im Zimmer.

Als meine Tochter mich sieht, schlägt sie die Hand vor den Mund.

Magnus bemerkt ihr Erschrecken und bemüht sich um Schadensbegrenzung. «Keine Sorge. Es sieht schlimmer aus, als es ist. Und ich finde, so schlimm sieht es auch gar nicht aus.» Er folgt ihrem entsetzten Blick, betrachtet eine Weile mein geschwollenes Gesicht und ändert dann seine Meinung. «Tja, ich glaube, es sieht doch so schlimm aus, wie es ist. Mindestens so schlimm.»

«Ach was?», bemerke ich spöttisch.

Magnus nickt fachmännisch. «Tut mir leid, dir das sagen zu müssen, Adam. Aber die Wahrheit ist, du siehst richtig scheiße aus.»

Was soll ich darauf erwidern? «Danke.» Zu exakt diesem Schluss bin ich vor einer Minute auch gekommen. Deshalb hätte ich gern zuerst geduscht, mich angezogen und ein bisschen verarztet, bevor ich meiner Tochter unter die

Augen trete. Für diesen cleveren Plan ist es jetzt leider zu spät.

Magnus ahnt, dass er einen Fauxpas begangen hat.

«Gut. Ihr beide habt ja sicher eine Menge zu besprechen. Ich will euch dann auch nicht länger stören», sagt er und hat sich im Nu davongestohlen und die Tür ins Schloss gezogen.

«Dein Freund ist nett», sagt Lena, die sich inzwischen wohl an meinen Anblick gewöhnt hat. «Ein bisschen seltsam vielleicht. Aber wirklich nett.»

«Das trifft den Nagel auf den Kopf», erwidere ich.

Sie schaut sich nach einer Sitzgelegenheit um, erwägt für einen Moment, sich auf Magnus' Bett zu setzen, überlegt es sich dann aber anders. «Können wir vielleicht mal ein Fenster aufmachen? Die Luft hier drinnen ist nicht besonders gut.»

Ich schaue mich zu den Kleiderschränken um, die aus Platzgründen vor den Fenstern stehen. «Oh. Die sind alle schon gekippt. Und weiter kann man sie nicht öffnen.»

Ihre Schultern sacken herab, seufzend setzt sie sich nun doch auf Magnus' Bett und sieht mich vorwurfsvoll an.

«Was ist los?», will ich wissen.

«Wie konntest du mir das nur antun, Dad?» Sie sagt es mit Grabesstimme, und es klingt, als hätte ich ihr das komplette Leben versaut.

«Wovon sprichst du?»

«Sieh dich an, dann weißt du, wovon ich spreche.»

«Meinst du das hier?», frage ich und zeige auf mein lädiertes Gesicht. «Das ist nicht dir angetan worden, sondern mir. Und wenn Magnus nicht gewesen wäre, dann hätten diese Typen bestimmt noch ganz andere Sachen mit mir angestellt.»

«Und dir ist nicht in den Sinn gekommen, dass es ein sehr schlechtes Licht auf deine Familie werfen könnte, wenn du dich in einem düsteren Hinterhof mit irgendwelchen Typen herumprügelst?»

Irritiert und ein wenig enttäuscht stelle ich fest, dass meine Tochter kein bisschen Mitleid mit mir zu haben scheint.

«Ich habe nicht um diese Prügelei gebeten», antworte ich. «Ganz im Gegenteil. Außerdem denke ich, dass es auch ein sehr schlechtes Licht auf Titus Steiner wirft, wenn der seine Probleme mit Hilfe von Schlägern zu lösen versucht. Findest du nicht?»

«Es war aber nicht Titus Steiner, der sich in diesem Hinterhof geprügelt hat», erwidert sie unbarmherzig. «Du warst das. Du ganz allein.»

Meine Tochter hat also nicht nur kein Mitleid mit mir, sie nimmt es mir im Gegenteil sogar übel, verprügelt worden zu sein. «Was hätte ich deiner Meinung nach tun sollen? Zuerst setzt der saubere Herr Steiner dich mit seinen Anwälten massiv unter Druck, dann will er mich mit seinen Ausputzern gefügig machen. Das ist nicht eben fair, oder?»

Sie sieht mich an. Da ist plötzlich ein Anflug von Traurigkeit in ihrem Gesicht zu sehen. «Vermutlich ist das Leben nicht fair, Dad. Und vielleicht muss man das einfach irgendwann akzeptieren.»

«Von wem hast du diese Weisheit so plötzlich? Von deinen Großeltern oder von deiner Mutter? Ich meine, es ist noch nicht so lange her, da wolltest du dich auf keinen Fall mit dem unfairen Angebot von Titus Steiner abfinden.»

Lena presst verärgert die Lippen aufeinander. «Ich kann mir übrigens auch ganz gut selbst eine Meinung bilden. Aber im Gegensatz zu dir ist der Rest der Familie sich einig, dass man gegen Titus Steiner nicht gewinnen kann. Großvater meint …»

«Großvater», wiederhole ich mit spöttischem Unterton. «Dir ist klar, dass er solchen Leuten niemals auf die Füße treten würde, oder? Im Gegenteil. Rainer hilft Typen wie Titus Steiner dabei, mit ihren Sauereien durchzukommen. Das ist das tägliche Brot seiner Kanzlei.»

«Na, dann weiß er ja, wovon er redet», entgegnet Lena schnippisch.

«Du musst dir das trotzdem nicht gefallen lassen, Schatz. Mag ja sein, dass Titus Steiner unheimlich reich und mächtig ist. Die Gesetze gelten trotzdem auch für ihn.»

Regungslos sieht sie mich an. «Ich kann das nicht, Dad.» Langsam füllen sich ihre Augen mit Tränen. «Ich muss jetzt an mich denken und an das Kind. Ich will keine Schlachten vor Gericht, sondern einfach nur meine Ruhe.»

«Kein Problem», sage ich. «Du ruhst dich aus, und ich ziehe für dich in die Schlacht. Genau so, wie wir es besprochen haben.»

Unter Tränen schaut sie mich an. Ich sehe, dass sie den Glauben an diesen Plan verloren hat.

«Du hast selbst gesagt, dass Steiner moralisch verpflichtet ist, mit für das Kind zu sorgen. Lass ihn jetzt nicht einfach so davonkommen», bitte ich eindringlich.

Sie schüttelt den Kopf. «Zu spät. Tut mir leid. Ich hab die Verzichtserklärung gestern unterschrieben.»

«Aber warum denn das?», frage ich entgeistert.

«Sieh dich doch nur mal an», sagt sie. «Man könnte denken, dass du letzte Nacht eine Hafenkneipe leergesoffen und dann eine andere aufgemischt hast. Du lebst in diesem schrecklichen … Hotel.» Das letzte Wort spuckt sie aus, als wäre es schmutzig und irgendwie klebrig. «Ich meine, dein Leben scheint gerade ein einziges Desaster zu sein. Vielleicht solltest du dich da nicht obendrein auch noch mit einem so übermächtigen Gegner wie Titus Steiner anlegen.»

«Nett von dir, dass du mich schonen willst, aber …»

«Will ich nicht. Ich möchte nur, dass du wieder auf die Beine kommst, Dad.» Sie versucht ein aufmunterndes Lächeln, aber es gelingt ihr nicht.

«Verstehe», sage ich verdutzt, weil mir plötzlich klargeworden ist, warum sie mich anlügt: «Du schämst dich für mich.»

Sie könnte jetzt mit großer Geste verneinen und meine Vermutung weit von sich weisen. Stattdessen denkt sie kurz darüber nach, um dann zu erwidern: «Ja. Vielleicht.»

Die beiden Wörter treffen mich wie ein Faustschlag.

«Gut», sage ich geschlagen. «Es ist dein Leben, es ist dein Kind und damit auch ganz allein deine Entscheidung.»

Sie nickt. «Schön, dass du das so siehst, Dad.»

«Allerdings bist du im Irrtum, wenn du denkst, dass ich es mit Titus Steiner nicht hätte aufnehmen können. Mag sein, dass ich gerade keine Glückssträhne habe, aber ich bin immer noch ein guter Anwalt.»

Ich sehe leise Skepsis in ihren Augen aufblitzen.

«Glaubst du das etwa auch nicht?»

«Ich kann das schlecht beurteilen», antwortet sie diplomatisch.

«Hat Rainer etwa so was gesagt?», frage ich argwöhnisch.

Sie überlegt, ob sie petzen soll. Dann überwindet sie sich. «Er befürchtet, dass du in irgendeine Abhängigkeit gerutscht bist.»

«Was soll das heißen? Dass ich an der Flasche hänge, oder was?»

«Hängst du an der Flasche?», fragt sie sachlich.

«Nein», antworte ich entschieden. «Tue ich nicht. Wie kommst du darauf?»

Sie zuckt mit den Schultern. «Weil es hier wie in einer Kneipe riecht.»

Da ist vermutlich was dran. «Das heißt aber noch lange nicht, dass ich ein Säufer bin.»

Sie zögert einen Moment, bevor sie fragt: «Nimmst du irgendwelche anderen Drogen?»

«Das wird ja immer schöner», sage ich empört. «Mache ich auf dich etwa einen zugedröhnten Eindruck?»

«Schwer zu sagen», antwortet sie. «Einerseits würde ich nicht behaupten, dass du momentan völlig normal bist. Andererseits hast du glücklicherweise aber auch keine so große Meise, wie es der Film befürchten lässt, der von dir im Internet kursiert.»

«Kommt der Verdacht, dass ich mir harte Drogen einwerfen könnte, eigentlich auch von Rainer?», frage ich.

«Ich muss jetzt los», sagt sie und bestätigt damit meine Vermutung. Rainer hat seiner Enkelin offenbar den Floh ins Ohr gesetzt, dass ihr Vater unter die Junkies gegangen ist. Erstaunlich, dass mein zukünftiger Exschwiegervater zu solchen Mitteln greift. Ich dachte, er hätte mich bereits so weit unten, wie er wollte. Reicht das noch nicht?

«Bleiben wir in Verbindung?», frage ich.

Ich ahne, dass sie mir einen Korb geben will. Doch sie zögert. Immerhin, denke ich. Völlig gleichgültig bin ich ihr offenbar noch nicht.

«Klar», antwortet sie. «Pass auf dich auf, Dad.»

Ich nicke. «Werd's versuchen.»

Sie beugt sich zu mir, haucht mir einen Kuss auf die unverletzte Wange und verschwindet.

Es dauert nicht lange, und die Tür öffnet sich erneut. Magnus kommt rein.

«Alles klar?», fragt er.

Müde und traurig, schüttele ich den Kopf.

«Was war los? Ging es wieder um Geld?»

«Nein.» Ich zucke unschlüssig mit den Schultern. «Also nicht direkt.»

«Nicht direkt?», wiederholt Magnus. «Was soll das heißen?»

«Es ist ein bisschen kompliziert», antworte ich ausweichend.

«Das habe ich vorletzte Nacht schon gemerkt», erwidert Magnus. «Aber es gibt gute Nachrichten: Während du dich ausgeschlafen hast, habe ich unser Geldproblem gelöst.»

Ich merke auf. «Was soll das heißen: Du hast unser Geldproblem gelöst?»

«Na, was schon? Ich hab uns Geld besorgt», erklärt Magnus. Lässig greift er unter sein Kopfkissen, zieht ein dickes Bündel Scheine hervor und wirft es auf mein Bett.

Der Packen besteht aus Fünfzigern und Hundertern, die von zwei Gummibändern zusammengehalten werden. Ich versuche zu überschlagen, um wie viel es sich handeln könnte. «Was sind das? Drei- oder sogar viertausend Euro?»

«Fast fünf», erwidert Magnus.

«Wo hast du so viel Geld her?»

«Ich habe Teile meines Wikingerschatzes verkauft», erklärt er.

«Interessant. Ich wusste gar nicht, dass du Besitzer eines Wikingerschatzes bist. Das hättest du mir mal früher sagen sollen.»

Magnus grinst. «Bis gestern wusste ich das auch noch nicht.»

«Wie das?»

«Na, bis gestern war ich noch nicht Besitzer eines Wikingerschatzes.»

«Aha. Und wo kommt er dann so plötzlich her?»

«Ich hab ihn gefunden.»

«Gefunden», wiederhole ich langsam. «Gratuliere. Und wo findet man Wikingerschätze? Speziell in Berlin, meine ich.»

«Keine Ahnung, wo hier überall Schätze versteckt sind», antwortet Magnus. «Ich hab meinen in einem Schloss gefunden. Schloss Charlottenburg.»

«Schloss Charlottenburg», wiederhole ich, diesmal unheilschwanger.

Er nickt.

Ein fürchterlicher Verdacht keimt in mir auf. Ich springe aus dem Bett und schnappe mir meinen Morgenmantel. «Bin gleich wieder da.»

Eine Minute später stehe ich an der Rezeption. «Hätten Sie mal bitte für mich die Zeitung von heute, Frau Pohl?»

«Ach, Sie sind noch am Leben», erwidert die Witwe. «Gratuliere.»

Sie reicht mir die Zeitung. «Schnäpschen?»

«Danke, nein», antworte ich, besinne mich aber dann anders. «Oder doch. Einen kleinen auf den Schreck.»

«Auf welchen Schreck?», will Witwe Pohl wissen, während sie eingießt.

«Auf den Schreck, der mir aller Wahrscheinlichkeit nach gleich bevorsteht», antworte ich und stürze den Schnaps hinunter.

Frau Pohl bemerkt mein erstauntes Gesicht. «Alles okay?»

«Ja. Ich wundere mich nur gerade darüber, dass der

Schnaps nicht so widerlich schmeckt, wie ich befürchtet habe», antworte ich.

«Geht mir auch jeden Tag so», sagt sie. «Heißt das: noch einen?»

Ich winke ab. «Lieber nicht. Ich muss erst mal sehen, wie groß der Schreck tatsächlich ist.»

Wie sich wenig später herausstellt, hätte ich mir den zweiten Schnaps auf jeden Fall gönnen können. Der Schreck, den mir die Titelseite der Tageszeitung versetzt, ist eigentlich sogar groß genug für drei Schnäpse.

«Du sagst, du hast einen Teil deines Wikingerschatzes verkauft», sage ich zu Magnus. «Wo ist denn der Rest?»

«Hier», antwortet mein Patentroll und zieht einen Kissenbezug unter dem Bett hervor. Dem Scheppern nach zu urteilen, ist der provisorische Beutel mit Gegenständen aus Metall gefüllt.

«Lass mal sehen», bitte ich.

«Warum? Was ist denn los?», will Magnus wissen.

«Wie du dir vielleicht denken kannst, berichten die Zeitungen heute über einen Einbruch in den Museumstrakt des Charlottenburger Schlosses.»

«Ach ja?» Magnus spielt den Unbedarften. «Und was schreiben die da so?»

«Erzähle ich dir später», sage ich. «Lass mich erst mal einen Blick auf deinen Wikingerschatz werfen.»

Schulterzuckend schüttet Magnus den Inhalt des Kissenbezugs auf sein Bett. Tafelgeschirr aus Gold und Silber kommt zum Vorschein, außerdem sehe ich eine Krone und ein Zepter.

Ich brauche keine fünf Sekunden, um zu erkennen, dass es sich bei Magnus' angeblichem Wikingerschatz in Wahrheit um die gestern aus dem Charlottenburger Schloss gestohlenen preußischen Kronjuwelen sowie um diverse Schätze aus der Silberkammer der Hohenzollern handelt. Die meisten Stücke sind in der Zeitung abgebildet.

Beim Anblick der Preziosen auf Magnus' Bett wird mir schwindelig. Kann allerdings auch an meinem Frühstücksschnaps liegen.

«Das ist ein enorm wertvoller Wikingerschatz, den du da ‹gefunden› hast», sage ich. «Dafür wird man mich bestimmt zehn Jahre in den Knast stecken. Und dich möglicherweise auch, denn ich würde nicht darauf wetten, dass man dir das einfach so durchgehen lässt. Patenschaft hin oder her, das ist ein starkes Stück.»

«Wieso?», fragt Magnus. «Das Zeug lag doch nur da rum. Das wird alles seit bestimmt hundert Jahren nicht mehr benutzt. Und die Leute, die es besitzen, sind so reich, dass sie das alles nicht brauchen. Sonst würde es ja nicht nutzlos in diesem Schloss vor sich hin gammeln.»

«Es ist trotzdem Diebstahl. Und dafür wandert man in den Knast.»

«Niemand wird in den Knast gehen», verkündet Magnus. «Schließlich haben sie mich nicht erwischt.»

«Was an ein Wunder grenzt», ergänze ich. «Wie hast du das überhaupt angestellt? Gibt es da keine Alarmanlage?»

«Doch. Und Wachmänner gibt es auch. Aber ich habe dir ja gesagt: Wenn ein Troll nicht gesehen werden will, dann wirst du ihn auch nicht sehen.»

«Und wie hast du das ganze Zeug durch die Stadt transportiert?»

«Mit unserem Jetski», antwortet Magnus. «Können wir den nicht vielleicht doch behalten?»

Ich winke ab. «Ja, ist jetzt auch schon egal. Aber stell dich schon mal drauf ein, dass sie dir das Ding wieder abnehmen werden, wenn sie uns ins Gefängnis stecken.»

Magnus muss grinsen. Er legt mir eine Hand auf die Schulter und sieht mir in die Augen. «Adam, du darfst nicht immer alles so schwarzsehen. Keiner von uns beiden kommt in den Knast. Im Gegenteil. Wir haben jetzt genug Geld, um unsere Schulden zu bezahlen. Wir könnten sogar noch was von unserem Schatz abgeben. Außerdem habe ich eine Überraschung für dich.»

«Noch eine Überraschung?», frage ich ängstlich.

Magnus nickt voller Vorfreude. «Du solltest vielleicht vorher eine Dusche nehmen und dich anziehen. Dazu müssen wir nämlich in den Park.»

16

Magnus führt mich zu einer Liegewiese im nahegelegenen Stadtpark. Friedlich grast dort eine Herde Schafe. Einerseits bin ich darüber ebenso irritiert wie andere Parkbesucher auch. Andererseits erkläre ich mir den seltsamen Anblick damit, dass wahrscheinlich die Stadtverwaltung oder irgendeine Universität hier ein ökologisches Pilotprojekt gestartet hat. Berlin ist nicht eben arm an derart seltsamen Aktionen.

«Und? Was sagst du?», will Magnus wissen.

«Was sage ich wozu?»

Stolz breitet er die Arme aus. «Na, was sagst du zu deinen Schafen?»

«Zu ... meinen ... Schafen?» Ich bin so verdattert, dass ich gerade nicht nur an seinem Verstand zweifele, sondern auch an meinem eigenen.

Er nickt freudig. «Ja, Adam. Das sind deine Schafe.»

«So, so», sage ich überfordert. «Das sind also meine Schafe.»

«Ja. Die ganze Herde!», bestätigt Magnus triumphierend. «Vierzehn Zibben, sechs Lämmer, neun Böcke und zwei Hammel. Alles, was ein Mann braucht, um nie wieder Geldprobleme zu haben.»

Stumm stehe ich da. Ich weiß gerade nicht, was ich sagen soll.

Ich merke, dass mir eine ebenso angenehme wie lähmende Müdigkeit in die Knochen kriecht. Vielleicht ist mir der Frühstücksschnaps zu Kopf gestiegen. Vielleicht ist es auch die Tatsache, dass mir eine langjährige Haftstrafe bevorsteht. Oder dass ich vor einem Scherbenhaufen stehe, der einst mein Leben war. Jedenfalls verspüre ich plötzlich ein ebenso seltsames wie wohliges und mir bis zu dieser Sekunde gänzlich unbekanntes Gefühl völliger Gelassenheit. Ich verschränke die Arme vor der Brust und betrachte in aller Ruhe meine Schafherde, die sich munter durch die städtischen Rabatten frisst. Sieht hübsch aus. Vielleicht sollte ich einfach hierbleiben, mir eine kleine Hütte zimmern und die meditative Wirkung genießen, die grasende Schafe offenbar auf mein Gemüt haben. Vielleicht bin aber auch einfach nur spontan verrückt geworden.

«Hast du die eigentlich auch geklaut?», frage ich beiläufig.

«Getauscht», erwidert Magnus. «Gegen ein Schwert und eine Krone.»

Ich muss grinsen, weil ich mir gerade vorstelle, dass jetzt irgendwo ein Schäfer als König von Preußen herumläuft.

«Und? Was sagst du?», fragt Magnus. «Toll, oder?»

Ich merke, dass ich zutiefst gerührt bin. Ich habe zwar keine Ahnung, was ich mit rund dreißig Schafen anfangen soll, die obendrein in Kürze vom Ordnungsamt entdeckt werden dürften, was bestimmt wieder mächtig viel Ärger geben wird. Aber die Geste meines Freundes trifft mich trotzdem mitten ins Herz.

«Danke», sage ich, gehe in die Knie und umarme Magnus innig.

Er freut sich. «Falls du übrigens Fragen hast oder Hilfe brauchst, wir können die Herde auch gern zusammen betreuen. Ich kenne mich mit Schafen ganz gut aus.»

«Oh. Das klingt, als würdest darüber nachdenken, länger hierzubleiben», unke ich.

«Wäre das denn schlimm?», fragt er zögerlich.

«Überhaupt nicht», antworte ich, obwohl ich angesichts unser ständig größer und mannigfaltiger werdenden Probleme längst den Überblick verloren habe.

Erfreut fährt Magnus fort: «Ich weiß zum Beispiel, wie man Schafe schert oder wie man sie zerlegt. Ich kann Blutwurst kochen, Innereien marinieren, Hammelbeine und Schafsköpfe einlegen …»

Ich merke, dass ich ihn kurz mal unterbrechen muss, damit mir nicht gleich schlecht wird. «Ich habe übrigens noch nicht gefrühstückt, Magnus.»

Er versteht nicht, worauf ich hinauswill, außerdem hat er sich gerade in Fahrt geredet. «Wenn es dir nach einer durchzechten Nacht schlechtgeht, dann brate dir Schafslungen und iss sie auf nüchternen Magen.»

Ich verziehe das Gesicht. «Wenn ich verkatert gebratene Schafslungen essen muss, dann geht es mir danach bestimmt erst richtig schlecht.»

Magnus schüttelt energisch den Kopf. «Probier es aus, Adam. Du wirst sehen, es wirkt Wunder. Und es gibt noch eine Menge anderer Krankheiten, die man mit Schafsmedizin heilen kann. Bei Verbrennungen beispielsweise musst du dich mit Hammelfett einreiben. Und wenn du Wasser in den Beinen hast, dann helfen Umschläge, die man in Hammelurin und Honig getränkt hat. Schnittwunden behandelt man mit der Asche von Schafsknochen, und wusstest du eigentlich, dass das verbrannte Horn eines Schafbocks Gespenster vertreiben kann?»

«Was du nicht sagst», antworte ich. Und weil ich einen Witz machen will, füge ich hinzu: «Und aus den Hoden vom Schafbock macht ihr in Island wahrscheinlich lustigen Fensterschmuck, richtig?»

Magnus schüttelt den Kopf. «Nein, die Hoden werden auch gegessen. Man legt sie vorher in Molke ein.»

«Wirklich?», frage ich erschrocken.

«Ja. Genau wie die Schafsaugen und das Hirn. Ist beides nicht mein Fall, aber viele Leute mögen das. Und früher konnten die Isländer es sich gar nicht leisten, irgendwas Essbares zu verschwenden.»

«Ihr Trolle esst vermutlich auch noch die Knochen», unke ich.

Er nickt. «Die Menschen haben früher aus den Knochen Kinderspielzeug geschnitzt. Selbst diese Reste wurden also noch verwertet.»

Ich merke, dass mir nun doch ein bisschen übel ist, und konzentriere mich wieder auf den beruhigenden Anblick meiner Schafherde. Ich glaube, für heute habe ich genug übers Essen geredet. Wobei mich das Gespräch auch daran erinnert, dass ich seit einer Ewigkeit keine Nahrung mehr zu mir genommen habe. Gegen einen Milchkaffee und ein Croissant hätte ich jetzt nichts einzuwenden.

Mein Handy klingelt. Anonymer Anrufer.

«Adam Schmitt», sage ich.

«Sie müssen sofort ins Hilton-Hotel kommen», bittet eine zitternde Frauenstimme. «Rainer hatte einen Herzinfarkt. Zimmer 2407.»

Bevor ich etwas erwidern kann, hat die Anruferin das Gespräch weggedrückt.

Magnus betrachtet mein erschrockenes Gesicht.

«Ärger?», will er wissen.

«Ich muss sofort zum Gendarmenmarkt», sage ich. «Ein Notfall.»

«Soll ich mitkommen?», fragt Magnus.

«Nein. Nicht nötig», antworte ich.

«Dann passe ich inzwischen auf, dass niemand deine Schafe klaut, okay?»

Mir wird klar, dass das keine gute Idee ist. «Wenn die Polizei dich mit der Herde erwischt, dann dauert es nicht lange, bis sie den Vorbesitzer der Tiere und damit auch Teile deines Wikingerschatzes findet. Und dann muss sie nur noch eins und eins zusammenzählen.»

Magnus überlegt kurz, dann nickt er. «Ja. Das leuchtet ein.»

«Vielleicht kommst du doch lieber mit», schlage ich vor.

Auf dem Weg zur Suite 2407 treffe ich den Notarzt. Er folgt einer Krankenliege, die von zwei Sanitätern eilig in Richtung Fahrstühle geschoben wird und auf der ich den leichenblassen und offenbar bewusstlosen Rainer erkenne.

«Wie geht es ihm?», frage ich beunruhigt.

«Sind Sie ein Verwandter?», will der Arzt wissen.

«Sein Schwiegersohn.»

«Verstehe», erwidert er. «Momentan kann ich leider noch nichts sagen. Kommen Sie doch einfach später ins Krankenhaus. Dann wissen wir mehr.»

Er will der Krankenliege folgen, hält aber noch einmal inne. «Ach, und wäre es möglich, dass Sie die Familie verständigen? Dann muss ich das nicht machen.»

Ich nicke. «Ja. Ich erledige das.»

«Adam, komm mal schnell her! Du wirst es nicht glauben, aber hier sind zwei Elfen!», ruft Magnus vom anderen Ende des Ganges. Er ist schon mal vorgelaufen, um Rainers Zimmer in Augenschein zu nehmen.

«Ach ja, stimmt. Vielleicht könnten Sie sich auch noch ein bisschen um die Damen kümmern», sagt der Arzt. «Die sind mit ihren Nerven total am Ende, aber sie wollten partout nicht mit ins Krankenhaus.»

Irritiert schaue ich zwischen Magnus und dem Notarzt hin und her. Ich habe nicht die leiseste Ahnung, wovon die beiden sprechen.

Die Krankenliege verschwindet im Fahrstuhl.

Kurz darauf betrete ich Zimmer 2407. Es ist sehr geräumig und gediegen eingerichtet. Eine große Fensterfront, viel Stoff, viel Holz, alles in warmen Tönen. So ähnlich stellt man sich in Amerika wahrscheinlich den Geschmack des gehobenen Mittelstandes vor.

Die Elfen, von denen Magnus gesprochen hat, sitzen blass und bekümmert auf dem Kingsize-Bett. Es sind zwei attraktive Frauen in ihren Zwanzigern. Der Kleidung nach zu urteilen, könnte es sich tatsächlich um Elfen handeln. Die eine trägt ein blaues Kostüm, die andere ein grünes. Beide Kleider sind üppig mit Strass bestickt und am Rücken mit kleinen weißen, durchsichtigen Flügeln besetzt. Die Kürze der Röcke und die Tatsache, dass beide Elfen Strapse und hochhackige Schuhe tragen, lassen jedoch erkennen, dass sie nicht aus der isländischen Sagenwelt, sondern von einem Berliner Escort-Service kommen.

«Hallo», sage ich. Aber es klingt nicht so unverkrampft, wie ich mir das gewünscht hatte.

Magnus ist offenbar schon einen Schritt weiter.

«Das sind Trixi und Babs», sagt er und deutet dabei zuerst auf die blaue und dann auf die grüne Elfe. Schließlich zeigt er auf mich: «Und das ist mein Freund Adam.»

Trixi und Babs versuchen, freundlich zu lächeln, aber da die beiden noch unter Schock stehen, ist es eher ein Zucken der Mundwinkel.

«Möchten Sie vielleicht etwas trinken?», frage ich, und

denke dabei an beruhigenden Tee oder anregenden Kaffee.

Trixi nickt traurig sinnierend vor sich hin, Babs muss nur kurz überlegen.

«Champagner?», fragt sie. Es klingt wie: Natürlich nur wenn es keine Umstände macht.

Trixi merkt auf. «Ja. Da würde ich auch einen nehmen.»

«Na, prima, dann besorg uns doch mal eine Pulle», schlägt Magnus vor.

«Gleich», sage ich. «Wer von Ihnen beiden hat mich eigentlich angerufen?»

«Das war ich», erwidert Babs.

«Hat Rainer Sie darum gebeten?»

Sie nickt. «Nicht heute, aber er hat mir schon vor einer Weile Ihre Nummer gegeben und gesagt, wenn irgendetwas ist, dann soll ich Sie anrufen.»

«Hat er auch gesagt, warum?»

«Nein. Keine Ahnung», antwortet sie schulterzuckend. «Vielleicht damit Sie alles regeln?»

«Kennen Sie ihn eigentlich gut?»

Babs wiegt unentschlossen den Kopf hin und her. «So gut, wie man sich eben kennt, wenn man sich ein-, zweimal im Monat … trifft.»

«Ich bin neu hier», sagt Trixi, als wäre das ein wichtiger Hinweis.

«Genau. Trixi ist neu», bestätigt Babs. «Heute zum ersten Mal.»

«Wir sind Studentinnen», erklärt Trixi. «Wir machen das hier nur nebenbei.»

«Und wie lange kennen Sie Rainer schon?», frage ich Babs.

Sie überlegt. «Seit gut einem Jahr? Aber ich weiß, dass er

ein treuer Kunde unserer Agentur ist, und das wohl schon seit ein paar Jahren.»

«Rainer ist Stammkunde bei Babs», erklärt Trixi. «Sonst wäre ich auch gar nicht mitgegangen. Ich mache normalerweise nämlich keinen Elfensex.»

Magnus zuckt zusammen wie ein Jagdhund, der Witterung aufgenommen hat. «Was ist denn Elfensex?»

«Ja. Das würdest du gern wissen, was?», erwidert Trixi mit einem breiten Lächeln und lässt ihre falschen Wimpern klimpern.

«Okay, ich werde dann jetzt mal kurz bei der Rezeption vorbeischauen», sage ich. «Aber zuerst lasse ich den Champagner hochschicken.»

Magnus findet es gut, dass ich mich endlich vom Acker mache. «Prima, Adam. Ich kümmere mich hier derweil um alles.»

«Ja, aber bitte nicht zu sehr», raune ich ihm zu.

Ein paar Minuten später stehe ich in der Lobby. Der Pedant am Empfang erweist sich als unkooperativ. «Ich bedauere, Dr. Schmitt. Ich kann Ihnen leider keinerlei Informationen über Dr. Ernst geben. Wir respektieren in diesem Haus die Privatsphäre unserer Gäste.»

«Das verstehe ich natürlich», erwidere ich. «Aber zum einen bin ich der Schwiegersohn von Dr. Ernst, und zum anderen glaube ich, dass ich aus genau diesem Grund informiert wurde. Nämlich um seine Privatsphäre zu schützen.»

Der verspannte Kerl hinterm Tresen mustert mich arrogant. Immerhin scheint er zu überlegen.

«Ich will ja nur wissen, ob mein Schwiegervater das Zimmer schon bezahlt hat», setze ich nach. «Ich glaube, es wäre nicht in seinem Sinne, wenn Sie ihm eine Rechnung nach Hause schicken. Nur deshalb frage ich.»

Der Rezeptionist zögert, dann wirft er einen gelangweilten Blick auf seinen Computer. «Das Zimmer ist noch nicht bezahlt. Und gewöhnlich begleicht Herr Dr. Ernst seine Rechnungen in bar.»

«Sehen Sie, das habe ich mir gedacht. Dann übernehme ich das diesmal», erwidere ich und krame nach dem Bündel Geld, das ich eben von Magnus bekommen habe.

«Das macht dann bitte 496 Euro für das Zimmer», verkündet der Rezeptionist mit gedämpfter Stimme.

Ich stutze. «Oh. Es wäre wohl cleverer, das Zimmer nur stundenweise zu mieten.»

«Das ist bereits unsere Day Rate», erklärt mein Gegenüber naserümpfend. «Eine Übernachtung kostet mehr als das Doppelte.»

Ich bin beeindruckt. Rainer lässt sich wirklich nicht lumpen.

«Oh. Ich sehe gerade, dass Sie eine Flasche Pommery Vintage Champagner bestellt haben. Dann wären wir bei insgesamt 694 Euro.» Sein höfliches Lächeln ist mehr ein hämisches Grinsen.

Ich ziehe das Bündel Scheine aus der Tasche, zähle siebenhundert Euro ab und lege sie auf den Tresen. «Danke. Stimmt so.»

Er rümpft erneut die Nase und wirft dabei einen abfälligen Blick auf den großen Packen Scheine in meiner Hand.

«Ich würde Ihnen ja gern verraten, wo ich das herhabe», sage ich und bemerke, dass er sich interessiert vorbeugt. «Aber da Sie die Privatsphäre Ihrer Gäste ja so über die Maßen schätzen, wollen Sie das bestimmt gar nicht wissen, richtig?»

Er lehnt sich, um eine würdige Haltung bemüht, wieder zurück. «Selbstverständlich nicht.»

Wieder in der Suite, erwartet mich eine Überraschung. Die Tür ist nur angelehnt, aber Magnus und die beiden Escort-Elfen sind verschwunden. Ein Servierwagen mit einem leeren Sektkübel lässt mich vermuten, dass der Champagner inzwischen angekommen ist. Fragt sich nur, wohin die drei mitsamt der Flasche verschwunden sind. Ich tippe auf den Balkon, höre dann aber ein helles Lachen aus dem Badezimmer.

Magnus und die beiden Elfen haben es sich im zimmereigenen Whirlpool bequem gemacht. Mein isländischer Freund sitzt zwischen Trixi und Babs, sein Kopf befindet sich etwa in Höhe ihrer blanken Busen.

Alle lächeln mich an.

«Adam, da bist du ja.» Magnus deutet auf die neben dem Whirlpool stehende Champagnerflasche. «Nimm dir ein Glas und komm mit rein.»

Er sieht, dass ich zögere, und fügt erklärend hinzu. «Rainer hat drei Stunden Elfensex gebucht und ist umgefallen, da hatten die beiden kaum ihre Kostüme angezogen. Wäre schon ein bisschen unfair, sie jetzt sofort wieder nach Hause zu schicken, oder?»

Trixi und Babs nicken bestätigend.

Ich denke daran, dass ich gerade 700 Euro für das Zimmer und den Champagner hingeblättert habe. Wäre in der Tat schade, wenn man dieses Geld einfach so durch den Schornstein pusten würde.

«Also, das Zimmer ist bezahlt», sage ich. «Meinetwegen könnt ihr den ganzen Tag hierbleiben. Allerdings ohne mich. Ich würde nämlich jetzt mal kurz im Krankenhaus vorbeischauen und sehen, wie es Rainer geht.»

«Liebe Grüße von mir», sagt Trixi.

«Ja, von mir auch», fügt Babs hinzu. «Wobei es da leider

noch ein kleines Problem gibt.» Sie überlegt, wie sie es am besten formulieren soll.

«Immer raus mit der Sprache.»

«Nun ja, Rainer hat uns zwar für drei Stunden gebucht, aber leider noch nicht bezahlt», gesteht Babs.

«Was ebenfalls total unfair ist», bemerkt Magnus prompt. Ich ahne, dass er befürchtet, ich könnte seine beiden Elfen kurzerhand nach Hause schicken.

Erneut ziehe ich mein Geldbündel hervor. «Okay. Wieviel?»

«480», sagt Babs und fügt rasch noch hinzu: «Für jede von uns.»

Ich zähle tausend Euro ab und lege sie neben das Waschbecken.

«Dann noch einen schönen Tag allerseits», wünsche ich und mache mich auf den Weg.

«Werden wir haben», höre ich Babs rufen, während der Whirlpool zu blubbern beginnt.

17

Wie üblich steht Dr. Zhangs Bürotür offen. Als ich bei ihm vorbeischaue, beißt er gerade herzhaft in einen mehrstöckigen Burger. Kauend winkt er mich zu sich herein, deutet dann auf den Besucherstuhl. Er schluckt und spült großzügig mit Limonade nach. «Wie war Island? Und wo ist meine Postkarte?»

«Lange Geschichte», erwidere ich. «Momentan läuft mein Leben nicht ganz rund. Und eben ist auch noch mein Schwiegervater bei Ihnen eingeliefert worden. Rainer Ernst.»

Dr. Zhang nickt, schiebt den Burger beiseite und zieht ein paar Akten zu sich heran.

«Was ist aus Ihrer Diät geworden?», frage ich.

«War nicht meine Idee, sondern ganz allein die meiner Frau», erklärt Dr. Zhang. «Sie hatte gedroht, mich zu verlassen, wenn ich nicht endlich anfange, ein bisschen gesünder zu leben.»

«Aber nun hat sie es sich doch anders überlegt?», rate ich.

Er schüttelt den Kopf.

«Sie haben die Diät abgebrochen, ohne ihr was davon zu sagen?»

Wieder schüttelt er den Kopf.

«Sie haben die Diät zwar nicht abgebrochen, machen aber heute eine Ausnahme.»

«Nein. Alles falsch. Mir ist klargeworden, dass ich ein ungesundes Leben ohne meine Frau einem gesunden Leben mit meiner Frau vorziehe. Und das habe ich ihr dann auch so gesagt.»

«Oh. Das klingt nicht sehr diplomatisch.»

«Stimmt. Sie war auch wahnsinnig sauer. Aber Diäten sind lang, und das Leben ist kurz. Ich hatte also keine Zeit zu verlieren.»

«Und hat sie wirklich ihre Koffer gepackt?», frage ich.

Er schüttelt den Kopf. «Sie behält sich aber vor, mich zu verlassen, wenn ich mich weiterhin stur stelle. Momentan habe ich nämlich nur Bedenkzeit. Aber genug von meiner romantischen Ehe. Kommen wir zu Ihrem Schwiegervater. Er hat nicht ganz so viel Glück gehabt wie Sie. Es war zwar kein Schlaganfall, aber eine transitorische ischämische Attacke. Man könnte sagen, er hat eine sehr ernste Warnung bekommen, denn so etwas kann Vorbote eines großen Schlaganfalls sein, besonders bei älteren Patienten und wenn die Symptome wie im Falle Ihres Schwiegervaters mehr als eine Stunde anhalten.»

«Wie geht es ihm jetzt?», frage ich.

«Gut. Er hat aktuell keine Beeinträchtigungen, aber die Kollegen aus der Neurologie werden ihn nicht nur medikamentös einstellen müssen, er sollte auch von jetzt an deutlich kürzertreten, und zwar nicht nur was seine sexuellen Aktivitäten betrifft, sondern gerade auch beruflich. Um kein Risiko einzugehen, würde ich mich an seiner Stelle zügig aufs Altenteil zurückziehen.»

«Haben Sie ihm das so gesagt?», frage ich. «Ich glaube, es gibt für ihn keine schrecklichere Vorstellung als ein beschauliches Rentnerdasein.»

Dr. Zhang nickt. «Ja. Ich weiß. Er war alles andere als begeistert, als ich ihm erklärt habe, was auf ihn zukommt. Dabei sollte er froh sein, dass er hier bei uns gelandet ist und nicht in einer Kühlbox zwei Etagen tiefer. Ihn hätte auch gleich ein großer Schlaganfall erwischen können. Und den überleben gerade mal zwanzig Prozent der Betroffenen. Und die, die Glück hatten, sind froh, wenn sie jemals wieder auf die Beine kommen.»

«Jedenfalls danke, dass Sie ihn vorgewarnt haben», sage ich. «Dann bleibt das nicht an mir hängen. Wissen Sie schon, wann ich mit ihm reden kann?»

«Meinetwegen sofort», erwidert Dr. Zhang. «Sie werden ja merken, wenn es ihm zu viel wird.»

Ich nicke und stehe auf. «Dann weiterhin guten Appetit.»

Er zieht den Teller mit dem Burger wieder zu sich heran. «Danke.»

«Sie sehen übrigens deutlich jünger aus als bei meinem letzten Besuch», füge ich hinzu. «Das liegt bestimmt an dem ungesunden Essen.»

Er muss grinsen. «Da sehen Sie es mal wieder: Die Medizin ist eine Wissenschaft voller Geheimnisse.»

Zwei Minuten später stehe ich in Rainers Einzelzimmer. Er ist ein bisschen blass um die Nase, macht aber ansonsten einen quicklebendigen Eindruck.

«Du siehst ja fürchterlich aus», stellt er fest. «Was ist mit deinem Gesicht passiert?»

«Nur ein kleiner Unfall», antworte ich. «Und wie geht es dir?»

Er winkt ab. «Wie soll es mir schon gehen? Ich wollte die Mittagspause mit zwei wunderschönen jungen Frauen verbringen. Jetzt liege ich hier und muss mir von einem kauzigen Asiaten sagen lassen, dass ich den Rest meines Lebens mit Waldspaziergängen verbringen soll.»

«Na und? Die sind besser als ihr Ruf», wende ich ein.

«Trotzdem. Lieber hätte ich beim Sex den Löffel abgegeben», erwidert Rainer. «Ich habe keine Lust, Däumchen zu drehen.»

«Apropos Sex. Ich soll dich von Trixi und Babs ganz lieb grüßen.»

«Danke», sagt er und lächelt versonnen.

Es klopft. Eine Krankenschwester mit einem Tablett in den Händen schiebt sich in den Raum. «Zeit fürs Mittagessen.»

«Was gibt es denn?», will Rainer wissen.

«Möhrensuppe.»

Er ist gerade im Begriff, das Essen zurückgehen zu lassen, da sieht er, wie ich einen sehnsüchtigen Blick auf das Tablett werfe. Wahrscheinlich hat mich der Anblick von Dr. Zhangs Mittagessen noch hungriger gemacht, als ich es schon war. Rainers Blick fragt: Möchtest du? Ich nicke erfreut.

Als die Schwester wieder verschwunden ist, beginne ich, die Möhrensuppe auszulöffeln. Sie ist verkocht und schmeckt fad, tut aber trotzdem gut. Mit Wonne lasse ich mir die laue Brühe schmecken.

«Der Arzt hat gesagt, dass er dich gebeten hat, meine Familie zu informieren.» Rainer sieht, dass ich stutze. «Also eigentlich … unsere Familie. Ich meine, es ist ja auch immer noch deine Familie. Und das bleibt sie natürlich auch.» Kunstpause. «Egal was passiert. Familie bleibt Familie.»

«Ja, ja. Wie dem auch sei», sage ich. «Ich habe jedenfalls bislang noch niemanden angerufen, falls es das ist, was du wissen willst.»

Ja. Genau das wollte er wissen. Ich erkenne es daran, dass er erleichtert aufatmet.

«Außerdem hat der Portier mir verraten, dass du das Zimmer immer bar bezahlst. Ich habe das kurzerhand mal für dich erledigt.»

«Oh!» Rainer ist erfreut. «Danke. Das war sehr umsichtig von dir, Adam.»

«Ja, so bin ich eben manchmal. Trixi und Babs habe ich übrigens auch entlohnt. Immerhin hatten sie ihre Dienstkleidung ja schon angezogen. Deshalb dachte ich, es wäre zu spät, um den Auftrag noch zu stornieren.»

«Sehr gut», lobt Rainer, der zunehmend frischer und agiler wirkt. «Die Hauptsache ist doch, dass es keinen Ärger gibt. Und was das Geld betrifft, das werde ich dir natürlich alles auf Heller und Pfennig zurückzahlen.»

Ich nicke, während ich schweigend seine Suppe löffele. Rainer klingt, als müsste ich ihm dankbar dafür sein, dass er mir das Geld zurückerstattet, mit dem ich ihm aus der Patsche geholfen habe. Dabei hätte ich auch einfach Ruth informieren und dem Skandal seinen Lauf lassen können. Rainer ist schließlich nicht mehr mein Boss, und nach meiner Scheidung wird er auch nicht länger mein Schwiegervater sein. Ich bin ihm also zu nichts verpflichtet. Keine Ahnung, warum er denkt, dass er mich trotzdem wie einen Lakaien behandeln kann. Vielleicht aus alter Gewohnheit.

«Versprich mir, dass diese Sache unter uns bleibt», sagt er. Es klingt nicht wie eine Bitte, sondern wie eine Anordnung.

«Was ist eigentlich Elfensex?», frage ich und ignoriere seine letzte Bemerkung.

«Leider habe ich nicht die leiseste Ahnung», antwortet er mit hörbarem Bedauern. «Babs hat gesagt, dass ich mich überraschen lassen soll. Aber ich bin umgekippt, bevor es richtig interessant wurde. Ich könnte mich bei dir melden, sobald ich mehr weiß.»

«Dr. Zhang meint, du musst ab jetzt nicht nur beruflich kürzertreten, sondern auch auf anstrengende erotische

Freizeitaktivitäten verzichten. Ich befürchte deshalb, deine Elfen werden ohne dich auskommen müssen.»

Rainers Schultern sacken herab, er blickt nachdenklich zu Boden. «Tja. Da hast du wohl recht. Ich muss der Tatsache ins Auge sehen, dass sich mein Leben grundlegend ändern wird, nicht wahr?» Er lächelt. «Na ja, immerhin bleibt es mir erspart, meinen Ruhestand im Büßerhemd zu verbringen. Und das habe ich ganz allein dir zu verdanken, Adam. Es bedeutet mir wirklich sehr viel, dass diese Sache unter uns bleibt. Kann ich mich in dieser Hinsicht auf dich verlassen?»

«Du hast Babs meine Nummer gegeben, lange bevor ich nach Island geflogen bin. Richtig?»

Er zieht bedauernd die Schultern hoch. «Es konnte keiner ahnen, dass sich die Ereignisse überschlagen würden.»

«Trotzdem danke», sage ich. «Zuletzt war ich nicht mal mehr sicher, ob du mir überhaupt jemals vertraut hast.»

Er wirkt plötzlich peinlich berührt. «Adam, ich hoffe sehr, dass wir dieses Vertrauen schnell wieder aufbauen können.» Es ist ein für seine Verhältnisse fast demütig vorgetragenes Anliegen.

Ich stutze. «Rainer, ich fürchte, da gibt es nichts, was man wieder aufbauen könnte. Wir gehen beruflich getrennte Wege. Und Conny will definitiv die Scheidung. Selbst du hast sie nicht davon abbringen können. Die Familie will nichts mehr von mir wissen. Das ist die Situation.»

Er beißt sich auf die Unterlippe und schweigt.

Ich bin irritiert. Urplötzlich hege ich einen schlimmen Verdacht. «Du hast doch mit Conny gesprochen, oder?»

Er sieht mich an und schweigt weiter.

Langsam fällt bei mir der Groschen. «Moment mal. Soll das heißen, du hast gar nicht mit ihr geredet? Weil du dich nämlich nicht die Bohne für mich eingesetzt hast?»

Peinlich berührt, zieht er in Zeitlupe die Schultern hoch.

Jetzt wird mir alles klar. «Conny ist nicht bei mir im Hotel aufgetaucht, weil du sie darum gebeten hast, sondern weil sie von sich aus mit mir reden wollte, stimmt's?»

«Entschuldige, Adam, aber du kannst mich nicht dafür verantwortlich machen, dass Conny dich mit deiner Geliebten im Whirlpool erwischt hat.»

«Dein Plan wäre an diesem Tag beinahe in die Hose gegangen», fahre ich unbeirrt fort. «Der ganze Bluff wäre aufgeflogen, wenn Conny und ich uns ausgesprochen hätten.»

Wieder schweigt er, was mir zeigt, dass ich richtigliege. «Sag mir die Wahrheit, Rainer. Hast du sie darin bestärkt, die Scheidung einzureichen?»

Er zögert einen Moment, dann nickt er.

«Ich vermute, dann hat sie dich auch nicht dazu gedrängt, mich die Verzichtserklärung unterschreiben zu lassen.»

Er schüttelt den Kopf.

«Während du mir also weisgemacht hast, dass sie nicht mit mir reden will, hast du ihr erzählt, dass ich den Kontakt abgebrochen habe.»

Er zögert kurz, nickt dann schuldbewusst. «Ja. So in etwa.»

«Wow. Sehr clever. Ist dir eigentlich klar, dass du mutwillig meine Ehe zerstört hast?»

«Nun mach mal halblang, Adam. Du ganz allein hast deine Ehe zerstört. Wenn du dich nicht ein zweites Mal mit dieser Astrid Bollinger eingelassen hättest, dann wäre das alles nicht passiert.»

«Aber warum?», frage ich. «Nur um mich aus der Kanzlei zu kegeln? Du warst doch sowieso die unumstrittene Nummer eins.»

«Ich habe mir Sorgen um Conny gemacht», sagt Rainer. «Und natürlich auch um Ruth. Eure letzte Ehekrise hat beide an die Grenzen ihrer Leidensfähigkeit gebracht. Ich dachte, es ist vielleicht für alle Beteiligten besser, diesmal einen Schlussstrich zu ziehen. Ich wollte das alles nicht noch mal erleben. Kannst du das nicht verstehen? Aber ich wollte dich andererseits wirklich nicht übervorteilen, Adam. Es blieb mir nur leider keine Wahl. Also habe ich mich für ein Ende mit Schrecken entschieden.»

«Aber an mich hast du dabei nicht gedacht», wende ich ein.

«Ich bin nicht stolz auf das, was ich getan habe. Aber ich verspreche dir, ich werde die Dinge wieder ins Lot bringen. Der heutige Tag ändert alles grundlegend. Ich werde mit Conny reden. Und ich mache dich offiziell zum Seniorpartner. Ich ziehe mich aus der Kanzlei zurück und überlasse dir die Geschäfte. Wir machen es genau so, wie du es dir immer erträumt hast. Mein Wort darauf.» Er nickt aufmunternd. «Na? Was sagst du dazu?»

«Hast du vielleicht Medikamente bekommen, die als Nebenwirkungen Anfälle von Altersmilde hervorrufen können?»

Er schüttelt den Kopf. «Keine Sorge, Adam. Ich bin völlig klar.»

«Was dann? Willst du mich bestechen?»

«Das auch», antwortet er. «Außerdem hast du heute bewiesen, dass ich mich hundertprozentig auf dich verlassen kann. Und das ist es, was wirklich zählt, ob nun im Beruf oder in der Familie. Es geht immer um Verlässlichkeit, Loyalität und Treue. Das ist das Wichtigste.»

«Rainer, dir ist schon klar, dass du heute Mittag mit zwei Nutten in einem Hotelzimmer erwischt worden bist, oder?

Würdest du das auch unter Verlässlichkeit, Loyalität und Treue verbuchen?»

«Adam, du musst mal aufhören mit diesem kleinbürgerlichen Schubladendenken. Es sind Leute wie wir, die dafür sorgen, dass die Welt sich dreht. Und weil wir viel leisten, dürfen wir uns auch ab und zu etwas gönnen. Diskret, versteht sich. Eines Tages wirst du das auch verstehen.»

Unter allen seltsamen Dingen, die mir in den letzten Tagen passiert sind, ist dieser Moment der vielleicht seltsamste. Niemals hätte ich damit gerechnet, von Rainer darum gebeten zu werden, in seine Fußstapfen zu treten.

Er würde mir wohl nicht nur seinen Job und sein Büro, sondern auch gleich noch seine Escort-Damen vererben, wenn das mein Wunsch wäre. Sang- und klanglos könnte ich in das Leben meines Schwiegervaters schlüpfen. Obwohl ich mir immer gewünscht habe, eines Tages die Kanzlei zu übernehmen, wird mir jetzt bei dem Gedanken daran mulmig zumute.

Er scheint zu ahnen, was in mir vorgeht, denn er sagt: «Nicht nur ich brauche dich jetzt, Adam. Auch deine Tochter braucht dich. Dein Enkelkind braucht dich. Und selbstverständlich braucht dich deine Frau.»

Jetzt, wo er beschlossen hat, dass ich unentbehrlich bin, zieht Rainer alle Register, um mir klarzumachen, dass ich keine andere Wahl habe, als seinen Platz einzunehmen. Fahnenflucht wäre völlig unverantwortlich.

«Ich muss darüber nachdenken», sage ich. «Das kommt alles ein bisschen überraschend.»

«Was gibt es da zu überlegen?», fragt Rainer unwirsch.

Das Klingeln seines Handys erspart mir die Antwort.

Er schaut aufs Display. «Das ist Ruth. Was sage ich ihr, wo ich heute war, als ich den Anfall hatte?»

Ich zucke mit den Schultern. «In einer Armenküche, wo du dienstags und donnerstags ehrenamtlich aushilfst?»

Das war eigentlich als Witz gemeint, aber Rainer überlegt kurz, dann nickt er zustimmend. «Gute Idee.» Er nimmt das Gespräch an. «Hallo, meine Liebste. Ich habe Neuigkeiten. Leider keine besonders guten. Sitzt du gerade? Falls nicht, dann setz dich jetzt besser.»

Ich nutze die Gelegenheit, um Rainer zu bedeuten, dass ich ihn mit Ruth allein lassen werde.

Er nickt, winkt und zeigt zuerst auf mich und dann auf sein Handy: Ich soll ihn anrufen.

Als ich das Zimmer verlasse, höre ich ihn sagen: «Habe ich dir jemals erzählt, dass ich hin und wieder in einer Armenküche auf der anderen Seite vom Park aushelfe?»

18

«Tag, Frau Pohl. Wie geht's Ihnen?»

«Danke. Gut. Ich vermute, im Vergleich zu Ihnen sogar blendend.»

«Vermute ich auch», sage ich und will an ihrem Tresen vorbeigehen.

«Die Polizei hat nach Ihnen gefragt», raunt sie mir zu.

Ihr entgeht nicht, dass ich wie vom Donner gerührt stehen bleibe.

«Die wollten auch wissen, wo Magnus ist.» Sie beugt sich über den Tresen und zwinkert mir verschwörerisch zu. «Na? Was haben Sie zwei Galgenvögel jetzt schon wieder angestellt?»

«Ist Magnus etwa hier?», frage ich leicht panisch.

«Nö.» Sie hebt den Zeigefinger und blickt zur Decke. «Aber da oben wühlen sich gerade drei Beamte durch Ihre beiden Zimmer. Ich konnte nichts dagegen machen. Die haben einen Durchsuchungsbefehl.»

Jetzt bin ich tatsächlich in Panik. Die Polizisten werden bestimmt Teile der preußischen Kronjuwelen finden, und ich kann dummerweise nicht erklären, warum das Zeug in meinem Zimmer versteckt ist.

Ich ziehe ernsthaft in Erwägung, mich aus dem Staub zu machen. Wenn sie mich in U-Haft nehmen, bin ich handlungsunfähig. Mit ein bisschen mehr Zeit kann ich immerhin versuchen, das Schlimmste zu verhindern. Das Gebot der Stunde lautet also: Zeit gewinnen.

Die Witwe kippt sich gerade einen kleinen Schnaps in ihren Tee. Immerhin trinkt sie den Weinbrand nicht mehr pur. Vielleicht hat der Schmerz über den Tod ihrer Katze etwas nachgelassen.

«Was ist? Wollten Sie nicht hochgehen?», fragt sie. «Oder möchten Sie ein Schnäpschen für den Weg?»

«Ein Schnäpschen wird mir nicht viel helfen», gebe ich seufzend zu.

«Ist es wegen dem Kram unter Ihrem Bett?», fragt sie lässig.

Ich starre sie erschrocken an.

«Ich hab den Beutel beim Saubermachen gefunden und mir gleich gedacht, dass Sie sich damit viele Probleme einhandeln werden. Also habe ich ihn mitgenommen. Die können lange suchen. Finden werden sie nichts.»

Ich lasse ihre Bemerkung in mein Bewusstsein sickern. Dauert eine Weile.

Dann sage ich: «Unsere Zimmer werden sauber gemacht? Seit wann?»

«Beinahe täglich», antwortet Witwe Pohl, leicht empört. «Ich sauge durch, und manchmal hänge ich auch frische Handtücher hin. Was glauben Sie wohl, wo die herkommen, die frischen Handtücher?»

Ich wüsste nicht, dass unsere Handtücher schon einmal ausgetauscht worden wären. Entweder hatten wir noch nicht das Glück eines Wäschewechsels, oder die gebrauchten Handtücher sind von den frischen nicht zu unterscheiden.

«Und wo ist der Beutel jetzt?», will ich wissen.

«Warum fragen Sie?»

«Weil es durchaus möglich ist, dass die Durchsuchung auf das komplette Gebäude ausgedehnt wird.»

Witwe Pohl lächelt breit und zeigt mir ihre windschiefen Zähne. «Keine Sorge, der Plunder ist längst nicht mehr hier. Mein Cousin Niko handelt mit Trödel und heißer Ware. Er wird bestimmt einen guten Preis dafür erzielen.»

Wieder brauche ich einen Moment, um die Bemerkung zu verarbeiten.

«Sie haben den Beutel einem Hehler gegeben?», frage ich entsetzt.

«Er ist kein Hehler, sondern ein Händler», korrigiert die Witwe. «Ein Gebrauchtwarenhändler. Und außerdem mein Cousin. Wäre es Ihnen lieber, wenn die Sachen jetzt noch unter Ihrem Bett lägen?»

«Nein. Natürlich nicht, aber …»

«Na also!», schneidet sie mir barsch das Wort ab. «Ist doch besser, wenn man weder Ihnen noch Magnus was am Zeug flicken kann. Und wenn Niko Erfolg hat, dann haben am Ende alle was davon.»

«Apropos», hake ich ein. «Was genau bedeutet das für Magnus und mich?»

«Na, Sie können Ihre Hotelrechnung begleichen. Und den Badebottich dürfen Sie auch drinlassen. Niko meint, es wird schon genug Geld reinkommen, um den Rückbau und die Renovierung des Zimmers zu bezahlen.»

«Wie? Und das ist alles? Mehr bleibt nicht übrig?», frage ich argwöhnisch.

Sie wiegt unentschlossen den Kopf hin und her. «Das muss man mal sehen. Es handelt sich ja nicht um normales Diebesgut. Niko sagt, die Ware ist heißer als heiß. Könnte deshalb eine Weile dauern, den Kram loszuwerden. Und das wirkt sich erfahrungsgemäß negativ auf den Preis aus. Aber mal sehen. Vielleicht kriegen Sie trotzdem noch was raus. Wer weiß?»

Ich muss einsehen, dass es sinnlos ist, sie noch länger auszufragen. Die clevere Witwe wird sich sowieso nicht in die Karten schauen lassen.

Also sage ich: «Gut. Dann gehe ich jetzt mal rauf und schaue nach, ob ich den Herren von der Polizei behilflich sein kann. Falls Magnus in der Zwischenzeit kommen sollte …»

«… sage ich ihm, dass er noch eine Runde um den Block drehen kann.» Sie nickt freundlich und prostet mir mit ihrem Tee zu. «Schon klar.»

Im ersten Stock treffe ich Hauptkommissar Volker Gerdes. Sein schlohweißes gewelltes Haar liegt nicht ganz so makellos wie bei unserem ersten Treffen. Er wirkt insgesamt müde und abgekämpft.

«Guten Tag, Herr Kommissar», sage ich freundlich. «Nun sehen wir uns also doch wieder. Wie geht es den Brüdern Grimm?»

«Gut.» Er begrüßt mich mit einem Kopfnicken. «Zum Glück sind alle Knochen wieder da, und inzwischen liegen sie auch brav an ihrem Platz.»

«Das freut mich. Und was kann ich heute für Sie tun?»

«Wir durchsuchen Ihr Zimmer und das Ihres isländischen Freundes», erklärt er und hält mir die richterliche Anordnung hin.

«Schon gut. Ich glaube Ihnen auch so», sage ich. «Und darf ich fragen, was Sie suchen?»

Ich werfe einen Blick in mein Zimmer, das zentimeterweise auf den Kopf gestellt worden ist. Im Nebenraum sind Gerdes' Leute gerade dabei, den Whirlpool nach versteckten Schätze abzusuchen, indem sie mit irgendwelchen Stöcken darin herumstochern.

«Kunstgegenstände», antwortet Gerdes. «Es ist ein Einbruch ins Charlottenburger Schloss verübt worden.» Pause. «Aber das wissen Sie ja sicher längst.»

«Nein. Weiß ich nicht», lüge ich und ziehe theatralisch die Stirn kraus. «Ein Einbruch, sagen Sie? Wieso ermitteln Sie in einem Einbruchsfall? Sie sind doch bei der Mordkommission, oder?»

Er nickt. «Ihrem Troll zu Ehren gibt es neuerdings eine Sonderkommission, zu deren Leiter man unglücklicherweise mich ernannt hat. Ich ermittle also in sämtlichen Fällen, in denen Magnus Magnusson unser Hauptverdächtiger ist. Übrigens, wo steckt Ihr Schützling eigentlich?»

Ich zucke mit den Schultern. «Keine Ahnung. Aber wie kommen Sie darauf, dass er etwas mit diesem Einbruch zu tun haben könnte?»

«Wir haben einen Schäfer festgenommen, der zwei der gestohlenen Gegenstände bei sich hatte ...»

«Na bitte!», unterbreche ich ihn. «Da haben Sie doch Ihren Mann.»

Gerdes winkt ab. «Angeblich hat dieser Schäfer die Kunstwerke gegen eine kleine Schafherde eingetauscht.»

«Und dieses Märchen kaufen Sie ihm ab?», unke ich.

«Nun ja, wir haben die Schafherde tatsächlich in einem Park unweit von hier sichergestellt. Und der Schäfer schwört Stein und Bein, dass der Käufer der Herde ein kleiner Mann war, auf den haargenau die Beschreibung von Magnus Magnusson passt.»

«Das würde ich an seiner Stelle auch behaupten», sage ich. «Dieser Schäfer versucht doch nur, die Sache einem Unschuldigen in die Schuhe zu schieben, um sich selbst zu entlasten.»

Gerdes lächelt schmal. «Ich habe gewusst, dass Sie das sagen würden. Allerdings hat er ein wasserdichtes Alibi für den Tatzeitpunkt.»

«Vielleicht gibt es Komplizen. Vielleicht ist er auch nur der Hehler, wer weiß? Jedenfalls ist offensichtlich, dass er etwas mit dem Fall zu tun hat, während es nur eine äußerst vage Verbindung zu Magnus gibt.»

«Etwas anderes wäre es natürlich, wenn wir hier weiteres Diebesgut finden würden», erwidert Gerdes listig.

«Werden Sie aber nicht», sage ich im Brustton der Überzeugung.

Wie zur Bestätigung schaut nun ein Uniformierter um die Ecke und schüttelt bedauernd den Kopf.

Gerdes' Schultern sacken herab. «Das war es dann also», fasst er das Ergebnis der Durchsuchung zusammen. «Ich vermute, mit den Schafen haben Sie auch nicht das Geringste zu tun, stimmt's?»

«Was glauben Sie? Dass ich Ihnen jetzt sage, die Herde gehört mir?»

Gerdes seufzt leise. «Nein, natürlich nicht. Obwohl wir beide wissen, dass es so ist. Ihr Freund hat das Charlottenburger Schloss ausgeräumt und ist mit den Kunstgegenständen auf Shoppingtour gegangen.»

«Das ist aber eine sehr gewagte Theorie», sage ich mit Unschuldsmiene.

Gerdes stößt verächtlich Luft durch die Nase. «Diesmal waren Sie mir zwar einen Schritt voraus. Aber das Glück wird Sie verlassen. So wie es alle Gauner verlässt. Irgendwann machen Sie einen Fehler. Und dann bin ich zur Stelle. Ich hab Sie im Auge, Dr. Schmitt.»

Er sieht zwar aus wie ein kreuzbraver Fernsehkoch, aber diese Bad-Cop-Nummer macht er wirklich gut.

«Botschafter Hannesson hat mir übrigens gesagt, dass Sie ganz allein die Konsequenzen tragen werden, wenn herauskommen sollte, dass Ihr Freund diesen Einbruch verübt hat.» Jetzt hat er mich doch ein wenig verunsichert. Er bemerkt sichtlich zufrieden, dass ich trocken schlucken muss.

«Einen schönen Tag, Dr. Schmitt», sagt er mit hämischem Unterton. «Und grüßen Sie bitte Ihren Freund Magnusson von mir.»

Er gibt den Uniformierten ein Zeichen, und zwei Minuten später sind die Männer verschwunden.

Ich brauche eine geschlagene Stunde, um das Chaos zu beseitigen, das die Beamten angerichtet haben. Als ich damit fertig bin und gerade mit dem Gedanken spiele, mir ein entspannendes Bad im Hot Tub zu gönnen, klingelt mein Handy. Ich erfahre, dass Magnus im Hilton-Hotel festgehalten wird. Er hat eine weitere Flasche Champagner nebst einer Meeresfrüchteplatte geordert und kann nun die Rechnung nicht bezahlen, weil seine Partnerkarte gesperrt worden ist. Ich war es nicht, also wird es die Bank gewesen sein. Vermutlich habe ich mein Konto saftig überzogen. Ich verspreche der Hotelmitarbeiterin, dass ich mich sofort auf den Weg mache, um meinen Troll freizukaufen.

Weil ich unsere bescheidenen Barreserven nicht zu sehr strapazieren möchte, nehme ich die U-Bahn. Auf dem Rückweg erkläre ich Magnus, dass unser Geld dabei ist, sich in Luft aufzulösen.

Er winkt lässig ab. «Kein Problem. Es gibt hier noch mehr solcher Schlösser. Ich besorge uns einfach einen neuen Schatz.»

«Bloß nicht!», sage ich erschrocken. «Wir sind noch mal knapp davongekommen. Aber das geht nicht ewig gut. Die sind uns auf den Fersen.»

Magnus mustert mich nachdenklich. «Du wirkst irgendwie verändert, Adam. Es bedrückt dich etwas, das sehe ich dir an. Was ist los? Geht es deinem Schwiegervater schlecht?»

Ich schüttele den Kopf. «Nein, es geht ihm schon besser. Und so wie es aussieht, wird er wieder ganz gesund. Aber der Arzt sagt, dass Rainer ab sofort sehr viel kürzertreten muss.»

«Und das bedrückt dich?», fragt Magnus.

«Rainer will, dass ich seinen Posten in der Kanzlei übernehme. Und er will mir helfen, meine Ehe zu retten.»

Magnus stutzt. «Aber das ist doch gut, oder?»

«Einerseits ja. Andererseits ...»

Er wartet geduldig auf meine Antwort, aber ich bleibe sie schuldig.

«Andererseits ... was?», hakt er schließlich nach.

«Ach, ich weiß auch nicht», sage ich kopfschüttelnd. «Ich habe um diesen Job gekämpft, und ich habe um meine Ehe gekämpft. Aber jetzt, wo sich alles zum Guten wenden könnte, fühle ich mich nicht wie ein Sieger. Im Gegenteil, ich komme mir leer und ausgelutscht vor. Ich bin mir nicht mal sicher, dass das Ziel meiner Wünsche der Mühe wert war.»

«Du hast für dein Glück und deine Liebe gekämpft», sagt Magnus. «Mehr kann von einem Mann nicht verlangen.»

Ich muss grinsen. «Danke. Und warum fühle ich mich dann nicht wie ein Glückspilz?»

«Das kommt vielleicht noch», antwortet Magnus. «Oder du irrst dich einfach, und das, was du für dein Glück hältst, ist dummerweise gar nicht dein Glück. Auch das soll vorkommen. Aber du musst dir deshalb keine Sorgen machen. Man kann sich sein Leben nämlich nicht aussuchen.»

Ich bin erstaunt. «Wieso nicht? Du tust das doch auch.»

«Also ich hab mir mein Leben auch nicht ausgesucht», mischt sich ein Obdachloser ein. Er hält uns einen abgegriffenen Pappbecher entgegen, in dem ein paar Münzen liegen.

«Na bitte!», sagt Magnus. «Da hast du es. Auch er hat sich sein Leben nicht ausgesucht. Weil das nämlich nicht möglich ist. Du kannst versuchen wegzulaufen, aber das Leben, das für dich bestimmt ist, wird dich irgendwann einholen. Ganz gleich, was du tust, ganz gleich, wo du dich versteckst, dein wahres Leben wird dich finden.»

Der Obdachlose lässt die Münzen in seinem Becher klimpern. «Habt ihr vielleicht einen Euro für mich?»

«Aber du hast dein Leben geändert», sage ich zu Magnus und beginne, nach Kleingeld zu kramen. «Und zwar schnell und gründlich.»

«Das heißt noch nichts. Das mir bestimmte Leben wird mich einholen. Du wirst schon sehen. Nicht mal mit einem Flugzeug kannst du deinem Leben entkommen.»

Wieder lässt der Obdachlose die Münzen klimpern. «Wird das heute noch was? Ich muss weiter.»

«Ja, ist ja gut», sage ich und lasse eine Münze in den Kaffeebecher fallen.

Er schaut hinein. «Fünfzig Cent?»

«Ja. Fünfzig Cent. Irgendein Problem damit?»

Der Kerl zuckt mit den Schultern. «Nein, kein Problem. Wollen Sie Wechselgeld, oder darf ich die ganze Münze behalten?»

Ich werfe einen Euro hinterher. «So besser?»

Er wiegt den Kopf hin und her. «Für ein Frühstück reicht's zwar immer noch nicht, aber ich will ja nicht meckern.»

«Was reicht denn für ein Frühstück?», frage ich genervt.

«Ich sag mal so: Mit fünf Euro kann man schon eine Menge anfangen», erwidert er und sieht mich aus wässrigen Augen an.

«Gib ihm doch einfach zehn», schlägt Magnus vor.

«Sehr gute Idee!» Der Obdachlose nickt begeistert. «Oder Sie lassen doch gleich zwanzig Mäuse springen. Dann kann ich nämlich Feierabend machen.»

Magnus und der König der Bettler sehen mich erwartungsvoll an. Seufzend ziehe ich ein Bündel Scheine aus der Tasche. Ich sehe, dass der Kerl etwas sagen will, und komme ihm zuvor. «Ein einziges Wort noch, und Sie können die zwanzig Mäuse vergessen.»

Seine wegwischende Handbewegung sagt: Alles bestens, ich wollte sowieso die Klappe halten. Zufrieden kassiert er den Schein, nickt freundlich und verschwindet im Getümmel.

«Nächstes Mal fahren wir Taxi», sage ich. «Das ist unterm Strich billiger.»

Magnus hat mir nicht zugehört.

«Ist schon seltsam», sagt er. «Dieser Kerl da gerade, der schien viel glücklicher zu sein als du, obwohl er bis eben nicht wusste, wie er sein Frühstück bezahlen soll.»

«Und was schließen wir daraus?», frage ich amüsiert. «Soll ich auch unter die Obdachlosen gehen, um mein Glück zu machen?»

«Keine Ahnung», sagt Magnus. «Das musst du selbst wissen. Wer will, kann seinem wahren Leben entgegengehen. Aber das tun nur die wenigsten. Man braucht Mut, um sich die Frage zu stellen, ob man im richtigen Leben lebt. Und wenn das nicht so ist, dann braucht man noch mehr Mut, um sich auf den Weg zu machen. Was glaubst du, Adam? Lebst du im richtigen Leben?»

«Gute Frage», sage ich. «Sehr gute Frage. Ich weiß es nicht. Muss ich mal drüber nachdenken. Und du? Lebst du im richtigen Leben?»

Lächelnd wiegt er den Kopf hin und her. «Ich bin noch nicht sicher. Momentan gehöre ich wohl zu den Leuten, die vor ihrem richtigen Leben davonlaufen. Aber wie gesagt, auf Dauer holt es dich sowieso ein. Da kannst du machen, was du willst.»

Magnus letzter Satz hallt mir noch in den Ohren, als wir unser Hotel betreten. In einem der abgewetzten Sessel im Eingangsbereich sitzt Conny. Als sie mich sieht, steht sie zögernd auf. Sie ist blass und wirkt zerbrechlich.

«Geh schon vor», sage ich zu Magnus. «Das ist meine Frau, und ich glaube, wir müssen reden.»

Magnus sieht mich mit großen Augen an. «Ich dachte, deine Frau wäre die andere. Die im Whirlpool.»

«Nein. Es ist kompliziert», sage ich ausweichend.

«Na, dann kein Wunder, dass du nicht weißt, ob du im richtigen Leben steckst», erwidert Magnus und humpelt ins Treppenhaus. «Ein Leben wird nicht dadurch klarer, dass man noch ein zweites zu leben versucht.»

Ich sehe ihm nach. Kein schlechter Gedanke.

Conny ist zögerlich näher gekommen. «Hi.»

«Hallo.» Ich sehe, dass sie nur mühsam die Tränen zurückhalten kann. Als sie vor mir steht, bricht der Damm. Weinend fällt sie mir in die Arme.

Ich tätschele ihr behutsam den Rücken und warte geduldig, bis sie sich etwas beruhigt hat.

Als sie sich von mir löst, sagt sie: «Manchmal wünsche ich mir, ich könnte die Zeit zurückdrehen bis zu jenem Punkt, wo die Dinge noch nicht so kompliziert waren.»

«Die Dinge scheinen nur kompliziert», sage ich. «Die Wahrheit ist ganz einfach. Astrid wollte mich zurück, aber ich habe mich nicht darauf eingelassen. Und dass alle Indizien gegen mich sprechen, ist nur ein blöder Zufall.»

Conny sieht mich zweifelnd an. «Du triffst sie zuerst zufällig in Reykjavik, und dann sitzt sie zufällig hier in deinem Whirlpool? Das ist ein Zufall zu viel, findest du nicht?»

«Du glaubst mir nicht», stelle ich enttäuscht fest. «Wir sind dreiundzwanzig Jahre verheiratet, aber du glaubst mir einfach nicht.»

«Ich würde dir wirklich sehr gern glauben», sagt sie. «Aber du musst mir ein bisschen Zeit lassen.»

Ich zögere kurz, dann nicke ich. «Okay. Das verstehe ich.»

«Ich bin mit dem Wagen da», sagt sie. «Du könntest jetzt einfach deine Sachen holen, und wir würden nach Hause fahren. Was hältst du davon?»

Ich zögere erneut, diesmal länger.

Nervös beißt sie sich auf die Unterlippe. «Vater braucht dich jetzt. Und ich brauche dich natürlich auch. Ganz zu schweigen von Lena, die dich schmerzlich vermisst. Sie braucht jetzt eine intakte Familie.»

«Ich glaube, etwas ganz Ähnliches hat Rainer auch gesagt.»

Sie lächelt schmal. «Wundert mich nicht. Immerhin bin ich seine Tochter.» Sie muss leicht schlucken, bevor sie den nächsten Satz sagt. «Wirst du uns helfen, Adam?»

Ich kann ihr ansehen, dass sie Angst vor meiner Antwort hat. Ich denke an die Kanzlei, an Lena und ihr ungeborenes Kind, und ich sehe die leise Verzweiflung in Connys Gesicht.

«Ja», sage ich dann. «Klar helfe ich.»

«Gut.» Sie ist erfreut, mehr noch: Sie ist erleichtert.

«Allerdings habe ich hier noch was zu erledigen», füge ich hinzu. «Fahr du doch schon mal vor, ich komme dann später nach.»

Sie wirkt irritiert, fragt aber nicht, was das zu bedeuten hat. «Okay. Klar. Kein Problem.»

«Und ich bringe einen Freund mit. Wir haben uns in Island kennengelernt. Er ist zu Besuch und wird eine Weile bei uns wohnen. Okay?»

Sie nickt. «Gut. Ich mache ihm das Gästezimmer fertig.»

Beiläufig drückt sie mir einen Kuss auf die Wange. «Dann bis später.»

Man könnte denken, unsere Krise hätte nie existiert, so vertraut, liebevoll und selbstverständlich wirkt ihr Abschied.

Als ich Magnus erzählen will, dass wir umziehen werden, finde ich beide Zimmer verwaist vor. Zuerst vermute ich, dass Magnus nur kurz verschwunden ist, um etwas zu besorgen. Dann fällt mir jedoch auf, dass eine kleine Reisetasche und einige seiner Sachen fehlen. Sieht aus, als wäre er überhastet aufgebrochen. Seltsam, denke ich. Und noch etwas ist merkwürdig: Es beschleicht mich das ungute Gefühl, dass wir uns nie wiedersehen werden.

19

Fünf Tage später ist Magnus immer noch verschwunden.

Ich habe für alle Fälle Geld und eine Nachricht bei Witwe Pohl hinterlassen, aber bislang gibt es kein Lebenszeichen von ihm.

Hauptkommissar Gerdes ist ebenso ratlos wie Botschafter Hannesson. Seit dem Tag, an dem Conny mich gebeten hat, wieder in mein altes Leben zurückzukehren – oder es zumindest zu versuchen –, ist Magnus wie vom Erdboden verschluckt.

Da ich weiß, dass er stark und wehrhaft ist, mache ich mir zwar keine Sorgen, dass ihm etwas zugestoßen sein könnte. Aber vielleicht steckt er anderweitig in Schwierigkeiten und braucht meine Hilfe. Schon seltsam, jetzt, wo ich nicht mehr für ihn zuständig wäre, weil er mehrere Tage von der Bildfläche verschwunden ist, und zudem auch die offiziellen Stellen seinen Aufenthaltsort nicht kenne, fühle ich mich plötzlich umso mehr für ihn verantwortlich. Und das nicht weil er mir das Leben gerettet hat, sondern weil ich ihn und seine Freundschaft vermisse. In manchen Momenten vermisse ich sogar das Chaos, das er in mein Leben gebracht hat. Im Nachhinein fühlt es sich an, als hätte ich mich selten zuvor so wach und lebendig gefühlt. Aber das ist bestimmt nur ein sentimentaler Nachhall der vergangenen Tage.

Am Ende denke ich, dass Magnus absichtlich verschwunden ist. Ich glaube, er hat erkannt, dass er nicht ewig vor seinem wahren Leben davonlaufen kann. Mir geht es ja ganz ähnlich, denn dass ich zu Conny zurückgekehrt bin und Rainer beerbt habe, ist nicht einfach nur die logische Konsequenz der vergangenen zwanzig Jahre, es scheint sogar unausweichlich. Ich habe endlich begriffen, dass man das Buch seines Lebens nicht dadurch ändert, dass man sich einfach weigert, es weiterzulesen.

Wie so oft ist die Wahrheit simpel: Jeder muss sein Leben leben, ob es ihm nun passt oder nicht. Manchmal trifft man auf der Reise Gleichgesinnte. Dann verbringt man einen netten Abend miteinander oder auch zwei. Es könnte etwas bedeuten, es könnte vielleicht eine tiefe Freundschaft daraus erwachsen oder gar eine neue Liebe, aber dann geht jeder seiner Wege, und man sieht sich nie wieder, weil das Leben schon anders entschieden hat.

«Noch Kaffee?», fragt Angela und reißt mich aus meinen Gedanken.

Ich sitze mit dem Rücken zu Rainers Schreibtisch und schaue sinnierend aus seinem Fenster. Der Patriarch hat Wort gehalten und mir die Insignien seiner Macht übergeben. Sein Büro ist jetzt offiziell mein Büro, aber es wird noch eine Weile dauern, bis ich das auch so empfinde.

«Gern», antworte ich, drehe mich zum Schreibtisch und damit auch zu meiner Sekretärin.

«Ich soll Sie daran erinnern, dass Sie zum Mittagessen mit Ihrer Familie verabredet sind», sagt Angela im Nachrichtenstil.

«Ach ja? Habe ich Sie darum gebeten?», frage ich, weil ich mich nämlich nicht daran erinnern kann, das getan zu haben.

«Nein. Das war Ihre Frau», erwidert Angela. «Sie hat eben angerufen.»

«Ah. Dann ist ja gut», sage ich und meine damit, dass ich froh bin, keine Aussetzer zu haben. Weniger gut finde ich, dass Conny mich neuerdings nicht nur verschärft kontrolliert, sondern obendrein auch noch bemuttert.

«Und dann hat noch Herr Göttler angerufen», fährt Angela fort. «Er möchte Sie gern sprechen.»

«Ja. Okay. Machen Sie einen Termin.»

«Er fragt, ob Sie vielleicht heute Vormittag kurz Zeit haben. Es dauert auch nicht lange, höchstens eine halbe Stunde. Er würde Sie gern unter vier Augen sprechen und wartet in der Lobby vom Adlon.»

Noble Adresse, die Göttler sich da ausgesucht hat. Ich stelle immer wieder fest, dass Leute, die schon mit einem Bein im Knast stehen, besonders wonnevoll im Luxus schwelgen. Entweder sie wollen es ein letztes Mal so richtig krachenlassen, oder der Überfluss gibt ihnen ein Gefühl der Unverwundbarkeit. Manche glauben ernsthaft, dass man finanzielle Engpässe am besten überbrücken kann, indem man sein Geld mit vollen Händen aus dem Fenster wirft.

Eigentlich habe ich keine Lust darauf, mir Göttlers Theorien über sich und die Welt anzuhören. Ich befürchte jedoch, dass ein Besuch im Adlon das Interessanteste sein könnte, was mir heute passieren wird. Deshalb frage ich: «Bin ich mit meiner Familie nicht sowieso in Mitte verabredet?»

Sie nickt. «Im Einstein. Zu Fuß keine fünf Minuten vom Adlon entfernt.»

«Okay. Dann sagen Sie Göttler doch, dass ich kurz vor dem Mittagessen bei ihm vorbeischaue.»

Angela nickt. Es klopft.

«Ich war sowieso gerade fertig», sagt sie und öffnet die Tür.

Dylan Cooper schneit in mein Büro. «Hast du mal gerade zwei Minuten für mich, Adam?»

Es ist eine rhetorische Frage, denn bevor ich sie beantworten kann, hat er es sich bereits in einem der Besuchersessel bequem gemacht.

«Was kann ich denn für dich tun, Dylan?»

«Ich habe mir überlegt, dass du vielleicht die Akte Göttler zurückhaben möchtest», sagt Dylan. «Rainer hat dir den Fall ja von jetzt auf gleich weggenommen. Wie du dir vielleicht schon gedacht hast, fand auch ich das natürlich alles andere als fair.»

Nein, das habe ich mir nicht gedacht, Dylan. Was ich aber denke, ist, dass du ein elender Heuchler bist.

«Na ja, du weißt ja selbst, wie das ist, Adam. Wenn Rainer sich etwas in den Kopf gesetzt hat, dann sollte man ihm besser nicht widersprechen, sondern einfach tun, was er will. Deswegen habe ich auch nichts gesagt.»

«Ja. Ich weiß», sage ich, und denke noch einmal: elender Heuchler.

«Jedenfalls kann ich dir die Akte Göttler jederzeit rüberbringen. Ich finde ohnehin, dass es besser ist, wenn ein Top-Mandant wie Göttler direkt vom Boss betreut wird. Das hat Rainer ja meistens auch so gehalten.»

Dylan bezeichnet mich absichtlich als Boss. Damit will er mir zeigen, dass er meine neue Position als Rudelführer akzeptiert. Klar ist aber auch, dass er das nur tut, um auf Platz zwei gesetzt zu werden.

«Danke, ich überlege es mir», sage ich.

Ich habe diesen Satz in den vergangenen Tagen oft verwendet. Er klingt nach: Ich habe alles im Griff, muss meine Entscheidungen aber noch gedanklich durchdringen. In Wahrheit bin ich seltsam entscheidungsmüde. Ich führe das darauf zurück, dass ich in meinem neuen Job bislang ebenso wenig angekommen bin wie in meinem neuen Büro.

«Fein.» Dylan steht auf. «Dann gib mir doch einfach kurz Bescheid, wenn du dich entschieden hast.»

Er wendet sich zur Tür, hält aber noch einmal inne. Es scheint, als wäre ihm dass, was er jetzt sagen wird, gerade erst eingefallen. Ich muss gestehen, er spielt den Gedankenblitz ziemlich gut. «Sag mal, zwischen uns ist aber ansonsten alles in Ordnung, oder?»

«Wie meinst du das?», frage ich und spiele nun meinerseits den Erstaunten.

«Na ja, wir waren immerhin Konkurrenten in den letzten Jahren», tastet er sich vor. «Vielleicht hast du mir irgendetwas übelgenommen oder so.»

Er ist zwar auf der richtigen Spur, zieht aber die falschen Schlüsse. Ich habe ihn sowieso nie für vertrauenswürdig gehalten. Dass er mir ständig in den Rücken gefallen ist, hat mich deshalb nicht überrascht. Und es überrascht mich auch nicht, dass er jetzt nicht gerade unauffällig seine Chancen auf eine Seniorpartnerschaft in der Kanzlei auszuloten versucht.

Ich tue so, als würde ich intensiv über seine Frage nachdenken.

«Nein, ich nehme dir überhaupt nichts übel», sage ich dann. «Im Gegenteil. Ich dachte, jetzt wo wir nicht länger Konkurrenten sind, könnten wir vielleicht zusammen daran arbeiten, die Kanzlei voranzubringen. Im Gegensatz zu Rainer glaube ich nämlich nicht an einsame Entscheidungen.»

Ein Blitzen in seinen Augen. Er hat große Mühe, ein triumphierendes Grinsen zu unterdrücken. Bestimmt träumt er schon sehr lange von Visitenkarten aus schneeweißem

Büttenpapier, auf denen in erhabenen Lettern zu lesen ist: Dylan Cooper, Seniorpartner.

Es dauert nur Sekunden, dann hat er sich wieder im Griff. «Ich bin froh, dass du das sagst, Adam. Diese Kanzlei bedeutet mir nämlich sehr viel.»

«Ich weiß», sage ich.

Heuchler.

Im Adlon herrscht reger Betrieb. Ankommende und abreisende Gäste geben sich die Klinke in die Hand, Hotelpersonal wuselt umher, Touristen in bunten Klamotten schieben sich ehrfurchtsvoll durch die Lobby, als wären sie in einer Kathedrale. Mitten im Getümmel: ein Café, das wie ein Ruhepol wirkt, obwohl man dort nur bedingt seine Ruhe hat.

Göttler winkt freudig, als er mich sieht. Wie bei unserem letzten Geschäftstermin trägt er zum edlen Sakko ein pastellfarbenes Maßhemd. Diesmal hat er sich für ein zartes Blau entschieden.

«Hallo Dr. Schmitt. Geht es Ihnen gut?», fragt er.

«Ich kann nicht klagen», schwindele ich. «Und Ihnen?»

«Ausgezeichnet. Island war toll. Ich habe zwar keine Aufenthaltsgenehmigung bekommen, mich aber bestens erholt. An stundenlange Strandspaziergänge könnte ich mich glatt gewöhnen. Leider weiß ich, dass mir das Nichtstun nach zwei Wochen dann doch langweilig würde.»

«Die Bobby-Fischer-Geschichte hat man Ihnen also nicht abgekauft», stelle ich fest.

Göttler lächelt. «Nicht die Bohne. Aber sie haben es mit Humor genommen. Einer wollte sogar wissen, ob ich überhaupt Schach spielen kann.»

«Und haben Sie schon neue Pläne?», frage ich.

«Allerdings», frohlockt Göttler. «Das ist ja der Grund, weshalb ich Sie treffen wollte. Ich hatte in Island plötzlich eine geniale Idee, wie ich mich aus dem Schlamassel, in dem ich momentan stecke, befreien könnte.»

«Da bin ich aber gespannt», sage ich.

Göttler beugt sich vor. «Eine Frage hätte ich da aber noch. Wäre es möglich, wieder von Ihnen betreut zu werden? Prinzipiell habe ich nichts gegen diesen Dylan Cooper, aber …» Göttler scheint nach einer diplomatischen Formulierung zu suchen. Vielleicht hofft er auch, dass ich einfach nicke und ihm kurzerhand seinen Wunsch erfülle, aber so leicht kann ich es ihm nicht machen. Dafür interessiert mich dann doch zu sehr, was er an Dylan auszusetzen hat. «Immer raus damit, Herr Göttler. Es bleibt ja unter uns.»

Er überlegt, zuckt dann mit den Schultern. «Was soll ich sagen? Ich mag diesen Cooper einfach nicht. Er ist eitel, arrogant und selbstgefällig. Und damit geht er mir schlicht auf die Nerven.»

Ich muss mir ein Lächeln verkneifen. Der eitle Gockel Göttler mag offenbar keine anderen Gockel neben sich dulden. Es liegt wohl in der Natur des Gockels, dass er grundsätzlich lieber allein auftritt.

Göttler mustert mich. Er scheint ergründen zu wollen, was ich gerade denke, kommt aber nicht drauf.

«Kein Problem», sage ich. «Wenn Sie wünschen, von mir betreut zu werden, dann machen wir das einfach so. Wollen Sie mir jetzt vielleicht von der genialen Idee erzählen, die Sie in Island hatten?»

Göttler nickt freudig, greift in die Innentasche seines Sakkos und zieht einen USB-Stick hervor, den er mit spitzen Fingern vorsichtig auf den Tisch legt, als könnte das Plastikstück Schaden nehmen, wenn man es zu hart anfasst. «Ich möchte, dass Sie dem Finanzamt einen Deal vorschlagen.»

«Einen Deal», wiederhole ich tonlos. Klingt nach coolem Krimi mit vielen überraschenden Wendungen. In Wahrheit sind Deals sehr rar.

Er nickt bedächtig. «Auf diesem Ding befinden sich Informationen zu mehr als tausend Schwarzgeldkonten auf den Bahamas. Das ist mein Angebot.»

Fasziniert starre ich zuerst den Stick und dann Göttler an. Jetzt hat er tatsächlich für eine überraschende Wendung gesorgt. Ich bin baff.

«Das bedeutet, auf diesem Stick sind geschätzt hundert Jahre Knast», fährt Göttler fort. «Oder wahlweise ein paar hundert Millionen Euro an Steuernachzahlungen, je nachdem, was die Behörden mehr interessiert. Was denken Sie, Dr. Schmitt? Könnten wir das Finanzamt damit beeindrucken?»

«Woher haben Sie das Material?»

«Sagen wir, ein Freund hat es mir gegeben. Ich bin bereit, unter die Whistleblower zu gehen, wenn die Behörden mich dafür vom Haken lassen. Von mir aus können Sie das Geld, das ich für den Stick bekommen könnte, gleich behalten, um damit meine Steuerschulden zu tilgen. Meinen Sie, das wäre machbar?»

«Wenn es stimmt, was Sie sagen, dann ist es einen Versuch wert. Wir müssten aber vorab ein, zwei Dutzend Datensätze rausgeben, damit die Behörden sich ein Bild von der Qualität der Informationen machen können.»

Göttler nickt. «Hab ich mir schon gedacht, aber keine Sorge. Die Daten sind sauber. Erstens kenne ich mich mit Informationen aus, weil das mein Job ist, und zweitens ist die Quelle absolut erstklassig.» Er schiebt das kleine Plastikstück über den Tisch. «Bitte sehr. Zu treuen Händen.»

«Danke», sage ich und nehme den Stick in Empfang. «Wollen Sie eine Quittung dafür?»

Göttler winkt ab. «Nicht nötig. Wie lange wird es dauern, bis wir wissen, ob Interesse besteht?»

«Nicht sehr lange», sage ich. «Der Deal klingt gut.»

Göttler freut sich. «Genau das habe ich gehofft.»

Conny und Lena begrüßen mich mit strahlenden Gesichtern. Als Aperitif gibt es Champagner, Lena lässt sich einen alkoholfreien Cocktail bringen.

«Haben wir was zu feiern?», frage ich.

Beide nicken.

«Wir haben beschlossen, dass wir im Spätsommer noch einmal alle zusammen wegfahren», erklärt Conny. «Ein letztes Mal Urlaub ohne Kind.»

«Ich bin dann im fünften Monat», fügt Lena hinzu. «Das ist die beste Zeit zum Verreisen. Die kritischen Monate sind vorbei, aber die richtig anstrengenden haben noch nicht begonnen.»

«Lenas Frauenärztin meint, dass Flüge bis zu vier Stunden ideal wären. Ich finde sowieso, dass wir in Europa bleiben sollten, allein schon der medizinischen Versorgung wegen. Man weiß ja nie.»

Lena nickt bedauernd. «Damit kommen die Malediven, die Seychellen und Bali leider nicht in Frage. Florida hätte ich auch toll gefunden, aber tja, da kann man nichts machen.»

«Aha», werfe ich ein und nippe an meinem Champagner. Eigentlich möchte ich nur wissen, wo die Reise hingeht, aber die beiden legen offenbar Wert darauf, mir haarklein darzulegen, wie sie mit streng wissenschaftlichen Methoden den perfekten Urlaub für eine Schwangere gefunden haben. Das scheint nur wenig unkomplizierter zu sein als eine bemannte Marsmission.

«Allzu große Hitze wäre ja sowieso tabu», referiert Conny. «Ebenso wie anstrengende Abenteuertouren oder Ausflüge ins Hochgebirge. Ab zweitausend Höhenmetern kann es für Schwangere nämlich gefährlich werden.»

«Was ist mit Sylt?», versuche ich mein Glück.

Lena schüttelt den Kopf. «War uns zu langweilig.»

«Und zu kalt», springt Conny ihr bei. «So wie auch die britischen Inseln und der gesamte skandinavische Raum.»

«Und Mallorca?»

«Noch viel langweiliger», bescheinigt mir Lena.

«Südspanien ginge gerade noch», verkündet Conny. «Aber nach Nordafrika kriegen mich keine zehn Pferde.»

«Aber jetzt rate doch mal, was wir ausgesucht haben», bittet Lena.

Aus einer Laune heraus sage ich: «Israel.»

«Zu unsicher», retourniert Conny prompt. «Genau wie die Türkei.»

Ich nicke. «Leuchtet ein, aber dann bleiben ja eigentlich nur Österreich, die Schweiz, Frankreich, Italien ...»

«Treffer!», unterbricht mich Lena. «Italien ist richtig.»

«Aber wo da genau?», will Conny mit einem verschmitzten Lächeln wissen. Ich kann ihr ansehen, dass unser Reiseziel nicht nur unter medizinischen Aspekten gut gewählt ist, sondern eine besondere Bedeutung hat.

«Sardinien», sage ich, weil mir nun schlagartig einfällt, dass Conny und ich dort Urlaub gemacht haben, als sie mit Lena schwanger war. Dreiundzwanzig Jahre ist das her. Wir waren nicht im Spätsommer dort, sondern in einem besonders milden Frühling.

Conny nickt versonnen. «Ganz genau. Wir fahren nach

Cagliari. Und stell dir vor, das kleine Hotel, in dem wir damals abgestiegen sind, existiert immer noch.»

«Palazzo Paolina», sage ich und sehe Conny vor mir, wie sie mit leicht gewölbtem Bauch am Fenster steht, sich eine Frühlingsbrise durchs Haar wehen lässt und träumerisch aufs Meer schaut.

«Das weißt du noch?», fragt sie erstaunt.

Ich nicke, im selben Moment durchzuckt mich die bange Frage, ob ein Urlaub in Cagliari uns den Geschmack jener glücklichen Tage zurückgeben kann, die wir dort verlebt haben. Was, wenn wir lediglich erschrocken feststellen werden, dass diese Zeiten für immer und unwiederbringlich vorbei sind?

Ich komme nicht dazu, den Gedanken zu Ende zu denken, denn mein Handy klingelt. Helgi Hannesson ist am Apparat.

«Es gibt Neuigkeiten von Magnus», sagt der Botschafter. «Leider keine guten. Wir sollten uns möglichst bald mal treffen.»

«Ich könnte in zehn Minuten bei Ihnen sein», sage ich und registriere die vorwurfsvollen Gesichter von Conny und Lena.

«Okay. Gut. Dann sehen wir uns gleich in der Botschaft», antwortet er hektisch und beendet das Gespräch.

«Tut mir leid», sage ich. «Es ist ein Notfall.»

20

Helgi Hannesson macht einen müden und übernächtigten Eindruck. Dem grauen Schimmer in seinem Gesicht nach zu urteilen, ist er heute nicht dazu gekommen, sich zu rasieren.

Den Grund dafür erkenne ich, als wir sein Büro betreten. Sieht aus, als hätte er sich die letzte Nacht auf der Couch um die Ohren geschlagen.

Hinter dem Schreibtisch hängt eine überdimensionale Europakarte. Interessiert schaue ich mir den Nordwesten an, denn in der Nordsee und im Atlantik oberhalb der britischen Inseln stecken diverse rote Fähnchen.

«Was haben die zu bedeuten?», frage ich.

Hannesson lässt sich ermattet in einen Sessel fallen. «Ich habe gestern einen sehr beunruhigenden Anruf aus Reykjavik bekommen. In einem kleinen Fischerort im Südosten ist ein altes Segelboot gestohlen worden, das in einer Lagerhalle darauf wartete, generalüberholt zu werden. Der Besitzer hat den Diebstahl erst jetzt bemerkt, aber die Polizei konnte einen Augenzeugen auftreiben, und der glaubt, dass die Tat schon mehrere Tage zurückliegt. Er hat nämlich zwei Männer beobachtet, die sich in der Nähe der Halle herumgetrieben haben. Zwei auffällig kleine Männer.»

«Etwa ... Trolle?», frage ich.

Hannesson nickt. «So sieht es aus. Wir haben außerdem rekonstruiert, dass das Boot vermutlich gestohlen wurde, unmittelbar nachdem Magnus Island verlassen hat.»

«Und wo ist da der Zusammenhang?», frage ich, um mir gleich darauf selbst die Antwort zu geben. «Wollen Sie etwa sagen, jemand ist uns gefolgt? Auf dem Seeweg?»

«Nicht Ihnen, aber Magnus. Diese beiden Trolle sind beauftragt worden, Magnus nach Island zurückzubringen. Ich tippe auf eine Familienangelegenheit..»

«Mit einem alten Kahn, der generalüberholt werden muss?», frage ich beklommen.

Hannesson nickt und wirkt dabei ebenfalls besorgt. «Wenn man unseren Experten glauben darf, dann haben diese Trolle einige Tage gebraucht, um den Nordatlantik zu überqueren. Vermutlich haben sie sich am Ruder abgewechselt, um Tag und Nacht segeln zu können. Die Prognosen passen jedenfalls ganz gut zum Zeitpunkt des Verschwindens von Magnus.»

«Noch mal langsam für mich», sage ich. «Das heißt, zwei Trolle aus Magnus' Sippe klauen ein altersschwaches Segelboot, schippern damit über den Atlantik und entführen ihren Verwandten?»

«Ich hätte die Situation nicht besser zusammenfassen können», erwidert Hannesson und deutet auf die Karte. «Wenn wir davon ausgehen, dass die drei auf dem Rückweg sind, dann stehen diese roten Fähnchen für das Seegebiet, in dem sich diese Nussschale jetzt befinden könnte. Übrigens muss das Schiff nicht nur generalüberholt werden, es ist leider auch nicht hochseetauglich, egal ob restauriert oder nicht. Es gibt nicht mal eine Kabine, die vor Wind und Wetter schützen könnte.»

Ich sehe die Sorgenfalten auf Hannessons Stirn, während er die Karte mustert. Um ihn zu beruhigen, sage ich: «Trotzdem haben die beiden Trolle es offenbar über den Atlantik geschafft.»

Er nickt. «Das ist auch der einzige Grund, warum ich die Hoffnung noch nicht aufgegeben habe. Leider ist es sehr wahrscheinlich, dass die beiden wahnsinniges Glück hatten und nur rein zufällig noch am Leben sind.»

Ebenso skeptisch wie ratlos schaue ich mir die weit verstreuten Fähnchen an. «Ist es möglich, dieses Gebiet besser einzugrenzen?»

Hannesson zuckt müde mit den Schultern. «Leider nicht. Sie können jemanden fragen, der sich bestens mit Nautik und Navigation auskennt, oder einen der führenden maritimen Meteorologen oder einen verdienten Meereskundler oder einen sehr erfahrenen Segler, der schon an mehreren Transatlantikregatten teilgenommen hat. Jeder sagt Ihnen was anderes.»

«Sie haben alle diese Leute um Hilfe gebeten?», frage ich beeindruckt.

«Diese und noch einige mehr», antwortet Hannesson. «Ich stehe unter einem gewaltigen Druck, Dr. Schmitt. Drei Trolle, fernab der Heimat, alle auf hoher See und damit in Lebensgefahr. Wenn das rauskommt oder wenn den dreien – was hoffentlich nicht passieren wird – irgendetwas zustößt, dann könnte das eine nationale Krise auslösen. Äußerst peinlich für mich und die zuständigen Kollegen in Island ist außerdem, dass gleich zwei Trolle unbemerkt das Land verlassen konnten. Zum Glück hat die Presse noch keinen Wind von der Sache bekommen, sonst hätte ich längst meinen Hut nehmen müssen.»

«Grämen Sie sich nicht», sage ich. «Sie wissen doch: Wenn ein Troll nicht gesehen werden will, dann wird man ihn auch nicht sehen.»

Der Botschafter versucht ein Lächeln. «Da haben Sie recht. Aber das ist keine Entschuldigung. Es gibt Leute wie mich, deren Job es ist, Trolle auch dann zu sehen, wenn sie es nicht möchten.»

Er tut mir leid, und ich würde ihm gern helfen, deshalb frage ich: «Gibt es irgendetwas, das wir noch tun können?»

Betrübt schüttelt er den Kopf. «Wir haben bereits überlegt, ob wir eine Suchaktion starten sollen, aber die Sache ist praktisch aussichtslos. Das in Frage kommende Gebiet ist größer als Deutschland und Frankreich zusammen. Außerdem sind diese roten Fähnchen keine Garantie dafür, dass das Boot sich tatsächlich in dieser Gegend befindet. Die Trolle könnten auch vom Kurs abgekommen sein und längst auf dem Weg in die Karibik oder – schlimmer noch – in die Arktis sein. Dann sehen wir sie sicher nie wieder.»

«Nehmen wir nicht den schlimmsten Fall an, sondern den besten», schlage ich vor. «Was glauben Ihre Experten, wann das Boot bei günstigem Reiseverlauf wieder in Island ankommen könnte?»

«Heute oder morgen», antwortet Hannesson prompt.

«Gut. Dann schlage ich vor, dass wir jetzt abwarten und die Daumen drücken.»

Er nickt ernst. «Ja. Bleibt uns wohl nichts anderes übrig.»

In den kommenden zwei Tagen bleibt das Boot der Trolle verschwunden. Inzwischen telefoniere ich fast im Stundentakt mit Helgi Hannesson, der zunehmend nervöser, hoffnungsloser und verzweifelter wirkt.

Aber auch ich kann mich kaum auf meinen Job konzentrieren. Conny und Lena teilen meine Sorgen nur bedingt, weil sie vollauf mit den Vorbereitungen für unseren Familienurlaub und den vielen Erledigungen im Zusammenhang mit Lenas Schwangerschaft beschäftigt sind. Und da sie Magnus kaum kennen, kann ich es ihnen nicht einmal verübeln.

Mein neuer Job und mein altes Leben gestalten sich zäh. Dylan und Rainer gehen mir abwechselnd auf die Nerven. Der eine will sich als Seniorpartner empfehlen, indem er versucht, mir sämtliche Wünsche von den Augen abzulesen. Kaum verlasse ich für ein paar Minuten das Büro, schon ist Dylan mir auf den Fersen. Mal will er die Betriebsabläufe effizienter gestalten, dann wieder hat er neue Ideen zur Mitarbeitermotivation. Gehe ich in den Park, um mir die Füße zu vertreten, dann hat auch Dylan das dringende Bedürfnis, frische Luft zu schnappen. Möchte ich nur kurz einen Happen essen, dann verspürt auch Dylan Hunger. Nicht einmal beim Pinkeln bin ich ungestört. Dylan taucht regelmäßig neben mir an den Urinalen auf, als hätten seine Körperfunktionen sich auf magische Weise den meinen angeglichen. Und auch diese kurzen Gelegenheiten nutzt er, um mich mit Verbesserungsvorschlägen zu nerven.

Während Cooper sich nichts sehnlicher wünscht, als befördert zu werden, sträubt Rainer sich vehement gegen seinen selbstgewählten Ruhestand.

Er hat sich gut von seinem Anfall erholt. Laut Dr. Zhang kann er sich noch viele Jahre seines Lebens erfreuen, wenn er es ruhig angehen lässt. Das Problem ist: Wenn er es ruhig angehen lassen muss, dann will Rainer gar nicht mehr lange leben. Der Patriarch empfindet es nämlich als unerträglich, seine Zeit mit Nichtstun zu verschwenden. Nachdem er mehr als fünfzig Jahre ununterbrochen geschuftet hat, fällt es ihm schwer, von jetzt auf gleich alles stehen und liegen zu lassen. Hinzu kommt, dass er nur sehr ungern Zeit mit seiner Frau verbringt. Das kann ich wiederum nachvollziehen, denn Ruths Tage plätschern in einer gepflegten Langeweile dahin, die auch ich nicht ertragen könnte. Die Zeit bis zum Öffnen der ersten Weißweinflasche überbrückt sie gewöhnlich mit Handarbeiten oder Kreuzworträtseln. Rainer würde lieber das Zeitliche segnen, als so seine Tage zu verplempern.

Also taucht er allmorgendlich in der Kanzlei auf, angeblich um nach dem Rechten zu sehen. Er weiß, dass das nicht nötig ist, weil ich den Laden gut im Griff habe, immerhin kenne ich ihn wie meine Westentasche. Um mir nicht in die Quere zu kommen, hält Rainer sich penibel aus geschäftlichen Dingen heraus. Während er Tee trinkt und den Leuten sagt, dass er sie auf keinen Fall von der Arbeit abhalten möchte, tut er genau das und zieht plaudernd durch die Büros. Anschließend nervt er die Mitarbeiterinnen vom Empfang mit Anekdoten aus dem 20. Jahrhundert. Angela und Yvonne lassen Rainers Selbstbeweihräucherungen professionell über sich ergehen, weil sie wissen, dass er gegen Mittag verschwindet, um zuerst ein Nickerchen und dann einen langen Spaziergang zu machen. Am Nachmittag taucht er wieder auf, meistens mit Kuchen oder Keksen, und dann geht die ganze Sache von vorn los.

Seltsam, ich habe zwanzig Jahre lang darauf gewartet, eine führende Rolle in dieser Kanzlei zu spielen, und jetzt, wo ich endlich am Ziel bin, fühle ich mich schon nach wenigen Tagen schlapp und ausgelaugt.

Während ich mich auf einen Schriftsatz zu konzentrieren versuche, der dem Finanzamt Göttlers Deal schmackhaft machen soll, fällt mein Blick auf die Ausdrucke der auf dem Stick gespeicherten Listen. Es sind etwas mehr als dreißig eng bedruckte Seiten. Ich blättere ein bisschen darin herum, eher gedankenverloren denn aus Neugier, da fällt mir plötzlich etwas ins Auge, das mir den Atem stocken lässt. Gleichzeitig klingelt mein Telefon. Es ist Hannesson. Bestimmt zum fünften Mal heute.

«Gibt es Neuigkeiten?», frage ich grußlos. Da wir eigentlich ständig telefonieren, sparen wir uns inzwischen die Formalitäten.

Er klingt atemlos. «Fünfzig Kilometer vor der Küste von Island haben Fischer Wrackteile des Segelbootes entdeckt. Sieht aus, als wäre der Kahn in schwerem Wetter einfach zerbröselt. Genaueres erfahre ich später.»

«Oh, mein Gott. Ich komme sofort vorbei», sage ich erschrocken.

«Lieber nicht. Das bringt jetzt nichts», erwidert Hannesson. «Die Kollegen in Island müssen sich erst ein Bild machen. Kommen Sie später. Vielleicht wissen wir dann mehr.»

Als ich kurz nach Büroschluss die isländische Botschaft betrete, werde ich von einer ernst dreinschauenden Mitarbeiterin in Empfang genommen.

«Botschafter Hannesson ist auf dem Dach», verkündet sie, ohne eine Miene zu verziehen. «Ich bringe Sie hin.»

Sie meint tatsächlich das Dach des Gebäudes, auf dem sich eine riesige Terrasse befindet, die von der Straße aus nicht einsehbar ist. Man hat einen sagenhaften Blick auf den Tiergarten. Die Menge der Terrassenmöbel lässt vermuten, dass hier oben problemlos sechzig, siebzig Gäste den Sonnenuntergang bei Häppchen und kühlen Drinks genießen können. Mir fällt auf, dass der Job als Botschafter sich bestimmt ganz angenehm gestaltet, wenn man nicht gerade auf der Suche nach drei flüchtigen Fabelwesen ist.

Hannesson steht an der Brüstung – Hemd über der Hose, Hände in den Taschen – und blickt auf den Tiergarten. Der Tag war heiß, und es ist immer noch sehr warm, aber hier oben weht eine angenehme Brise.

«Dr. Schmitt wäre jetzt da», sagt die Botschaftsangestellte und wartet vergeblich auf eine Reaktion von Hannesson.

Ich bedeute der Mitarbeiterin, dass sie uns vielleicht allein lassen sollte. Als sie gegangen ist, räuspere ich mich vernehmlich. «Wir sind jetzt unter uns. Falls es schlechte Nachrichten gibt, dann raus mit der Sprache.»

Er löst sich langsam aus seiner Schockstarre, dreht sich zu mir und lehnt sich lässig gegen die Brüstung.

«Ganz im Gegenteil», sagt er und lächelt breit. Seine Augen verraten, dass er ein bisschen angeschickert ist.

Erst jetzt entdecke ich zu seinen Füßen eine Flasche Cognac und zwei Gläser. Wahrscheinlich bin ich eingeladen, aber Botschafter Hannesson hat nicht auf mich warten wollen und schon ein bisschen vorgefeiert.

«Unsere drei Seefahrer sind wohlbehalten in Island angekommen», verkündet er zufrieden und gießt uns ein.

Erleichtert lasse ich mich in einen der herumstehenden Lounge-Sessel fallen. Hannesson drückt mir ein Glas in die Hand. «Trinken wir darauf, dass alles noch mal gutgegangen ist.»

Das tun wir dann auch. Das angenehme Brennen des Alkohols und ein Gefühl der Entspannung machen sich in mir breit. «Was ist denn passiert?»

«Die Küstenwache hat die Passagiere des havarierten Segelschiffes aus dem Wasser gefischt. Unsere Trolle haben fast vier Stunden in den Fluten des Atlantiks zugebracht. Es geht ihnen blendend, dabei ist es ein Wunder, dass sie überhaupt noch leben. Das Wasser hat gerade mal fünf Grad. Normale Menschen hätten das keine Stunde durchgehalten.»

«Magnus ist also in Sicherheit», fasse ich zusammen.

Hannesson nickt. «Und seine jüngeren Brüder sind es

auch. Ich hatte nämlich recht. Es handelt sich um eine Familienangelegenheit.»

«Und was passiert jetzt mit ihnen?», frage ich.

Der Botschafter zuckt mit den Schultern. «Wie meinen Sie das? Die Küstenwache wird sich um die drei kümmern. Und wenn sie mit allem Notwendigen versorgt sind, bringt man sie zum eigentlichen Ziel ihrer Reise. Es wird ihnen jedenfalls an nichts fehlen, falls Sie darauf hinauswollen.»

«Ich bin eigentlich davon ausgegangen, dass sie für den Diebstahl bestraft werden», sage ich verblüfft.

Hannesson winkt lächelnd ab. «Aber nein! Der Bootsbesitzer wird aus einem Fonds entschädigt, den wir eigens für solche Fälle eingerichtet haben. Das regeln wir unter der Hand, keine Sorge.»

Ich bin beeindruckt. «Sie lassen wirklich nichts auf Ihre Trolle kommen, was?»

Der Botschafter wiegt bedächtig den Kopf hin und her. «Na ja, besonders dann nicht, wenn es sich um außergewöhnliche Trolle handelt. Magnus und seine Brüder sind nämlich die Söhne eines Goden. Man könnte sagen, das waren die Landesfürsten Islands, bis es unter die norwegische Krone gezwungen wurde. Damals gab es zehn Goden, die ganz Island regierten. Heute gibt es nur noch zwei, einer davon ist Magnus Baldurson, der Vater Ihres Schützlings.»

«Baldurson?», frage ich, weil mir der Name irgendwie bekannt vorkommt.

Der Botschafter nickt. «Der Troll, der versehentlich Chicago angezündet hat, ist Magnus Magnussons Großvater. Deswegen hatten wir auch so große Bauchschmerzen, als Magnus das Land verlassen hat.» Er winkt ab. «Aber egal, am Ende ist ja alles gut ausgegangen. Außerdem haben andere

Länder auch Probleme mit ihren gekrönten Häuptern. Warum soll es Island da besser ergehen?»

Er hebt das Glas und fügt in feierlichem Tonfall hinzu: «Vielen Dank für Ihre Geduld und Ihre Hilfe, Dr. Schmitt. Ich würde Ihnen gern einen Orden verleihen, am liebsten den isländischen Falkenorden, aber wie Sie sich sicher denken können, geht das nicht. Die Ereignisse der letzten Tage müssen unter allen Umständen geheim bleiben.»

Er stürzt den Cognac hinunter und gießt sich gleich noch mal nach. «Aber wenn ich mal etwas für Sie tun kann, lassen Sie es mich wissen.» Er hebt sein frischgefülltes Glas. «Und ab heute bin ich für Sie Helgi. Den Botschafter können wir weglassen.»

«Adam», erwidere ich und nippe an meinem Drink. «Und passenderweise hätte ich da sogar ein Anliegen, bei dem du mir helfen könntest, Helgi.»

«Phantastisch. Immer raus damit», erwidert er lächelnd.

«Ich würde Magnus gern schon sehr bald einen Besuch abstatten», sage ich. «Wo muss ich denn da hin? Ich meine: Wo finde ich ihn?»

Helgis Blick verdüstert sich. «Oh, das ist keine gute Idee, Adam. Weißt du, die Trolle leben ihr Leben. Wir leben unseres. Wie du selbst gemerkt hast, finden sie sich in unserer Welt nicht besonders gut zurecht. Dir würde es in ihrer Welt ebenso gehen. Wir Isländer leben zwar mit ihnen im gleichen Land, aber es sind zwei völlig verschiedene Lebensweisen. Das war schon vor tausend Jahren so, und es wird auch in tausend Jahren so sein. Belassen wir es also doch einfach dabei, okay?»

«Keine Sorge, ich will ja nicht unter die Trolle gehen», erwidere ich. «Aber Magnus und ich sind inzwischen befreundet. Oder spricht was dagegen, einen Freund zu besuchen?»

«In diesem speziellen Fall schon», antwortet Helgi. «Was auch immer das für eine Familienangelegenheit ist, wegen der Magnus das Land verlassen hat und weswegen er jetzt zurückgeholt wurde, sie geht nur die Trollsippe etwas an und nicht uns Menschen. Wir tun ihnen wirklich keinen Gefallen, wenn wir uns ungefragt einmischen.»

«Heißt das, ich werde Magnus nie wiedersehen?», frage ich enttäuscht.

Helgi klopft mir auf die Schulter. «Sei doch froh, dass du dich nicht mehr um ihn kümmern musst, Adam. Du bist ihn jetzt offiziell los und kannst dich wieder ganz deinem eigenen Leben widmen. Das ist doch was, oder?»

«Ja. Stimmt auch wieder», sage ich, aber so richtig freuen kann ich mich darüber nicht.

21

Es ist noch früh, als ich die Botschaft verlasse. Helgi hat beherzt dem Cognac zugesprochen und ist dann sehr bald auf einem Lounge-Sessel eingenickt. Kein Wunder, nach den nervlichen Anstrengungen der letzten Tage. Ich habe der ernst dreinschauenden Mitarbeiterin Bescheid gegeben. Sie wird hin und wieder nach dem Botschafter sehen. Vielleicht wacht er auf und möchte dann auf seine Couch umziehen. So richtig bequem sind die Lounge-Sessel nämlich nicht.

Ich flaniere durch den Tiergarten und lasse meine Gedanken schweifen. Es sind eine Menge Menschen unterwegs, um den lauen Sommerabend zu genießen. Das würde ich auch gern tun, aber meine Freude darüber, dass Magnus gerettet worden ist, wird getrübt durch die Erkenntnis, dass wir uns wohl nicht wiedersehen werden.

Als ich das Brandenburger Tor sehe, fallen mir Magnus' magische Liebesrunen ein. Ich beschließe, einen Blick darauf zu riskieren.

Wie ich vor Ort bass erstaunt feststelle, sind die Runen genauso beliebte Fotomotive wie das Brandenburger Tor selbst. Überall da, wo der Troll seine magischen Zeichen hinterlassen hat, posieren Leute. Meist sind es Paare oder kleinere Gruppen, ich sehe aber auch eine Schulklasse beim Stillstehen für ein Gruppenbild mit Rune. Außerdem scheinen sich nicht wenige der hier Anwesenden mit dem tieferen Sinn von Magnus' Werk zu beschäftigen, denn viele haben Bücher über Runenkunde dabei.

Ich spreche eine junge Frau an. Sie schleppt ein besonders dickes Buch mit sich herum und macht schon deshalb den Eindruck, dass sie sich gut auskennt. «Entschuldigung. Darf ich Sie mal was fragen?»

Ihre kleinen, wachen Augen hinter der schwarz geränderten Brille mustern mich skeptisch. Der Scan verläuft befriedigend. Ich wirke offenbar nicht wie ein Schnorrer, Triebtäter, Trickbetrüger oder ein sonstwie unangenehmer Zeitgenosse. «Ja, was ist denn?»

«Diese ganzen Zeichen hier, sind die neu?» Ich formuliere die Frage bewusst vage, weil ich hoffe, sie zum Plaudern anregen zu können.

«Sie meinen die Runen?», fragt sie.

Ich spiele den Unwissenden. «Ach, das sind Runen. Seltsam. Ich habe noch nie was davon gehört, dass hier welche zu finden sind.»

«Die sind auch noch nicht lange da», erklärt sie und fügt kurz angebunden hinzu: «Kann man aber alles im Internet nachlesen.»

Aha, sie will mich also abwimmeln. Zugleich macht sie mir klar, dass ich mich zumindest rudimentär informieren sollte, bevor ich Spezialisten wie sie von der Arbeit abhalte. Ganz nebenbei spricht sie das Wort Internet aus wie ein exotisches Gericht, das ich bestimmt noch nie probiert habe.

«Interessieren Sie sich eigentlich für Island?», frage ich.

Sie wollte sich gerade abwenden, hält jedoch inne. «Wie kommen Sie denn jetzt darauf?»

«Nur so. Ich war kürzlich mal da», sage ich. «Kommen denn diese Runen nicht aus Island? Ich meine, ich hätte da mal so was gelesen.»

«Nicht direkt», antwortet sie. «Wobei speziell diese Runen

tatsächlich isländischen Ursprungs sein könnten. Komisch, dass Sie das ansprechen.»

«Was bedeuten sie denn eigentlich?», frage ich.

«Meinen Sie ihre wortwörtliche Bedeutung oder die magische Wirkung, die man ihnen nachsagt?»

Ich schätze, die junge Dame ist streng wissenschaftlich orientiert und hat mit Magie nichts am Hut. Egal, denke ich und sage: «Wenn Sie mich so fragen, dann interessiert mich die magische Bedeutung natürlich mehr.»

Zum ersten Mal lächelt sie. «Schon klar. Aus diesem Grund sind ja auch die anderen Leute hier. Da interessiert sich keiner für Philologie. Die wollen alle nur ein Foto mit einem Glückssymbol drauf.»

«Und Sie sind Philologin?», frage ich.

«Das auch. Zudem interessiere ich mich für die nordische Frühgeschichte.»

Ich nicke anerkennend. «Und das hier sind also Glückssymbole?»

«Ja, kann man so sagen. Es gibt da zwar unterschiedliche Ansichten, aber speziell diese acht Runen, die Sie hier sehen, stehen ganz allgemein sinnbildlich für ein gutes Leben. Außerdem symbolisieren sie Zweisamkeit und Familie. Bei den Germanen wurden diese Ideale durch Freyr verkörpert. Das war der Vanengott der Fruchtbarkeit. Dem werden diese Runen deshalb auch zugeordnet.»

«Wow. Sie kennen sich aber wirklich gut aus», sage ich anerkennend.

Wieder lächelt sie. «Danke. Jetzt muss ich aber weiter. Sollten Sie diesen Magnus Magnusson zufällig mal in Island treffen, dann grüßen Sie ihn bitte. Das hier ist eine ziemlich coole Aktion, finde ich.»

Meine Bestürzung muss mir ins Gesicht geschrieben

sein, denn die kluge Philologin fügt hinzu: «Alle okay mit Ihnen?»

«Woher kennen Sie diesen Namen?», bringe ich mühsam hervor.

Sie deutet zum Südende des Brandenburger Tores. «Ganz einfach. Der ist dahinten eingemeißelt.»

«Einge… wie bitte?»

«Kommen Sie, ich zeige es Ihnen.»

Sie geht vor, ich folge ihr, immer noch völlig perplex.

Wir gehen zum Flügelbau an der äußersten Südseite des Tores, wo an einer Wand weitere Runen zu sehen sind. Ganz anders als die großen Symbole am Tor selbst sind die Zeichen hier sehr klein und außerdem miteinander verbunden. Sieht irgendwie aus, als hätte Keith Haring in angetrunkenem Zustand versucht, einen Brief zu meißeln.

«Können Sie das lesen?», frage ich.

«Ja. Kann ich», erwidert sie und betrachtet die Inschrift. «Also, da steht: Der ehrenwerte Magnus Magnusson fand einen echten Freund auf der anderen Seite des weiten Meeres und ritzte für ihn diese Runen, damit sein Freund nicht länger unglücklich sein muss.»

«Das steht da?», frage ich und schlucke schwer.

Die Frau mit dem dicken Buch und der großen Brille nickt. «Es ist vom Stil her den Inschriften auf alten Runensteinen sehr gut nachempfunden. Wirklich überzeugend gemacht. Der Künstler muss sich eine ganze Weile mit der Materie beschäftigt haben.»

Sie registriert mein fragendes Gesicht und fügt erklärend hinzu: «Im Internet kursieren wildeste Theorien darüber, wer dieser Magnus Magnusson sein könnte. Manche behaupten sogar, dass der kleine Mann, der auf den Handyfilmen zu sehen ist, von einem anderen Planeten kommt.»

«Ach ja?», sage ich amüsiert. «Da kann man ja auch gleich vermuten, dass es sich um einen Troll handelt, oder?»

Sie lacht. «Ich persönlich denke ja, dass ein Künstler oder auch ein Künstlerkollektiv hinter der Aktion steckt. Vielleicht hat dieser legendäre Banksy die Sache ausgeheckt, wer weiß?»

«Stimmt. Wer weiß das schon?», sage ich, und dabei fällt mir auf, dass ich mir in letzter Zeit wohl oft umsonst Sorgen gemacht habe. Solange es Leute gibt, die im Internet absurde Theorien verbreiten, kann man getrost davon ausgehen, dass die Wahrheit eher selten ans Licht kommt. Aber in diesem Fall heißt das immerhin: Es besteht keine Gefahr für Magnus und seine Leute. Ich finde, das ist eine Notlüge wert.

«Immerhin scheint die Stadt mit der Aktion sehr zufrieden zu sein», fügt die Philologin hinzu. «Die Runen werden inzwischen als Sightseeing-Tipp auf der offiziellen Website genannt. Berlin ist also wieder um eine Attraktion reicher.»

Sie verabschiedet sich mit einem freundlichen Kopfnicken und einem kurzen «Also dann. Machen Sie es gut», und noch bevor ich mich gebührend für ihre Hilfe bedanken kann, ist sie im Getümmel verschwunden.

Nachdenklich betrachte ich Magnus' Inschrift. Sie rührt mich ebenso sehr, wie sie mich beunruhigt. Wenn ich tatsächlich einen derart unglücklichen Eindruck mache, dass mein Freund Magnus glaubt, mir mit Glücksrunen aus der Krise helfen zu müssen, dann sollte ich mich ernsthaft fragen, warum das so ist.

Ich beschließe, Witwe Pohl einen Besuch abzustatten. Ist ja nicht weit von hier. Ich weiß zwar nicht genau, was ich von ihr will, habe aber das unbestimmte Gefühl, sie kann mir irgendwie weiterhelfen.

Am Hoteleingang kommt mir Astrid entgegen. Wir stutzen beide.

«Das ist witzig. Ich habe hier gerade einen Brief für dich abgegeben», sagt sie. «Die Inhaberin meinte, du würdest bestimmt noch mal vorbeikommen, und ich fand es klug, ihn dir nicht ins Büro oder nach Hause zu schicken.»

Sie winkt unwirsch ab. Es wirkt, als würde sie ihre eigenen Erklärungen als lästig empfinden. «Egal, ich hätte dir auch persönlich gesagt, was drinsteht, wenn ich gewusst hätte, dass wir uns begegnen. Du weißt ja, dass ich normalerweise immer den geraden Weg wähle.»

Sie sieht, dass ich Luft hole, um zu antworten, kommt mir jedoch zuvor. «Keine Sorge, Adam. Es ist kein Liebesbrief. Nicht noch einer.»

Ich atme wieder aus, sage aber nichts.

«Es ist ein Abschiedsbrief», fährt sie fort. «Ich wollte Adieu sagen.» Kunstpause. «Und zwar für immer.»

Es hat sie Überwindung gekostet, den Brief zu schreiben, das kann ich ihr anmerken. «Danke, dass du gekommen bist.»

«Ich habe es nicht deinetwegen getan», erwidert sie. «Ich ziehe den Schlussstrich, um mir selbst klarzumachen, dass ich jetzt ein neues Leben anfangen kann. Anfangen darf. Und zwar ein Leben ohne dich.»

Ich sollte mich freuen oder gar erleichtert sein, dass sie sich dazu entschlossen hat, aus meinem Leben zu verschwinden. Aber ich spüre nichts dergleichen. Da ist kein Gefühl der Befreiung, und ich habe auch nicht das Bedürfnis, beglückt aufzuatmen.

«Es ist wohl besser so», sage ich hilflos.

Sie zuckt mit den Schultern. «Wer weiß, was gewesen wäre, wenn die Dinge sich anders entwickelt hätten? Ich kann mir jedenfalls nicht vorwerfen, dass ich es nicht versucht habe. Trotzdem hat es am Ende nicht gereicht. Aber ob es unter anderen Umständen gereicht hätte? Wir werden es nie erfahren. So ist das Leben. Wenn man wissen will, ob etwas funktionieren könnte, dann muss man es in den meisten Fällen einfach ausprobieren.»

Ich nicke. Auch das ist nicht mehr als eine hilflose Geste.

Sie sieht mich an. Ein prüfender Blick. «Du denkst, das sind nur Floskeln, oder? Egal, vielleicht verstehst du eines Tages, was ich meine.» Sie drückt mir einen Kuss auf den Mund. «Hab ein gutes Leben, Adam.»

«Das wünsche ich dir auch», sage ich.

Ein letztes Lächeln, dann dreht sie sich um und spaziert gemächlich in den Sommerabend. Und damit in ihr neues Leben, ohne mich.

«Sie haben Post», verkündet Witwe Pohl, vor deren Tresen ich eine Minute später auftauche. «Von der Dame, mit der Sie gerade gesprochen haben.»

Sie gibt mir Astrids Brief und fügt hinzu: «Von Magnus habe ich aber immer noch nichts gehört.»

«Er ist wieder in Island», sage ich.

«Verstehe.» Sie greift unter den Tresen und reicht mir den Umschlag, den ich hier für Magnus deponiert hatte. «Dann gebe ich Ihnen den hier am besten wieder zurück.»

Ich stecke den Umschlag ein. «Und Sie sind wirklich ganz sicher, dass er keine Nachricht für mich hinterlassen hat? Er hat nichts gesagt? Nichts angedeutet?»

Sie nickt bestimmt. «Ganz sicher.»

Ich will mich verabschieden, da höre ich ein leises Maunzen.

Witwe Pohl spart sich eine Erklärung. Sie verschwindet stattdessen hinter der Rezeption, um gleich darauf ein kleines Körbchen auf den Tresen zu stellen. Ich luge hinein und sehe eine winzige schwarze Katze.

«Sie haben sich eine neue Katze gekauft», mutmaße ich. «Glückwunsch.»

Sie betrachtet zärtlich ihr kleines Kätzchen, während sie sachte den Kopf schüttelt. «Nein, nicht ganz. Magnus hat mir einen Runenstein geschenkt und gesagt, dass der für einen Neuanfang steht. Ich sollte den Stein in die Spree werfen und dabei an jemanden denken, der einen Neuanfang gebrauchen kann. Als Dank dafür würde der Himmel auch mir einen Neuanfang bescheren, hat Magnus gesagt.» Sie entblößt ihre schiefen Zähne. «Ich habe also den Stein in die Spree geworfen, und auf dem Rückweg lief mir dann dieses heimatlose Kätzchen hinterher. Erstaunlich, oder? Ich habe sie Minka getauft, obwohl sie eigentlich ein Kater ist.»

Ich muss lächeln. «Schöne Geschichte. Dann hat Ihnen der Runenstein also Glück gebracht.»

Sie nickt eifrig. «Und ich hoffe, Ihnen bringt er ebenfalls Glück.»

«Mir? Inwiefern soll er mir Glück bringen?», frage ich verwirrt.

«Na, ich habe an Sie gedacht, als ich den Stein ins Wasser geworfen habe.»

«An mich?»

«Ja. Ich dachte, Sie könnten einen Neuanfang gebrauchen.» Sie sagt es beinahe beiläufig. Es klingt, als wäre völlig unstrittig, dass sich in meinem Leben dringend etwas ändern muss.

«Danke», sage ich baff.

«Gern geschehen», erwidert sie. «Vielleicht versuchen sie es mal zur Sommersonnenwende. Magnus hat gesagt, das ist ein perfekter Termin, um ein neues Leben anzufangen.»

Ich merke auf. «Wann hat er das gesagt?»

Die Witwe überlegt. «Kurz bevor er verschwunden ist.»

«Und wann ist die Sommersonnenwende?»

Sie zuckt mit den Schultern. «Keine Ahnung, aber ich vermute, irgendwann jetzt bald, oder?»

Zum Abendessen sind wir bei Rainer und Ruth eingeladen. In der Grillsaison ist das bei schönem Wetter praktisch an jedem Abend der Fall. Alle haben damit gerechnet, dass ich später komme, weil ich Überstunden machen muss – so wie Rainer das früher auch meistens getan hat. Umso erfreuter ist die Familie, mich so früh zu sehen.

Auf der Terrasse bietet sich mir ein vertrautes Bild. Rainer steht am Grill, auf dem neben den obligatorischen Rinderfiletsteaks heute in einer getrennten Bratschale auch Garnelen und Lachs zubereitet werden. Lena mag ohnehin nicht so gern rotes Fleisch, außerdem hat sie Angst vor Toxoplasmose. Bei Rindfleisch kommt das zwar nur selten vor, aber man sollte keine unnötigen Risiken eingehen. Das findet zumindest Ruth, die neuerdings nur noch in der hintersten Ecke der Terrasse raucht, damit ihre schwangere Enkelin keinen Zigarettenqualm abbekommt. Leider ist Ruth in ihrer Raucherecke derart unbeobachtet, dass sie den Weißwein jetzt noch schneller kippt als früher. Sie spricht bereits mit schwerer Zunge, obwohl das Essen noch nicht auf dem Tisch steht, und das heißt, sie dürfte ihrem gewöhnlichen Pensum um mindestens eine halbe Stunde voraus sein.

Conny drückt mir ein Glas Rotwein in die Hand und mustert mich dabei aufmerksam. «Alles okay, Adam? Hattest du einen anstrengenden Tag?»

«Geht so», antworte ich ausweichend.

«Jetzt lass ihn doch erst mal ankommen», sagt Rainer fürsorglich und lässt die Steaks auf dem Grill zischen.

«Ich habe eben im Büro angerufen», bemerkt Conny beiläufig. «Aber da hieß es, du wärst schon länger weg.»

«Ja, das stimmt», sage ich und nicke. Ich spüre, dass ich nicht die geringste Lust habe, mich zu erklären. «Und was habt ihr heute so gemacht?»

Conny sieht mich an und überlegt sichtlich, ob sie sofort nachhaken soll oder ob sie sich dieses Verhör lieber für später aufsparen möchte.

Lena mischt sich ein. «Wir waren in der Stadt und haben ein bisschen nach Babysachen geschaut. Und die Planung für unseren Italienurlaub macht übrigens auch Fortschritte.»

Conny verfolgt meine Reaktion mit Argusaugen. Bin ich angemessen erfreut über diese guten Nachrichten? Das ist wohl nicht der Fall, weshalb sie nun sicher ist, dass irgendetwas ganz und gar nicht stimmt. Allerdings zieht sie auch diesmal die falschen Schlüsse.

«Wo bist du denn nun nach Büroschluss noch gewesen?», fragt sie spitz.

«Bitte nicht, Conny.» Rainer hat es mehr zu sich gesagt als zu ihr und wundert sich jetzt darüber, dass alle es gehört haben.

Die freundliche Ermahnung lässt seine Tochter einschnappen.

«Und wieso nicht?», fragt sie, nur mühsam beherrscht. «Ich werde meinen Mann doch wohl noch fragen dürfen, wo er nach Büroschluss gewesen ist, oder? Mag ja sein, dass seine Sekretärin nicht alles wissen muss, aber der eigenen Frau kann er es ja wohl verraten.»

«Was ist denn plötzlich los?», fragt Lena irritiert.

«Ja, das möchte ich auch gern wissen», fügt Conny bissig hinzu. «Also? Was ist los, Adam?»

Ich seufze leise. Ich müsste jetzt antworten, dass mir in den letzten Stunden einiges klargeworden ist. Ich habe zum Beispiel eingesehen, dass Conny und ich es nicht schaffen werden, unsere Ehe zu retten. Unsere Zukunft wäre nur ein blasser Abklatsch einer rosigen Vergangenheit, die länger zurückliegt, als ich es mir bisher eingestanden habe. Conny würde ständig in Angst leben, ich könnte sie erneut betrügen und eines Tages doch noch mit einer anderen verschwinden. Und ich würde auf diese Weise Tag für Tag an meine Schuld erinnert werden und an die Unmöglichkeit, sie irgendwann abzutragen. Als Rainer und Ruth vor mehr als fünfzehn Jahren die exakt gleiche Krise durchmachten und sich wieder zusammenrauften, da fing Ruth an, ihre Angst in Weißwein zu ertränken, und Rainer nahm das als Freibrief, sie zwar nicht zu verlassen, aber auch nie mehr ganz bei ihr zu sein. Eine solche Ehe will ich nicht führen.

Ich habe außerdem begriffen, dass ich zwar meinen Beruf mag, aber meinen Job hasse. Ich habe nicht Jura studiert, um Leuten dabei zu helfen, das Gesetz und die Gerichte zu überlisten, sondern weil ich an Gerechtigkeit geglaubt habe. Das klingt zwar heute irgendwie kitschig, war aber damals einfach so. Ich lege außerdem keinen Wert auf Rainers Büro, auf sein Prestige oder auf sein Geld. In Zukunft möchte ich ohne Ballast arbeiten. Und ich würde mir meine Mandanten gern selbst aussuchen.

Außerdem habe ich begriffen, dass mein Leben nicht ewig dauert. Es wird eines Tages enden, und dann werde ich mir die Frage stellen, ob ich in der Zeit, die mir vergönnt war, getan habe, was ich tun wollte. In den letzten Tagen ist mir klargeworden, dass ich mit meiner Antwort auf diese Frage momentan ganz und gar nicht zufrieden wäre.

All das müsste ich nun erklären, stattdessen sage ich: «Ich fliege morgen nach Island. Vielleicht nur für ein paar Tage, vermutlich aber für länger.»

Um mich herum fassungslose Gesichter. Conny schießen Tränen in die Augen. «Hat das zufällig etwas mit deinem heutigen Termin nach Büroschluss zu tun? Du hast diese Frau wiedergesehen, nicht wahr? Deswegen musst du nach Reykjavik. Um herauszufinden, ob du es mit ihr versuchen wirst oder ob du doch lieber mit mir vorliebnimmst.»

Ich spüre, dass meine Schultern herabsacken.

«Ich kann das nicht», sagt Conny. Sie dreht sich um und rauscht ins Haus.

Lena sieht mich an. Es ist kein strafender, sondern eher ein interessierter Blick. Sie scheint sich zu fragen, was gerade in mir vorgeht.

«Wer passt jetzt auf sie auf?», fragt sie.

«Sie muss lernen, das selbst zu tun», antworte ich. «Aber das wird sie schaffen.»

Lena überlegt, dann nickt sie sachte. «Ich schau mal nach ihr.»

«Da komm ich mit», sagt Ruth und beeilt sich, ihrer Enkelin zu folgen.

Rainer hat das Grillgut vom Rost genommen und sich in einen Gartensessel fallen lassen. Sieht ja ganz danach aus, dass der Abend gelaufen ist.

«Du steigt also von jetzt auf gleich aus», stellt er fest. Er wirkt plötzlich sehr müde.

Ich nicke. «Du solltest Dylan meinen Job geben. Es gibt nichts, was er sich mehr wünscht, als Seniorpartner zu werden. Und wahrscheinlich ist er wesentlich besser dazu geeignet, als ich es jemals war.»

Rainer nickt bedächtig. «Okay.»

«Ich kann Göttlers Fall noch zu Ende bringen, wenn du willst. Er hat ausdrücklich darum gebeten, dass ich ihn betreue.»

Rainer nickt erneut. «Gut. Einverstanden.»

«Und ich möchte dich um noch etwas bitten, Rainer.»

«Falls es darum geht, dass ich ein Auge auf Conny und Lena haben soll, dann ist das kein Problem. Mach ich. Du kannst dich darauf verlassen.»

«Ja. Das war es, worum ich dich bitten wollte», sage ich. «Danke.»

«Du musst mir nicht danken. Ich hab ja neuerdings genug Zeit, mich um die Familie zu kümmern. Also mach dir keine Sorgen. Viel Glück für deine Reise, Adam.»

«Wüsste ich nicht, dass du anderer Meinung bist, dann könnte ich jetzt glatt vermuten, dass du mich verstehst.»

«Verstehen ist zu viel gesagt.» Er lächelt. «Vielleicht beneide ich dich ein kleines bisschen. Aber das ist dann auch schon alles.»

22

Island zeigt sich von seiner ruppigen Seite. Es ist kalt, es regnet Bindfäden, und ein rauer Wind weht über den menschenleeren Platz vor dem Flughafengebäude. Ich habe zwar diesmal einen Direktflug erwischt, allerdings landet die Maschine wieder zu nachtschlafender Zeit. Der imposante Himmel, den ich hier zuletzt bewundert habe, wirkt jetzt klein und sieht irgendwie schmutzig aus. Und auch die Mitternachtssonne hat ihren magischen Glanz verloren. Sie ist trüb, blass und kraftlos. Es kommt mir vor, als hätte jemand eine Milchglasscheibe davorgeschoben.

Der hilfsbereite Mann in der Autovermietung ist derselbe wie beim letzten Mal. Wenigstens das fühlt sich ein bisschen heimisch an. Oder täusche ich mich etwa, und es handelt sich um einen völlig anderen Kerl, der nur ebenfalls einen knappen Anzug und einen üppigen Vollbart trägt?

Schon beginne ich an meiner Verbundenheit mit Island zu zweifeln. Ist die Hoffnung, dass ich hier einen neuen Plan für mein Leben finden kann, nur eine Wunschvorstellung?

Als der Bartträger im knappen Anzug damit beginnt, mir die Buchung eines Kleinwagens auszureden, um mich sogleich von den Vorteilen eines Geländefahrzeugs zu überzeugen, winke ich ab. Nicht nötig, ich nehme gern den Wagen, der mir schon beim letzten Mal gute Dienste getan hat. Ich buchstabiere ihm meinen Namen, er forscht danach im Computersystem und findet, was er sucht. Aha. Range Rover. Alles klar. Gute Wahl.

Die Formalitäten nehmen keine zwanzig Minuten in Anspruch. Auf Island genügt diese Zeit für einen kompletten Wetterumschwung. Als ich in den Geländewagen klettere, hat der Regen aufgehört, und der Wind weht merklich schwächer. Auch das magische Licht der Mitternachtssonne ist zurückgekehrt. Die Autobahn in Richtung Reykjavik scheint in silbern glimmendem Licht zu fluoreszieren. Weil links und rechts des Weges nur das gähnende Schwarz der Lavafelder zu erkennen ist, kommt es mir vor, als würde die Lichtspur mich geradewegs zum Horizont leiten. Ich glaube sogar, in der Ferne das Glitzern des Meeres erkennen zu können. Eben noch erschien mir das Land klamm und abweisend, jetzt leuchtet es verheißungsvoll wie ein Leuchtfeuer, das den Weg nach Hause weist.

Ich habe mich im Hilton eingemietet, wieder in einem der Zimmer in den oberen Etagen. Ich genieße den Blick auf das im Silberlicht träumende Reykjavik, bis mir vor Müdigkeit die Augen zufallen.

Nach einem tiefen und langen Schlaf frühstücke ich ausgiebig und versorge mich dann in demselben Laden mit Lebensmitteln, in dem man mir bei meinem letzten Besuch den heißesten Tag des Jahres angekündigt hat. Ich erfahre, dass es heute ebenfalls mild und schön werden wird, und zwar bei hochsommerlichen vierzehn Grad.

Am frühen Nachmittag breche ich nach Nordosten auf, um zu jener Steilküste zu gelangen, an der ich meinem Lebensretter Magnus begegnet bin. Mit etwas Glück treffe ich dort die Schwimmerin, nach der Magnus mich seinerzeit gefragt hat. Ich erinnere mich noch, dass ihr Name Katla war. Und Magnus und sie schienen sich zu kennen. Wenn mir also jemand sagen kann, wo ich ihn finde, dann hoffentlich diese Katla. Eine bessere Fährte habe ich nicht.

Es kostet mich geschlagene fünf Stunden, die Schotterpiste mit den tiefen Schlaglöchern zu finden, die mich dereinst zum Meer geführt hat. Das liegt nicht nur daran, dass Island zu einem wesentlichen Teil aus Schotterpisten mit Schlaglöchern besteht. Sie sehen sich obendrein alle verdammt ähnlich.

Am späten Nachmittag habe ich es jedoch geschafft. Ich parke den Range Rover auf der grün bewachsenen Klippe oberhalb der kleinen Bucht, in der ich Katla gesehen habe. Als ich mich dem Abhang nähere, beschleicht mich ein mulmiges Gefühl, weil ich daran denken muss, was mir hier wohl zugestoßen wäre, wenn Magnus nicht vorbeigeschaut hätte.

Ich erinnere mich, dass es am frühen Abend war, als Katla das Bad im Meer genommen hat. Mir bleibt also noch etwas Zeit, um herauszufinden, auf welchem Weg sie in die Bucht gelangen konnte. Irgendwo in der Nähe, so meine Vermutung, muss es einen verborgenen Pfad geben, über den man zum Meer hinabsteigen kann. Und wenn ich den finde, dann finde ich folglich auch Katla, weil sie diesen Abstieg allabendlich benutzt, um im Meer zu baden.

Ich beginne, die Steilküste in westliche Richtung zu erkunden – zu Fuß. Denn mit dem Geländewagen ist hier kein Durchkommen. Die zerfurchte und zerrissene Steilküste ist übersät mit Felsbrocken. Man sieht kaum Grün. Die Klippe, an der ich geparkt habe, ist einer der wenigen Flecken, wo etwas wächst. Der Rest ist eine Mondlandschaft oberhalb des brausenden Ozeans. Immerhin gibt es einen schmalen Pfad, der sich durch die Felsen schlängelt. Launische Windböen aus nördlicher Richtung zerren an meiner Jacke. Zum Glück jagt der Wind auch die Wolken vor sich her, weshalb ab und zu die Sonne durchkommt.

Ich folge dem Trampelpfad vielleicht zwanzig Minuten lang, finde jedoch keinen Abstieg zum Meer. Stattdessen entdecke ich ein kleines Haus, das sich zwischen ein paar besonders großen Felsblöcken zu verstecken scheint. Das ehemals helle Blech, mit dem es verkleidet ist, hat über die Jahre das Grau seiner Umgebung angenommen, weshalb das Häuschen erst bei genauerem Hinsehen als solches zu erkennen ist. Ich nehme Kurs auf das marode Bauwerk. Falls dort jemand wohnt, dann kennt dieser Jemand vielleicht Katla. Wenn ich Glück habe, dann begegne ich ihr sogar selbst. Es ist ja nicht unwahrscheinlich, dass sie hier irgendwo lebt.

Bei näherem Hinsehen ist das Haus kaum mehr als ein alter Wellblechschuppen, der dringend einen neuen Anstrich gebrauchen könnte. Die Tür hängt schief. Ich klopfe zaghaft. «Hallo? Ist da jemand?»

Von drinnen sind Geräusche zu hören, dann wird die Tür geöffnet, und ich schaue in das hübsche Gesicht einer blonden Frau um die vierzig. Sie ist hochgewachsen und schlank, dabei muskulös. Möglich, dass es sich um Katla handelt. Sicher bin ich mir aber nicht, weil ich sie damals nur von ferne gesehen habe.

Während ich überlege, sieht sie mich interessiert an. Ich sollte wohl langsam mal damit herausrücken, was ich von ihr will. «Entschuldigung, aber Sie sind nicht zufällig Katla, oder?»

Hinter ihr pfeift ein Wasserkessel. Sie dreht sich um und verschwindet im Haus mit den Worten: «Hier in Island duzen sich zwar alle, aber es gilt trotzdem als höflich, dass man sich vorstellt, bevor man den anderen nach seinem Namen fragt.» Als sie zurückkehrt, hat sie eine Tasse mit dampfendem Tee in der Hand.

«Entschuldigung. Ich heiße Adam. Adam Schmitt. Und ich bin hier, weil ich nach einem Freund von mir suche.»

«Sieh an. Du bist also Adam. Hab schon viel von dir gehört.» Sie öffnet die Tür. «Komm rein. Magst du auch einen Tee?»

«Gern», antworte ich verdutzt. «Soll das etwa heißen, du hast Magnus getroffen?»

Sie schüttelt den Kopf, stellt eine Tasse auf den schönen Holztisch, der in der Mitte des zweckmäßig und gemütlich eingerichteten Wohnbereichs steht, und gießt Tee ein. Im Hintergrund hebt ein großer schwarzer Hund kurz den Kopf, beschließt dann aber weiterzudösen. Von außen mag das Haus einen heruntergekommenen Eindruck machen, hier drinnen lässt es sich aber sehr gut aushalten.

Sie bemerkt, dass ich mich umschaue. «Gefällt es dir?»

«Sehr», antworte ich und denke: Wirklich perfekt wäre es, wenn es noch ein oder zwei Fenster mehr gäbe.

«Aber?» Sie sieht mir an, dass ich insgeheim einen Kritikpunkt habe.

«Nichts», sage ich wegwischend. «Ich habe nur gerade gedacht, dass ich vielleicht noch ein Fenster mehr eingebaut hätte, um den Raum etwas heller zu machen. Aber das ist ja alles Geschmackssache.»

Sie lacht. «Was willst du denn mit noch mehr Fenstern? Bei Schnee, Eis, Wind und Regen kannst du sie nicht öffnen. Und hier schneit, friert, regnet und stürmt es dauernd. Wenn die Mitternachtssonne scheint, dann musst du die Fenster verdunkeln, wenn du schlafen willst. Im Winter hingegen gibt es kaum Licht. Da würden dir selbst große Fenster nichts nützen. Du müsstest allerdings mehr heizen.»

«Klingt einleuchtend», sage ich und nicke ernst. «Wenn

man es so sieht, dann ist es erstaunlich, dass Isländer überhaupt Fenster haben.»

Wieder lacht sie. «Hatten wir auch sehr lange Zeit nicht. Fenster sind hier erst im letzten Jahrhundert in Mode gekommen.» Sie setzt sich und bedeutet mir, ebenfalls Platz zu nehmen. «Mein Bruder hat mir erzählt, dass du dich gut um Magnus gekümmert hast.»

Sie sieht, dass ich stutze.

«Helgi Hannesson», fügt sie hinzu.

«Du bist die Schwester des isländischen Botschafters? Beeindruckend.»

Sie winkt ab. «Falls es dir noch niemand gesagt hat: Island ist ein sehr kleines Land. Um ein paar Ecken hat praktisch jeder von uns prominente Verwandte.»

«Gut», sage ich. «Dann weißt du also schon, wie ich Magnus kennengelernt habe. Kannst du mir denn auch sagen, wo ich ihn finde?»

«Schon möglich», antwortet sie diplomatisch. «Kommt vielleicht ein bisschen darauf an, was du von ihm willst.»

«Ich möchte mich nur bei ihm bedanken», sage ich. «Das habe ich in Berlin leider nicht tun können, weil er von jetzt auf gleich verschwunden ist.»

«Bedanken?» Katla macht große Augen. «Helgi hat mir erzählt, was in Berlin alles passiert ist. Es klang, als hätte Magnus dein Leben gewaltig in Unordnung gebracht. Wofür willst du dich denn da bedanken?»

«Na, genau dafür. In den letzten zwei Wochen hat sich mein bisheriges Leben zwar in Luft aufgelöst, aber ich weiß jetzt, dass mir nichts Besseres hätte passieren können. Mir ist dadurch nämlich einiges klargeworden.»

Katla nickt bedächtig. Sie scheint zu überlegen.

«Hat Magnus eigentlich Probleme?», frage ich beiläufig.

Sie wirkt ertappt. «Wie kommst du denn darauf?»

«Helgi hat angedeutet, dass der Grund für Magnus' Reise nach Berlin derselbe sein könnte wie für sein plötzliches Verschwinden. Nämlich eine Familienangelegenheit. Und ich vermute jetzt mal, du weißt, worum es geht, richtig?»

«Du weißt aber auch, dass ich dir das nicht sagen darf.»

«Das heißt also, ich habe recht, und du bist im Bilde.»

Katla zögert einen Moment, dann nickt sie. «Ja. Es geht um eine Hochzeit.»

«Was denn für eine Hochzeit?»

«Um Magnus' Hochzeit.»

Jetzt muss ich lachen. «Magnus ist vor einer Frau davongelaufen?»

«Schon.» Katla wiegt den Kopf hin und her. «Aber nicht nur Magnus hätte sich die Hochzeit gern erspart. Seine Braut will ihn ebenfalls nicht heiraten. Es handelt sich nämlich um eine arrangierte Verbindung. Die beiden letzten Goden von Island haben ihre ältesten Kinder einander versprochen. Ob der Prinz und die Prinzessin Gefühle füreinander haben, ist dabei zweitrangig. Hauptsache, die Tradition wird gewahrt.»

«Und die Hochzeit soll in der Mittsommernacht stattfinden», rate ich.

Katla nickt. «Ja, auch das ist Tradition.»

«Und wo steigt diese traditionelle Party?»

Sie stutzt. «Menschen sind dazu natürlich nicht eingeladen, falls du das meinst. Die Trolle wollen unter sich bleiben.»

Entschlossen schiebe ich meine Tasse zur Seite. «Das ist mir egal. Ich muss Magnus davor bewahren, einen großen Fehler zu begehen. Immerhin ist er mein Freund. Und er hat mir schließlich auch geholfen.»

Katla wirkt amüsiert. «Und wie willst du das anstellen?»

«Das weiß ich selbst noch nicht so genau. Aber wenn nicht nur er, sondern auch seine Braut diese arrangierte Hochzeit nicht wollen, dann wäre es vielleicht besser, wenn sie gar nicht erst stattfindet.»

Sie sieht mich forschend an. «Mein Bruder hat dir doch bestimmt gesagt, dass wir Menschen uns nicht in die Angelegenheiten der Trolle einmischen dürfen, oder?»

«Ja, das hat er», antworte ich. «Aber Magnus hat sich auch ungefragt in mein Leben eingemischt. Und jetzt sind wir Freunde. Seine Angelegenheiten sind also in gewisser Weise auch meine Angelegenheiten.»

Katla sieht mich an und schweigt.

«Ich will ihn doch nur davor bewahren, in einem Leben zu landen, das ihn unglücklich macht», füge ich bittend hinzu.

«Manche glauben, man kann sich sein Leben nicht aussuchen», wendet sie zögerlich ein.

«Ich weiß. So was hat Magnus mir auch mal gesagt.»

Sie zuckt mit den Schultern, was wohl heißen soll: Na, dann weißt du ja, wovon ich rede.

«Aber was, wenn die Theorie nicht stimmt? Würdest du dein Leben darauf verwetten? Ich meine, wenn du Pech hast, dann begreifst du erst, wenn es zu spät ist, dass du sehr wohl etwas hättest ändern können.»

Katla sieht mich an. Auf ihrer Stirn sind Denkfalten zu sehen. «Du glaubst, man kann seinem Schicksal davonlaufen?»

«Selbst wenn nicht, dann wäre das noch lange kein Grund, es nicht zu versuchen», antworte ich.

Ein anerkennendes Nicken. «Da ist was dran.»

«Dann sagst du mir also, wo ich Magnus finde?», frage ich hoffnungsvoll.

«Selbst wenn ich es dir sagen würde, wäre dir damit nicht geholfen, Adam. Die Trolle sprechen zwar viele Sprachen, weil sie die von den Touristen aufgeschnappt haben, aber die Zeremonie findet nicht auf Englisch oder Deutsch, sondern natürlich auf Isländisch statt. Ich bezweifle sogar, dass sie dir überhaupt zuhören würden, weil du ja keiner von ihnen bist.»

«Dann komm mit und hilf mir», schlage ich vor. «Du bist Isländerin, und soviel ich weiß, ist Magnus auch dein Freund, oder?»

Sie verzieht das Gesicht. Ich sehe, dass sie mit sich ringt. «Hat Helgi dir erzählt, warum Magnus' Großvater das Land verlassen musste?»

«Ja. Ich glaube, da ging es um Mord und Totschlag, oder?», fasse ich vage zusammen.

Katla nickt zustimmend. «Nur die allerwenigsten Trolle sind so umgänglich wie Magnus. Sein Vater ist ein Patriarch, wie er im Buche steht. Er kann sehr ungemütlich und dann auch sehr schnell handgreiflich werden.»

«Mit Patriarchen kenne ich mich aus», prahle ich lässig vor mich hin. «Also keine Sorge, ich hab keine Angst vor Magnus' Vater.»

«Überleg es dir gut, Adam», sagt Katla. «Wenn dir erst ein paar wildgewordene Trolle mit gezückten Dolchen auf den Fersen sind, dann ist es zu spät für einen Sinneswandel.»

Ihre Worte bleiben nicht ohne Wirkung. Ich zögere und frage mich, ob es vielleicht doch vernünftiger und womöglich auch gesünder wäre, den Dingen einfach ihren Lauf zu lassen. Muss nicht jeder für sich selbst herausfinden, wie er leben will? Und hat nicht Magnus genau das getan?

Dann jedoch erinnere ich mich an den Abend, als wir den Leuten von Titus Steiner gegenüberstanden und Magnus mir ganz selbstverständlich zur Seite sprang. Dabei hätte er sich auch sagen können, dass das allein mein Problem ist. Hat er aber nicht.

«Mir egal», sage ich entschlossen. «Wenn es schlecht ausgeht, dann ist das eben *mein* Schicksal. Aber ich gebe zu, insgeheim hoffe ich auf ein Happyend.»

Katla kann sich ein Lächeln nicht verkneifen. «Du willst also zwei Trollsippen davon überzeugen, dass sie mit einer jahrtausendealten Tradition brechen sollen, und das von jetzt auf gleich.»

«Ich bin Anwalt», sage ich und bemühe mich darum, zuversichtlich zu lächeln. «Ich muss dauernd Leute dazu überreden, Dinge zu tun, die sie eigentlich nicht tun wollen. Oder umgekehrt.»

Katla sieht mich eine Weile unbeweglich an. Dann leert sie ihren Tee in einem Zug und sagt: «Okay. Dann los, bevor ich es mir anders überlege. Wir haben einen weiten Weg vor uns und nur ein paar Stunden Zeit.»

«Wieso denn das?», frage ich verwirrt. «Mittsommer ist doch erst morgen.»

«Sagt wer?», fragt Katla verdutzt.

«Sagt das Internet», antworte ich.

«Ich fürchte, da liegt das famose Internet ausnahmsweise daneben», erwidert Katla mit einem breiten Lächeln. «Die Sommersonnenwende fällt nicht jedes Jahr auf den gleichen Tag. In diesem Jahr ist sie aber definitiv heute Nacht.»

«Oh. Jetzt bin ich aber wirklich froh, dass du mir hilfst», sage ich aufrichtig.

Katla lacht. «Ohne mich wärst du morgen wahrscheinlich ziemlich allein gewesen am Thingvellir.»

«Thingvellir», wiederhole ich langsam. Irgendwie kommt mir der Ort bekannt vor.

«Der älteste Versammlungsplatz in Island», erklärt Katla.

Jetzt fällt mir ein, dass Helgi davon gesprochen hat. «Genau. Und eine Art Vorläufer des isländischen Parlaments.»

«Ja, das erzählt man den Touristen», erwidert Katla. «Die Wahrheit ist, dass dieser Versammlungsort bereits existiert hat, bevor die ersten Menschen nach Island kamen. Die Trolle haben Thingvellir begründet. Freundlicherweise dürfen wir Menschen den Platz nutzen, aber einmal im Jahr, nämlich an Mittsommer, da sorgen die Isländer dafür, dass die Trolle ihn ganz für sich allein haben. Dann wird die Gegend großräumig gesperrt, damit kein Mensch sich dem Thingplatz nähern kann.»

«Und wie kommen wir dann dahin?», frage ich.

«Keine Ahnung», erwidert Katla. «Aber wir haben drei Stunden Fahrt vor uns. In dieser Zeit wird mir hoffentlich etwas einfallen.»

23

Wir stellen den Wagen ab, lange bevor wir unser Ziel erreicht haben. Katla hält es für klug, lieber eine halbe Stunde Fußmarsch in Kauf zu nehmen, als die Aufmerksamkeit der Polizei zu erregen. Wenn herauskommt, dass wir den Trollen einen Besuch abstatten möchten, dann dürfte unser Abenteuer auf einem Revier enden, wo man uns so lange festhalten wird, bis die Hochzeit vorbei ist. Unser Plan ist deshalb, die strategisch positionierten Wachen weiträumig zu umwandern.

Katla hat vorgeschlagen, dass wir uns im Schutz der Allmännerschlucht an den nördlichen Ausläufer des Binnensees Thingvallavatn heranschleichen. Es gibt eine Fußgängerbrücke über den See, aber auch die wird garantiert bewacht. Also müssen wir durchs Wasser auf die andere Uferseite gelangen, wo wir uns im Schutz der wenigen Bäume, die es hier gibt, zum Althing schleichen können, jenem legendären Versammlungsort, an dem die Trauung stattfinden soll.

Der Plan klingt alternativlos, und ich habe ohnehin keine bessere Idee. Also bin ich einverstanden.

Die erste Etappe verläuft problemlos. Wir unterqueren im Schutz der Allmännerschlucht eine Brücke, auf der zwei Polizisten angeregt miteinander plaudern, weshalb sie kaum mitbekommen, was um sie herum passiert. Das ist speziell für mich ein Glück. Während Katla sich nämlich ohne Probleme völlig lautlos fortzubewegen vermag, muss ich mich höllisch anstrengen, um ihr einigermaßen leise zu folgen. Obwohl mir das ganz passabel gelingt, komme ich mir im Vergleich zu meiner drahtigen und durchtrainierten Begleiterin wie ein tapsiger Bär vor.

Sie scheint das anders zu sehen, denn als wir eine geeignete Stelle finden, um aus der Schlucht hinauszuklettern, nickt sie mir kurz freundlich zu, als wollte sie sagen: Gut gemacht.

Wir versuchen möglichst nah an das Seeufer heranzukommen. Leider führt das letzte Stück über offenes Gelände, und nicht weit entfernt von uns ist die Fußgängerbrücke zu erkennen, auf der ebenfalls zwei Uniformierte patrouillieren. Diese Männer vertreiben sich die Zeit allerdings nicht mit Plaudereien. Da sie den See abwechselnd in nördlicher und südlicher Richtung inspizieren, nutzen wir die Zeit, in der beide nach Süden schauen, um zum See zu huschen und dankbar festzustellen, dass der Ausläufer des Thingvallavatn hier kaum einen Meter tief ist. Glück gehabt. Langsam und leise waten wir durch das dunkle Gewässer. Erst als die Schatten der Bäume am anderen Ufer uns verschluckt haben, halten wir inne.

Um sicherzugehen, dass wir nicht entdeckt worden sind, schauen wir uns zu der Fußgängerbrücke um, auf der zu unserer großen Erleichterung die beiden Polizisten unbeirrt ihren Dienst tun. Ein langer Blick nach Norden, ein ebenso langer Blick nach Süden, und dann wieder von vorn.

Das Ufer ist nur noch ein paar Meter entfernt. Wir wollen gerade weitergehen, aber da ist plötzlich ein Murmeln zu hören. Ich erschrecke merklich, weil ich vermute, dass wir am Ende doch noch einer Patrouille in die Arme gelaufen sind. Schade, dabei lief es bis hier wirklich gut.

Katla errät meinen Gedanken, schüttelt den Kopf und

flüstert mir ins Ohr: «Keine Sorge, das sind nur die Trolle. Der Platz ist gleich dahinten, und ich vermute, die Zeremonie hat bereits begonnen.»

Ich lächle erleichtert. Wir sind also doch nicht erledigt. Sehr gut.

Mit einem Kopfnicken bedeutet sie mir, ihr zu folgen.

Im Schutz der Bäume gelangen wir zu einer alten weißen Holzkirche, an deren Längsseite wir uns entlangpirschen. Das Murmeln wird lauter. Es klingt, als würde jemand eine Rede halten.

Im Schutz der Kirchenwand riskiert Katla einen Blick. Danach luge auch ich um die Ecke. Als ich sehe, was sich hinter der Kirche verbirgt, traue ich meinen Augen kaum.

Auf einem kreisrunden, erhöht liegenden Platz, der mit groben Steinen umrandet ist, steht eine Festgemeinschaft von vielleicht fünfzig Trollen. Vom Kleinkind bis zum Greis sind alle Altersstufen vertreten. Die Gruppe lauscht den Worten eines weißhaarigen Redners in einem fließenden hellgrauen Gewand, das im Schein der ringsum in den Boden gesteckten Fackeln zu leuchten scheint.

Katla bedeutet mir, dass ich mich wieder hinter die Kirchenwand zurückziehen soll, aber ich bin so fasziniert von dem sich mir bietenden Anblick, dass ich mich einfach nicht losreißen kann.

«Nur noch einen Augenblick», flüstere ich. Katla seufzt leise.

Der Greis im hellen Gewand könnte ein Priester oder auch eine Art Standesbeamter sein. Allerdings ist momentan kein Brautpaar zu sehen.

Die Anwesenden tragen wollene Kleidung, die an mittelalterliche Trachten erinnert. Man sieht sämtliche Schattierungen von Grau und Braun, aber hier und da auch ein kräftiges Grün, Blau oder Rot. Manche der Frauen tragen Schmuck, einige der Männer sind bewaffnet. Ich kann Schwerter, Äxte und Dolche erkennen.

«Jetzt geht es gleich los», flüstert Katla, und mir fällt ein, dass sie im Gegensatz zu mir jedes Wort versteht, das der Weißhaarige sagt.

«Und was heißt das?», frage ich.

«Die eigentliche Zeremonie beginnt jetzt», antwortet sie.

Wie zur Bestätigung bilden die Zuhörer nun eine Gasse, durch die das bislang hinter den Gästen versteckte Brautpaar würdevoll zum Zeremonienmeister schreitet.

Ich erkenne Magnus und freue mich, ihn zu sehen, wenngleich er keinen besonders glücklichen Eindruck macht. Er und seine Zukünftige wirken ernst und schicksalsergeben. Beide tragen festliche, farbenfrohe Gewänder. Ihr Äußeres kann jedoch nicht darüber hinwegtäuschen, dass beide den heutigen Tag ganz sicher nicht als den schönsten ihres Lebens in Erinnerung behalten werden.

Ich sehe, dass die Braut ihr wogendes rostrotes Haar kunstvoll geflochten und mit weißen Bändern verziert hat, und muss grinsen, weil ich mich daran erinnere, dass Magnus mich vor rothaarigen Frauen gewarnt hat. Jetzt weiß ich, was er meinte.

Der Weißhaarige beginnt erneut zu sprechen, wendet sich diesmal jedoch direkt an die Braut und den Bräutigam. Es ist nicht schwer zu erraten, was er den beiden sagen wird. Bestimmt handelt es sich um die üblichen Kalendersprüche, gutgemeinten Ratschläge und allerbesten Wünsche, die man künftigen Ehepaaren einbläut, bevor man ihnen den Segen des Himmels und der Familie gibt.

Der Weißhaarige hebt die Stimme und wendet sich wieder an die Gemeinde. Auch diesen Teil der Zeremonie kenne ich gut. Jetzt wird er fragen, ob einer der Anwesenden etwas gegen die Verbindung vorzubringen hat. Falls ja, dann möge dieser Jemand nun sprechen, falls nein, möge er für immer schweigen.

Ich finde, genau jetzt ist der richtige Moment, um klarzumachen, dass ich etwas gegen diese Ehe einzuwenden habe. Also trete ich entschlossen aus dem Halbdunkel und rufe: «Ich möchte bitte etwas sagen!»

Der Weißhaarige verstummt abrupt. Die Köpfe der Hochzeitsgäste drehen sich synchron zu mir. Ich sehe die fragenden Gesichter, wende mich hilfesuchend an Katla und frage: «Könntest du bitte mal übersetzen, was ich gerade gesagt habe?»

Langsam schält auch sie sich aus dem Schatten der Kirche.

Erst jetzt begreift Magnus, wer da gerade in seine Familienfeier reingeplatzt ist. «Adam? Bist du das? Katla?»

«Allerdings», erwidere ich, während Katla neben mich tritt und mir zuraunt: «Ob das jetzt klug war, weiß ich nicht.»

«Wieso nicht? Der Weißhaarige hat doch gerade gefragt, ob jemand was gegen die Hochzeit einzuwenden hat», raune ich zurück.

Sie schüttelt den Kopf. «Hat er nicht. Er war dabei, die großen Verdienste von Magnus' Vater aufzuzählen, als du ihm das Wort abgeschnitten hast.»

«Oh», sage ich tonlos.

«Genau», stimmt Katla zu.

Ein Kerl, der aufgrund seiner enormen Schultern so breit wie hoch wirkt, ruft Magnus etwas auf Isländisch zu, und der antwortet prompt.

«Worüber reden die?»

«Das ist Magnus' Vater», erklärt Katla.

«Hab ich mir schon fast gedacht.»

«Er will wissen, wer du bist. Magnus hat es ihm gesagt.»

Der quadratische Kerl kommt an den Rand des erhöht liegenden Platzes und mustert mich. Er hat eisgraue Augen und eine ähnlich wilde Frisur wie sein Sohn, trägt aber einen wesentlich längeren Bart. Da der Ritualplatz mindestens einen Meter erhöht liegt, überragt Magnus' Vater mich gerade um Haupteslänge, obwohl er nicht viel größer ist als sein Sohn.

Magnus Baldurson, offenbar der Boss der Trolle, denkt kurz nach, dann sagt er etwas, das wie hastig ausgestoßene Flüche klingt. Könnten aber auch Befehle sein.

«Oh, das ist nicht gut», kommentiert Katla nervös. «Das ist gar nicht gut.»

«Was will er denn?», frage ich besorgt, aber da haben bereits zwei besonders finster dreinblickende Trolle ihre Schwerter gezogen und sich in Bewegung gesetzt. Beide sind kleiner als Magnus, aber ganz sicher mindestens ebenso stark. Außerdem sind sie hinterhältig. Einer tritt mir ansatzlos gegen das Schienbein, und nachdem ich mit einem Schmerzenslaut auf den Knien gelandet bin, haken die Kerle mich unter und schleifen mich eine kurze Steintreppe hinauf, um mich ihrem Boss vor die Füße zu werfen. All das geht so schnell, dass ich nicht die geringste Chance habe, mich zu wehren.

Magnus versucht, bei seinem Vater zu intervenieren. Am Tonfall kann ich erahnen, was er sagt. Auch Katla redet hektisch auf meinen Peiniger ein, aber der zeigt sich völlig unbeeindruckt.

Ich lande also auf den Knien zu Füßen von Magnus Baldurson, in Schach gehalten von seinen beiden Häschern, deren Schwertspitzen ich so deutlich am Hals spüre, dass ich nicht wage, mich auch nur einen Millimeter zu bewegen.

«Wollen die mich etwa umlegen?», frage ich unsicher in die Runde.

«Keine Sorge, das ist noch nicht raus», ruft Magnus und schält sich langsam aus der Menge, als dürfte er keine hektischen Bewegungen machen.

«Aber es ist sehr wahrscheinlich», ergänzt Katla beunruhigt.

«Na toll», sage ich und denke: Ist es nicht eine hübsche Ironie des Schicksals, dass ich einen plötzlichen Herztod, einen Klippensturz und noch einige andere riskante Situationen überlebe, um am Ende von ein paar Trollen abgemurkst zu werden?

Der Mann mit den eisgrauen Augen zieht nun ebenfalls sein Schwert, was alle Anwesenden erstarren lässt. Selbst Magnus rührt sich nicht. Es herrscht atemloses Schweigen.

Ich muss befürchten, dass der Boss mir nun einfach den Schädel spalten und mich dann in aller Eile irgendwo verscharren lassen wird, damit die Hochzeitsgäste nicht allzu lange auf den Fortgang der Zeremonie zu warten brauchen.

Aber nach einigen bangen Atemzügen geschieht etwas, das mich zaghaft Hoffnung schöpfen lässt.

«Du hast meinem Sohn in der Fremde geholfen», sagt der Mann mit den eisgrauen Augen. Er sagt es auf Deutsch.

Ich nicke vorsichtig, weil die Schwertspitzen an meinem Hals mir heftiges Nicken unmöglich machen. «Hab ich gern gemacht. Keine Ursache.»

Er nickt ebenfalls, macht dann aber meine Hoffnung, dass seine freundliche Bemerkung mein Weiterleben bedeuten könnte, wieder zunichte. «Zum Dank dafür darfst du jetzt kurz sprechen, bevor ich dir den Schädel einschlage.»

Katla hat also recht. Magnus' Vater ist ein echtes Raubein. Und er macht keinen Hehl daraus, dass er gern mal handgreiflich wird.

Wenn ich nicht einen Kopf kürzer gemacht werden will, dann sollte ich jetzt ein verdammt gutes Plädoyer halten. Vielleicht sogar das beste, das ich je gehalten habe.

«Darf ich aufstehen?», frage ich und schaue meinem Gegenüber direkt in die Augen. «Kein Mann redet gern, wenn er auf den Knien liegen muss und ein Schwert im Nacken hat.»

Das leuchtet Baldurson ein. Er nickt und gibt seinen Leuten ein Zeichen. Die Schwertspitzen an meinem Hals verschwinden, ich rappele mich hoch.

«Kannst du übersetzen?», frage ich Katla.

«Nicht nötig», ruft Magnus. «Alle hier verstehen dich.» Erklärend fügt er hinzu: «Sie verbringen viel Zeit damit, die Touristen zu studieren.»

Ich schaue in die Menge und sehe zaghaftes Kopfnicken.

«Gut», sage ich. «Danke, dass ihr mir zuhört. Ich heiße Adam, und ich bin ein Freund von Magnus. Ich komme aus Berlin, wo ich praktisch mein ganzes Leben damit verbracht habe ...»

Ich stocke, weil ich aus den Augenwinkeln beobachte, dass Magnus' Vater eine Sanduhr aus einem Umhängebeutel gezogen hat. Jetzt läuft die Zeit für mich, und wenn ich es richtig einschätze, dann bleiben mir keine fünf Minuten, um zu sagen, was ich auf dem Herzen habe.

Ich schaue zu Magnus und seiner Braut, sehe die teils fragenden, teils erwartungsvollen Gesichter der Hochzeitsgesellschaft und merke, dass ich den Faden verloren habe. Das ist nicht gut, denke ich: Erst verlierst du den Faden, dann den Kopf.

«Magnus und seine Braut …» Mir fällt ein, dass ich den Namen der Braut gar nicht kenne, deshalb schaue ich hilfesuchend zu Magnus. «Wie heißt sie eigentlich?»

«Freya», souffliert er.

«Magnus und Freya», fasse ich zusammen und sehe, dass die Sanduhr sich bereits zu einem Drittel geleert hat. Eben noch wollte ich das beste Plädoyer meines Lebens halten, jetzt stehe ich da wie ein Vollidiot, der sich ständig verhaspelt und nicht einen einzigen vernünftigen Gedanken formulieren kann. Das ist inzwischen auch Katla aufgefallen.

«Ähm … Adam?», fragt sie mahnend und deutet mit einer Kopfbewegung zu der nun bereits halb durchgelaufenen Sanduhr.

«Tja … also … Magnus und Freya», wiederhole ich ratlos und betrachte zuerst meinen Freund und dann seine Braut. Dabei denke ich: So wird das nichts. Stell dich schon mal darauf ein, dass du in einem einsamen Grab in der isländischen Einöde landen wirst.

Plötzlich passiert jedoch etwas völlig Unerwartetes. Ich ertappe Freya dabei, wie sie einen kurzen Blick in die Festgemeinde wirft, der, wenn ich das richtig sehe, von einem besonders schmächtigen und nicht eben hübschen Troll erwidert wird. Die Sache dauert nur Bruchteile von Sekunden, und vermutlich bin ich der Einzige, der es bemerkt hat.

Ich sehe den Sand rieseln, die Zeit rinnt mir förmlich durch die Finger. Zwei Minuten habe ich vielleicht noch, um das Ruder herumzureißen. Also setze ich nun alles auf eine Karte und zeige auf den Troll, dem die Braut gerade einen konspirativen Blick zugeworfen hat. «Wie heißt du?»

Alle Augen richten sich auf den Angesprochenen, der nun leicht errötet und dann mit brüchiger Stimme antwortet: «Ich bin Thor.»

Wenn irgendjemand auf diesem Platz dem Donnergott nicht ähnlich sieht, dann ist es dieser Troll. «Kennst du die Braut, Thor?»

Er erschrickt und schaut ängstlich hinüber zu Freya, die ihn einerseits distanziert, andererseits aber auch irgendwie interessiert mustert. Er senkt den Blick und erwidert leise: «Ja, ein bisschen.»

«Entschuldigung, aber wir haben dich nicht verstanden», sage ich und spüre, dass ich auf dem richtigen Weg sein könnte.

«Ich kenne sie ein bisschen.» Thor bemüht sich, laut und mit fester Stimme zu antworten, was nur halbwegs klappt. Er kann nicht verhehlen, dass er nervös und unsicher ist.

«Und …», ich mache absichtlich eine Kunstpause, bevor ich meine Frage vollende, «… liebst du sie?»

Ein Raunen geht durch die Hochzeitsgesellschaft, gefolgt von einem angespannten Schweigen.

Wieder treffen sich Thors und Freyas Blicke. Hofft er auf ein Zeichen von ihr? Dann hofft er vergeblich, denn Freya steht unbeweglich und völlig reglos da. Vielleicht ist das ihre Art, ihm zu sagen: Du kennst die Antwort, aber ich werde dich nicht bitten, sie zu geben. Das musst du schon ganz allein tun.

Thor wendet den Blick von Freya ab und blickt sich unsicher um. Überall fragende Gesichter. Seine Mundwinkel wandern nach unten, er ballt die Fäuste, dann beginnt er, mutig und energisch zu nicken. «Ja, ich liebe sie.» Seine Stimme ist plötzlich fest und sicher.

«Ich liebe sie», wiederholt er, als hätte ihm dieser Satz schon lange auf der Seele gebrannt. «Und ich weiß, dass sie mich auch liebt.»

Aus den Augenwinkeln kann ich erkennen, dass die

Sanduhr abgelaufen ist. Baldurson hat es aber nicht gemerkt, weil er mit offenem Mund zwischen Freya und Thor hin- und herschaut.

Während Thor dasteht wie ein tapferer Soldat, der auf seine Exekution wartet, ist das Gesicht von Freya förmlich aufgeblüht. Ihre Wangen glühen, die Augen leuchten. Thor liegt also richtig.

Und wenn man sie so ansieht, dann liegt die Vermutung nahe, dass er und seine Geliebte ihre Gefühle füreinander nicht nur mit Händchenhalten besiegelt haben.

Magnus steht völlig verdattert und sichtlich überfordert da. Er scheint noch nicht ganz begriffen zu haben, was das alles für ihn bedeuten könnte. Abwechselnd sieht er mich, Freya und Thor an.

Baldurson findet als Erster die Sprache wieder.

«Haukur, was geht hier vor?», poltert der Boss der Trolle.

Ein Rotschopf, der unschwer als Vater der Braut zu erkennen ist, zieht sein Schwert und drängt sich wütend durch die Menge, um Thor die Klinge an den Hals zu setzen. «Was hast du mit meiner Tochter angestellt, du verdammter Mistkerl?»

«Bitte, Vater, tu ihm nichts», ruft Freya.

«Sei still, du … du …» Man ahnt, dass Haukur das Wort Luder auf der Zunge liegt, er verkneift es sich jedoch. Vielleicht weil es so klänge, als würde er ihr durchaus eine Mitschuld an der Misere zutrauen.

Ein anderer Troll mit blassem Gesicht und wässrigen Augen zieht nun ebenfalls sein Schwert und hält es Haukur an den Hals. «Krümme meinem Sohn auch nur ein Haar, und du bist des Todes, Haukur.»

«Nein! Hört auf!» Freya muss nun nicht nur um ihren Geliebten, sondern obendrein um den eigenen Vater bangen.

Ich drehe mich zu Baldurson und frage: «Sollte man da nicht vielleicht mal eingreifen?»

Während Katla mich warnend am Arm zupft, funkeln mich die eisgrauen Augen von Magnus' Vater böse an. Da er offenbar nichts unternehmen will, ergreife ich das Wort.

«Könnten vielleicht jetzt mal bitte alle ihre Waffen runternehmen?», frage ich laut. «Ich finde, wir sollten diese Sache besprechen, wie es sich für zivilisierte Trolle gehört.»

Die Augen der Festgemeinde richten sich auf den Boss, dessen Schultern merklich herabsinken. Er überlegt wohl gerade, welches der beiden Übel, unter denen er wählen kann, ihm lieber ist. Soll er ein Blutbad in seiner Sippe in Kauf nehmen, um die zweifelhafte Ehre von Freya zu retten, oder die royale Hochzeit von Prinz und Prinzessin abblasen?

Vernehmlich seufzend steckt Baldurson sein Schwert weg, was für Freyas und Thors Väter das Zeichen ist, ebenfalls die Klingen sinken zu lassen.

«Hör mir gut zu, Haukur», sagt Baldurson mit drohender Stimme. «Wenn deine Tochter bei dem Sohn von Jon gelegen hat, dann wird mein Sohn sie nicht zur Frau nehmen. Und keine Mitgift der Welt würde reichen, um diese Schmach vergessen zu machen.»

«Keine Sorge, Magnus», ruft Haukur und wendet sich zu Freya. «Sag dem ehrenwerten Magnus Baldurson, dass du so rein bist wie allerreinstes Gletscherwasser, meine geliebte Tochter.»

Freya presst die Lippen fest aufeinander, überlegt eine Weile und sagt dann: «Na ja, vielleicht nicht ganz so rein wie reinstes Gletscherwasser.»

Ein entsetztes Raunen geht durch die Menge.

Ich sehe, dass Magnus ein Stein in der Größe eines kapitalen Findlings vom Herzen fällt. Seine vage Hoffnung ist gerade Gewissheit geworden. Er muss die Prinzessin mit den roten Haaren nun wohl doch nicht zur Frau nehmen, weil der blasse Thor bereits an ihr genascht hat.

Haukur und Baldurson wirken ebenso fassungslos wie der Rest der Hochzeitsgesellschaft. Niemand wagt es, etwas zu sagen.

Ausgerechnet der unscheinbare Thor findet als Erster die Sprache wieder: «Also ich würde sie heiraten, wenn das irgendwie möglich wäre.»

Wieder beginnt das Gesicht der Braut zu glühen. Sie wirft einen flehentlichen Blick zu Magnus.

«Willst du lieber Thor heiraten?», fragt der. «Meinen Segen hättest du.»

«Will sie ganz sicher nicht!», souffliert Haukur lautstark.

«Lass sie selbst antworten», befiehlt Baldurson.

Freya schaut zu Thor, und der tut nun das einzig Richtige. Er geht auf die Knie und fragt: «Willst du mich heiraten, meine geliebte Freya?»

Es ist jetzt, als hätte ein kurzer Windhauch die angespannte Stimmung, die noch vor Sekunden hier geherrscht hat, einfach davongeweht. Die Mienen der Anwesenden sind plötzlich weich geworden. Selbst Haukur und Baldurson können nicht verhehlen, dass ihnen die Liebe zwischen Thor und Freya nahegeht.

Ich spüre, dass die Finger von Katla meinen Unterarm umklammern.

«Ja, Thor. Ich will deine Frau werden», antwortet Freya.

Haukur lässt die Schultern sinken, durch die Festgemeinschaft geht ein Aufatmen. Hier und da werden ein paar Tränen zerdrückt, ein kurzes Schniefen. Dann steht Thor auf, um in sein neues Leben zu schreiten.

Während der alte Bräutigam dem neuen die Braut übergibt, winkt Baldurson mich zu sich. «Woher wusstest du das?»

«Ich hatte keine Ahnung», antworte ich. «Ich habe auf eine glückliche Fügung gehofft, als ich hierherkam.»

Er runzelt die Stirn. «Dann war es also der Wunsch des Himmels, dass der letzte Prinz und die letzte Prinzessin dieses Landes kein Paar werden?»

Ich zucke mit den Schultern. «Vielleicht ist es ja so, dass immer ein neues Märchen beginnt, wenn ein altes zu Ende geht. Wer weiß?»

Er nickt nachdenklich. «Ja. Auch möglich. Bleibt ihr beide zum Essen?»

Ich schaue in die Runde. Die Blicke von Magnus und mir treffen sich. Er grinst breit, seine Lippen formen ein tonloses «Danke».

Ich lächle ihm zu, dann sage ich zu seinem Vater: «Gern.»

24

Der isländische Sommer ist nicht nur kühl und feucht, er kann zudem erstaunlich kurz geraten. Mittsommer liegt jetzt ungefähr sieben Wochen zurück, und das momentan herrschende Wetter ist unbeständig und erinnert an einen launigen Berliner April. Dabei ist es August.

Mein Freund Magnus glaubt, dass schon bald die ersten Herbststürme übers Land fegen werden und dann die Zeit der Nordlichter beginnt. Ich bin zwar noch nicht in Herbstlaune, habe aber inzwischen begriffen, dass das isländische Wetter sich sowieso nicht an den Kalender hält. Also mache ich es wie alle hier. Bei schönem Wetter überlege ich nicht lange, sondern genieße es einfach.

Obwohl ich inzwischen viele der atemberaubenden Regionen Islands bereist habe, zieht es mich immer wieder zu jener Steilküste, an der ich Magnus zum ersten Mal begegnet bin. Manchmal treffe ich ihn dort, weil er ebenso wie Katla in der Nähe lebt.

Sie hat bei ihrem Bruder ein gutes Wort für mich eingelegt, und Helgi bestand darauf, mir ein Apartment und einen Wagen zu organisieren. Vorerst bin ich nun also Gast des Botschafters. Obwohl ich Helgi nicht um seine Hilfe gebeten hätte, bin ich ihm sehr dankbar. In der Urlaubssaison ist es nicht ganz leicht, in Island eine bezahlbare Unterkunft zu finden. Meine besteht zwar nur aus einem winzigen Zimmer mit integrierter Dusche und Küchenzeile, liegt aber dafür im malerischen Hafenviertel. Wenn ich das Fenster öffne, weht mir salzige Meerluft ins Gesicht. Zwei Straßen weiter gibt es ein besonderes Fischrestaurant. Es sieht zwar aus wie eine Frittenbude, die man mit maritimem Krimskrams völlig vergeblich aufzuhübschen versucht hat, aber der fangfrische Fisch, den sie dort servieren, entschädigt für die abgerissene Einrichtung. Die Zubereitungsart der Fische ist übrigens genau so simpel wie das Einrichtungskonzept. Man kann gebratenen Fisch bestellen oder Fischsuppe. Andere Gerichte gibt es nicht.

Ich überlege, ob ich mir eine kleine Fischsuppe gönne, bevor ich mich in den Nordwesten aufmache, und bin gerade im Begriff, die Wohnungstür ins Schloss zu ziehen, als mein Handy klingelt. Unbekannter Anrufer.

«Adam Schmitt?»

«Titus Steiner hier. Guten Tag, Dr. Schmitt.»

Einerseits bin ich überrascht, andererseits ahne ich, was er von mir wollen könnte. «Falls Sie anrufen, um mir Prügel anzudrohen oder mich zu beschimpfen, dann machen Sie es bitte kurz. Ich bin auf dem Sprung.»

Er lacht. «Ich habe nichts dergleichen vor, Dr. Schmitt. Und warum sollte ich ausgerechnet Sie beschimpfen? Ich könnte es allenfalls Herrn Göttler übelnehmen, dass er mich als Steuersünder ans Finanzamt verpfiffen hat, um seinen eigenen Kopf aus der Schlinge zu ziehen.»

Ich ahne, dass sein schweizerdeutscher Dialekt den Satz freundlicher klingen lässt, als er gemeint ist. Vermutlich gilt das für alles, was Steiner sagt.

«Immerhin habe ich Göttler geholfen», gebe ich zu bedenken.

«Genau das ist einer der Gründe, weshalb ich anrufe», erwidert Steiner. «Es wäre für Sie ein Leichtes gewesen, sich nicht nur für die Prügel zu revanchieren, die Sie bezogen haben, sondern mir obendrein die Pistole auf die Brust zu setzen. Eine beachtliche Apanage für Ihre Tochter wäre drin gewesen und bestimmt noch ein ordentliches Schmerzensgeld für Sie persönlich. Und das alles hätten Sie problemlos bekommen können, indem Sie meinen Namen von der Liste verschwinden lassen. Sie ahnen vermutlich, dass mir ein solches Arrangement allemal lieber gewesen wäre als der Ärger, der mir jetzt blüht. Von der schlechten Publicity mal ganz abgesehen. Oder ging es Ihnen etwa nur um schnöde Rache?»

«Aber nein», antworte ich prompt. «Ich habe sogar überlegt, ob ich Sie anrufe und Ihnen diesen Deal vorschlage. Er lag ja auf der Hand.»

«Und warum haben Sie es nicht getan?»

«Weil ich beschlossen habe, zukünftig auf ein paar Dinge in meinem Leben zu verzichten. Zum Beispiel auf solche Deals.»

«Bemerkenswert. Und nicht mal für Ihre Tochter haben Sie eine Ausnahme gemacht?»

«Nein. Und das war eine gute Entscheidung. Sie hat mich vor zwei Wochen besucht. Es geht ihr gut. Sie braucht keine Apanage von Ihnen, auch wenn sie aus Gründen der Bequemlichkeit sicher nicht nein gesagt hätte. Jetzt geht es jedenfalls auch ohne.»

Schweigen in der Leitung.

«Mein Sohn hätte Ihrer Tochter bestimmt nicht gutgetan.» Ich merke, dass er sich zu diesem Geständnis überwinden muss. «Wahrscheinlich habe ich ihn viel zu sehr verhätschelt.»

«Wir haben alle unsere Gründe», erwidere ich. «Die machen unsere Entscheidungen meistens nicht besser, nur nachvollziehbarer.»

«In Ihrer Kanzlei hat man mir gesagt, dass Sie auf unbestimmte Zeit in Urlaub sind.»

«Das stimmt», sage ich. «Wobei, wenn man es genau nimmt, dann ist es nicht mehr meine Kanzlei. Ich habe den Fall Göttler zwar noch bearbeitet, möchte aber keine neuen Mandate mehr übernehmen. Zumindest vorerst nicht.»

Titus Steiner atmet tief durch. Dann sagt er: «Das heißt also, ich kann Sie nicht dazu überreden, mich in diesem Verfahren wegen Steuerhinterziehung zu vertreten?»

«Ich soll Sie vertreten?», sage ich erstaunt.

«Ja. Immerhin kennen Sie sich mit der Materie bestens aus.»

«Sie können sich das geballte Wissen und die Fachkompetenz einer großen Kanzlei leisten. Warum wollen Sie mit einem Einzelkämpfer vorliebnehmen, der gerade ohnehin nicht in Bestform ist?»

«Ist das ein Nein?», fragt Steiner spitzbübisch.

«Sagen wir so: Eine der Sachen, auf die ich künftig ebenfalls gern verzichten würde, ist es, Leute wie Sie vor der gerechten Strafe zu bewahren.»

«Nicht nötig», erwidert Steiner. «Ich weiß bereits, dass ich eine sehr hohe Geldstrafe zahlen muss, und werde diese klaglos akzeptieren.»

«Womöglich müssen Sie mit einer Bewährungsstrafe rechnen.»

«Auch damit bin ich einverstanden.»

Ich stutze. «Warum wollen Sie dann, dass ich Sie verteidige?»

Steiner zögert kurz. «Ehrlich gesagt hatte ich gehofft, Sie kennenzulernen.»

«Wieso das? Bislang schienen Sie keinen großen Wert darauf zu legen.»

«Es klingt vielleicht seltsam, Dr. Schmitt, aber ich habe das Gefühl, dass Sie mir einen großen Gefallen getan haben. Können Sie das verstehen? Vielleicht ist es ja so, dass man sich erst fragt, was im Leben wirklich zählt, wenn das, was man bislang für wichtig hielt, zu wackeln beginnt.»

«Ja, das kann ich sogar sehr gut verstehen», antworte ich.

«Sehen Sie? Das habe ich geahnt.» Er klingt melancholisch. «Schade. Aber gut, ich will Sie nicht länger aufhalten. Danke für Ihre Zeit.»

Er merkt, dass ich zögere.

«Die Sache mit Ihrem Fall», beginne ich.

«Ja?» Er ist jetzt ganz Ohr.

«Ich überlege es mir noch mal, okay?»

«Danke», sagt er nach einer Schrecksekunde.

Eine Viertelstunde später sitze ich am Hafen, lasse mir eine frische Fischsuppe schmecken und betrachte dabei einen ungeöffneten Brief, den ich schon seit zwei Wochen mit mir herumtrage. Der Brief ist von Conny. Lena hat ihn mir am Tag ihrer Abreise überreicht. Seit jenem Grillabend vor knapp zwei Monaten haben Conny und ich kein Wort mehr miteinander gewechselt. Der Brief könnte das ändern. Vielleicht ist er ein Versuch, den Dialog wieder aufzunehmen. Vielleicht soll er aber auch das Gegenteil bewirken, einen endgültigen Schlussstrich ziehen und damit das bestehende Schweigen zementieren. Ich habe überlegt, was mir lieber wäre, bin aber zu keinem befriedigenden Ergebnis gekommen. Jedenfalls habe ich mich jetzt lange genug davor gedrückt, ihn zu lesen.

Ich benutze den Stiel des Löffels, um den Brief zu öffnen, und ziehe zwei zusammengeheftete Seiten Papier heraus sowie einen gefalteten Umschlag. Es handelt sich nicht um ein persönliches Schreiben, das sieht man auf den ersten Blick. Auf den zweiten wird klar, dass Conny mir unkommentiert ein anwaltliches Schreiben hat zukommen lassen, mit dem ich in die Scheidung einwilligen soll. Da, wo ich unterschreiben muss, prangt ein kleiner roter Klebezettel. Der beiliegende Rückumschlag ist frankiert und adressiert. Alles selbsterklärend. Ich brauche nichts weiter tun, als das Papier zu unterschreiben, es einzutüten und den Brief einzuwerfen. Passenderweise entdecke ich ausgerechnet in diesem Moment auf der gegenüberliegenden Straßenseite einen der signalroten isländischen Postbriefkästen. Würde ich es drauf anlegen, wäre ich in weniger als einer Minute nicht nur so gut wie geschieden, sondern auch ein Mann in bescheidenen Verhältnissen. Conny reklamiert nämlich das Haus und unsere Ersparnisse für sich. Immerhin soll ich ein kleines Aktiendepot bekommen, das mich eine Weile über Wasser halten dürfte. Vermutlich will meine zukünftige Exfrau auf diese Weise sicherstellen, dass unser Enkelkind nicht mit einem völlig abgebrannten Opa aufwachsen muss. Immerhin, sie lässt mich nicht völlig im Regen stehen.

Kurzerhand unterschreibe ich das Papier. Das Haus und das Geld sind mir nicht wichtig. Conny soll alles behalten, wenn das ihr Wunsch ist. Ich hoffe, es hilft ihr, glücklich zu werden, wobei ich da so meine Zweifel habe. Jemand, der sein Leben mit Haftzetteln und frankierten Rückumschlägen zu regeln versucht, steuert auch seinen Gefühlshaushalt mit der phlegmatischen Präzision einer deutschen Behörde. Ich befürchte nur, das ist nicht die Sprache, die Gefühle von Natur aus sprechen.

Als ich den Brief einwerfe, reißen die Wolken auf, und die Sonne strahlt, als wollte sie den Moment angemessen in Szene setzen. Ich könnte das als ein Zeichen sehen, aber da sich das Wetter hier alle paar Minuten ändern kann, dürfte es sich eher um einen Zufall handeln.

Ich verbringe den Nachmittag mit einem stundenlangen Spaziergang an der Steilküste. Der Wind ist kühl, aber nicht kalt. Die Sonne gibt sich redlich Mühe, den Wolken nicht ganz das Feld zu überlassen. Es regnet drei- oder viermal, aber immer nur kurz und nicht heftig. Das ist also der Hochsommer in Island.

Gegen Abend fälle ich die Entscheidung, heute nicht nach Reykjavik zurückzufahren, sondern stattdessen hier zu übernachten. Ich habe ein paar Brote und eine Flasche Wein dabei. Beim Essen kann ich mir ansehen, wie das Meer und die Abendsonne immer neue Schattierungen von Rot ausprobieren. Später wird die Nacht alles um mich herum in ein sattes Schwarz tauchen. Dann bleibt nur das Tosen der Wellen, das Glimmen des Sternenhimmels und manchmal ein Blitzen in der Ferne, wenn auf hoher See ein Unwetter tobt.

Im August wird es auf Island zwischen zehn und elf Uhr dunkel. Für mich ist es das Zeichen, in den Rover umzuziehen. Wenn die Sonne verschwunden ist, dann wird es schnell kalt. Und im Rover bin ich nicht nur vor Wind und Wetter geschützt, ich kann auch in Ruhe meinen Wein trinken, während es draußen rasch ungemütlich wird. Hier oben auf dem Küstenstreifen hat es keinen Sinn, ein Zelt aufzustellen. Der Wind und das Meer würden es gleich mit der ersten heftigen Böe kassieren. Zusammen mit Decken, Schlafsäcken und Geschirr. Und mir, vermutlich.

Ich sitze also da wie im Autokino, das abendfüllend die dunkle See und den Sternenhimmel über Island zeigt, lasse durch die leicht geöffneten Fenster salzige Luft in den Wagen strömen und nippe von Zeit zu Zeit an meinem Rotwein.

Plötzlich klopft es an den Wagen, und die Tür wird geöffnet.

«Ist hier noch Platz?», fragt Magnus.

Ich freue mich, ihn zu sehen, winke ihn ins Auto und lasse nebenbei das Handschuhfach aufschnappen, wo ich für Gelegenheiten wie diese eine Flasche Brennivin deponiert habe. Er bedient sich.

«Wie geht's?», will er wissen.

«Sehr gut», antworte ich. «Und dir?»

Magnus nickt. «Kann nicht klagen.»

Wir trinken und hängen eine Weile unseren Gedanken nach.

«Warst du eigentlich schon mal in Florida?», fragt er plötzlich.

«Nein. Wie kommst du darauf?»

«Nur so. Zwei Touristen haben sich darüber unterhalten, und es klang interessant. Stimmt es, dass die da dauernd Sonne haben und es praktisch keinen Winter gibt?»

«Das stimmt. Meines Wissen gibt es aber eine Regenzeit und hin und wieder Wirbelstürme.»

«Sie haben da also Regen und Stürme, was wir hier ja auch haben, aber statt einem endlosen Winter haben sie einen endlosen Sommer?»

«Ja, wenn du es so ausdrücken willst», sage ich. «Hast du dir überlegt, den Winter in wärmeren Regionen zu verbringen, oder warum fragst du?»

«Nein. Selbst wenn ich wollte, könnte ich nicht einfach so nach Florida», antwortet Magnus. «Ich muss doch den anderen helfen.»

«Wobei?», will ich wissen.

Magnus nimmt einen Schluck Brennivin. «Weißt du eigentlich, warum man das Nordlicht sehen kann?»

Ich habe in letzter Zeit viel über Island gelesen. Jetzt versuche ich, mich daran zu erinnern, was ich über das Nordlicht gelernt habe. «Ich glaube, dieses grüne Licht entsteht, wenn elektrisch geladene Teilchen aus dem Sonnenwind auf die Erdatmosphäre treffen. Und es ist in den Polargebieten zu sehen, weil die Magnetfelder der Erde eine Rolle dabei spielen, aber frag mich jetzt nicht, welche. In Physik war ich nie eine Leuchte.»

Magnus grinst breit. «Es ist wirklich immer wieder erstaunlich, was ihr Menschen für einen Quatsch glaubt.»

«Stimmt das etwa nicht?»

Er schüttelt den Kopf. «Jedes Kind weiß, dass wir Trolle das Nordlicht aus den Steinen klopfen. Es steckt überall im Boden, aber wenn man es herausklopft, dann kann es in den Himmel strömen. Und genau das ist die Aufgabe der Trolle. Fast die Hälfte des Jahres sind wir damit beschäftigt.»

«Wow. Das ist toll.» Ich nicke beeindruckt.

«Du glaubst mir nicht», unkt Magnus. «Du denkst, ich erzähle dir ein Märchen.»

«Doch. Ich glaube dir», erwidere ich. «Ehrlich gesagt klingt deine Version der Geschichte auch nicht verrückter als meine.»

Er scheint mit meiner Erklärung zufrieden. Wieder hängen wir eine Weile unseren Gedanken nach, nippen an unseren Drinks und betrachten das Meer und den Himmel.

«Wobei ich schon sehr gern nach Florida verschwinden würde», sagt er dann. «Ich laufe nämlich gerade Gefahr, mein Herz an eine schöne Trollfrau zu verlieren. Aber ich finde, es kann ja nicht Sinn der Sache sein, dass ich Freya um Haaresbreite entkomme, um dann gleich Smilla in die Hände zu fallen, oder?»

Ich muss grinsen. «Soso, sie heißt also Smilla.»

«Ja. Sie heißt Smilla.» Er lächelt versonnen beim verheißungsvollen Klang ihres Namens, reißt sich aber gleich wieder zusammen. «Und dein Herz, Adam? Wofür schlägt dein Herz?»

Ich überlege, dann zucke ich mit den Schultern.

«Immerhin, es schlägt», antworte ich. «Und ich kann es spüren. Alles andere wird sich finden.»

Danksagung

Der isländischen Badekultur ist es zu verdanken, dass die Grundidee zu diesem Buch entstand. Danke für die inspirierende Kraft von Nichtstun in heißem Wasser – nur noch übertroffen von dem isländischen Brauch, in heißem Wasser Alkohol zu bechern.

Wer isländische Fabelwesen in ihrer natürlichen Umgebung beobachten möchte, ist auf die Unterstützung von Einheimischen angewiesen. In diesem Sinne möchte ich Wibke, Höddi, Jasper und Niklas danken, und zwar nicht nur für sachdienliche Hinweise zu den Gefahren und Schönheiten von Island und seinen Bewohnern, sondern auch für ihre besonders herzliche Gastfreundschaft.

Dr. Steffen Bohl hat mir nicht nur geduldig den überlebten plötzlichen Herztod und die transitorische ischämische Attacke erklärt, Steffen war auch so freundlich, mich auf Nachfrage mit seitenweise weiterführender englischer Fachliteratur zu versorgen. Danke für deine Hilfe – ich gestehe allerdings, dass ich von der Fachliteratur so gut wie nichts verstanden habe.

Weitere Titel von Hans Rath

88 Dinge, die Sie mit Ihrem Kind
gemacht haben sollten,
bevor es auszieht (mit Edgar Rai)

Ein Araber und ein Deutscher müssen reden
(mit Hamed Abdel-Samad)

Halb so wild

Ein Fall für die Bullenbrüder (mit Edgar Rai)

Tote haben keine Freunde

Tote haben kalte Füße

Tote haben keine Ferien

Die Paul-Trilogie

Man tut, was man kann

Da muss man durch

Was will man mehr

Die Jakob-Jakobi-Bücher

Und Gott sprach: Wir müssen reden!

Und Gott sprach: Der Teufel ist auch nur ein Mensch!

Und Gott sprach: Du musst mir helfen!

Hans Rath / Edgar Rai
Bullenbrüder
Tote haben keine Freunde

Zwei Brüder. Eine Leiche. Jede Menge Ärger.

Holger Brinks ist Kommissar bei der Mordkommission. Sein Bruder Charlie schlägt sich als Privatschnüffler durchs Leben. Der eine ein korrekter Beamter mit Familie, der andere ein ausgebuffter Hallodri mit Bindungsproblemen. Als Charlie mal wieder von einer Beinahe-Traumfrau vor die Tür gesetzt wird, bittet er seinen Bruder um Obdach – und landet auf der Luftmatratze in Holgers Gartenlaube. Der Kommissar steht beruflich unter Druck: Der engste Vertraute des Berliner Unterwelt-Bosses Bobby Schütz wurde tot im Aufzug eines Berliner Luxushotels gefunden – mit einem Koffer Kokain. Pikanterweise hat auch Charlie Verbindungen zu Schütz und seinem Clan …

336 Seiten

Hans Rath

Und Gott sprach: Du musst mir helfen!

Was, wenn Gott persönlich dich bitten würde, die Welt zu retten? Vor dieser Frage steht Jakob Jakobi, als er einen alten Bekannten wiedertrifft: Gott.

Der taucht kurz vor Weihnachten in Gestalt des Lebenskünstlers Abel Baumann auf und stellt einmal mehr Jakobs Leben auf den Kopf. Diesmal ernennt er seinen Extherapeuten kurzerhand zum neuen Messias und wirft damit Jakobs Urlaubspläne über den Haufen. Eine bunte Schar Apostel gesellt sich auch bald dazu. Von Veganismus bis Antikapitalismus – es kommen sehr unterschiedliche Vorstellungen zusammen, wie man den Planeten und die Menschheit aus dem Schlamassel ziehen kann. Das richtige Konzept zur Weltrettung lässt sich eben nicht einfach so aus dem Ärmel schütteln ...

288 Seiten

MIX
Papier aus verantwortungsvollen Quellen
FSC® C083411

Das für dieses Buch verwendete Papier ist FSC®-zertifiziert.